린드버그의
위대한
단독 비행

로알드 달의 위대한
Going Solo
단독 비행

로알드 달 장편소설 ★ 퀸틴 블레이크 그림 ★ 최지현 옮김

ROALD DAHL

THE WORLD'S
★ No.1 ★
STORYTELLER

살림Friends

　　　　　　　　　『로알드 달의 위대한 단독 비행』은 로알드 달이 전쟁에서 겪었던 흥미진진한 경험들을 기록한 재미있는 이야기이다. 『로알드 달의 발칙하고 유쾌한 학교』의 후속 작품으로 아프리카 원정 여행 이야기, 적과 싸운 이야기 그리고 뱀에게 물리지 않기 위해서는 어떻게 해야 하며 사자의 입속에 들어가지 않으려면 어떻게 해야 하는지에 관한 타당한 조언이 담겨 있다! 이보다 더 다채롭고 흥미진진한 자서전을 상상하기는 어려울 것이다.

　　로알드 달은 1916년 웨일스에서 노르웨이 인 부모 사이에서 태어났다. 아프리카에 있는 쉘 정유 회사에서 일하기 전까지 영국에서 교육을 받았다. 제2차 세계대전에서 영국 공군의 전투기 조종사로 복무하다가 '머리에 불후의 강타'를 당한 후 글을 쓰기 시작했다. 로알드 달은 전 세계에서 가장 유명하고 성공한 어린이·청소년 책 작가 중 한 명이다. 전 세계 독자들은 그의 『제임스와 슈퍼 복숭아』『찰리와 초콜릿 공장』『멋진 여우 씨』는 물론, 1983년 위트브레드 상 수상작인 『마녀를 잡아라』와 칠드런스 북 어워드 수상작인 『마틸다』 같은 작품들을 읽고 있다. 1990년, 74세의 나이로 사망했다.

로알드 달, 1941년 이스라엘 하이파에서.

　　　　　　자서전은 한 사람의 일생에서 시시콜콜
한 일들 중 신중하게 골라서 버릴 것은 버린 후 생생하게 남은 일
을 중심으로 써야 한다. 지루한 자서전을 만들지 않으려면 말이다.
　이 책의 첫 부분은 예전에 집필했던 『로알드 달의 발칙하고 유
쾌한 학교』에서 다루었던 이야기에 이은 것이다. 나는 생애 첫 직
업 때문에 동아프리카로 가게 되었다. 세상 어떤 일이든, 그것이
설령 아프리카에서 벌어진 일이라 하더라도 항상 재미있을 수는
없기 때문에 나는 가능한 잊을 수 없는 경험들을 중심으로 이야기
를 풀었다.
　제2차 세계대전 당시 영국 공군 비행사 시절을 다룬 책의 후반
부는 애써 신중하게 고르거나 버릴 필요가 없었다. 모든 순간이 내
게는 매혹적이었기 때문이다.

ー로알드 달

목차

들어가기 전에 ··· 005

작가의 말 ··· 007

출항 ··· 011

다르에스살람 ··· 038

심바 ··· 051

초록 맘바 ··· 066

전쟁, 시작되다 ··· 079

음와눔웨지 부족 음디쇼 ··· 099

비행 훈련 ··· 112

생존 ··· 135

적과의 첫 만남 ··· 167

탄약 수송함 ··· 192

4월 20일, 아테네 전투 ··· 198

아직 끝나지 않은 날 ··· 209

아르고스 대실패 ··· 234

팔레스타인과 시리아 ··· 251

집으로 ··· 270

옮긴이의 말 ··· 282

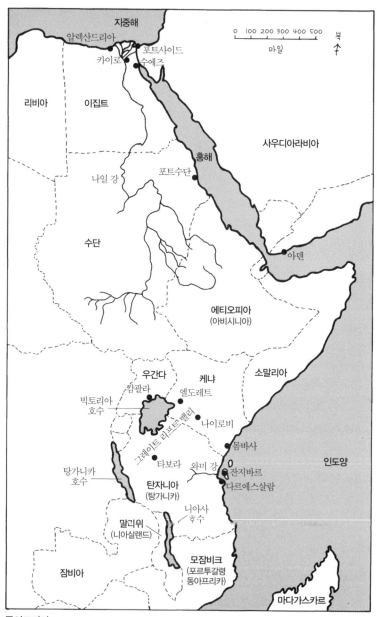

동아프리카

출항

1938년 가을, 나는 '에스에스 만톨라' 호를 타고 영국을 출발해 아프리카로 향하고 있었다. '에스에스 만톨라' 호는 여기저기 페인트칠이 벗겨진 9,000톤 급의 낡은 배로 높이 솟은 굴뚝 하나와 식당테이블에 놓인 찻잔이 받침 속에서 달그락거릴 만큼 심하게 떨리는 엔진이 달려 있었다.

런던 항을 떠나 '몸바사(*아프리카 케냐 제2의 도시—이하 *표시 옮긴이 주)'로 가는 항해는 2주로 예정되었는데 도중에 마르세유, 몰타, 포트사이드, 수에즈, 포트수단, 아덴을 들를 계획이었다. 요즘은 비행기를 타면 몇 시간 만에 몸바사까지 갈 수 있어서 중간에 경유지를 거치는 것이 그리 대단한 과정은 아니지만, 1938년만 하더라도 그런 여행에는 거쳐 가야 할 디딤돌이 무척 많았다. 동아프리카는 영국에서 아주 먼 곳이었는데, 특히 쉘 정유 회사와의 계약서

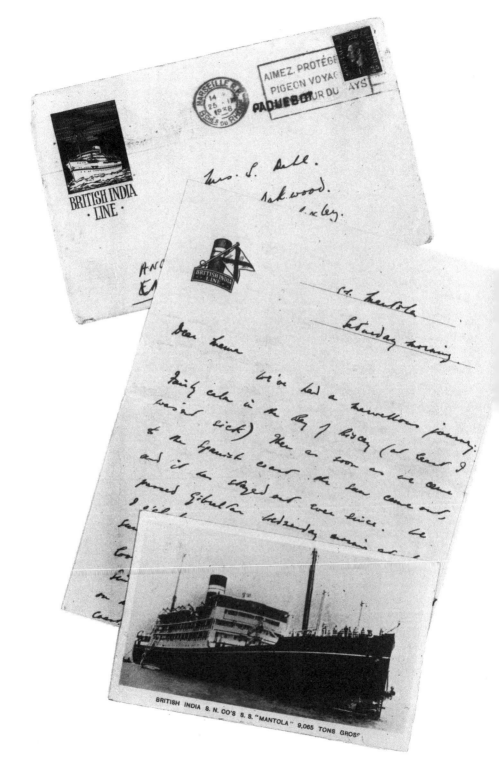

에는 동아프리카에서 내리 3년을 살아야 한다고 명시되어 있었다. 내가 영국을 떠난 게 스물두 살 때였으니 스물다섯 살이 되어야 다시 가족을 볼 수 있는 셈이었다.

그 항해에서 아직도 선명하게 기억나는 건 함께 배를 탄 승객들의 이상한 행동이다. 나는, 평생을 영국령 오지에서 일하고도 이토록 기를 쓰고 모국의 세력 확대를 위해 노력하는 사람들을 본 적이 없었다. 1930년대는 대영제국이 훨씬 더 대영제국다운 면모를 유지하던 때였고, 그런 대영제국의 기틀을 유지하는 데 힘을 보태던 남자와 여자는 여러분이 한 번도 본 적 없고 앞으로도 볼 일 없는 그런 종족이라는 사실을 기억해야 할 것이다. 그런 인류가 아직 지구상에 존재하고 있을 때 동시대를 살면서 잠깐이나마 그들을 볼 수 있었던 나는 아주 운이 좋았다고 생각한다. 오늘날 그런 종족은 완전히 사라져 버렸기 때문이다.

그 어떤 영국인보다 영국적이고, 그 어떤 스코틀랜드인보다 스코틀랜드적이던 그들은 내가 만난 그 어떤 사람보다 이상했다. 우선 그들은 자기들만의 언어로 대화했다. 동아프리카에서 일하는 사람들이 구사하는 문장 곳곳에는 스와힐리 말이 섞여 있었고, 인도에서 살았던 사람들의 말에는 온갖 종류의 인도 사투리가 섞여 있었다. 여기에 더하여 이들 사이에서는 공용어처럼 쓰이는 말도 대단히 많았다. 예를 들어 저녁에 마시는 술은 항상 '선다우너(sundowner)'였다. 때를 가리지 않고 항상 마시는 술은 '초타페그(chota peg)'였다. 누군가의 아내는 '멤사히브(*마님)'였다. 뭔가를 보는 건 '셔프티(shufti)'라고 했다. 흥미로운 점은 제2차 세계대전 때 중동 지역의 영국 공군에서 정찰기를 속어로 '셔프티 카이트(shufti kite)'라고 불렀다는 사실이다.

질이 나쁜 건 '셴지(shenzi)'라고 하고, 저녁 식사는 '티핀(tiffin)'이라고 하는 등 그 외에도 셀 수 없이 많았다. 세력 확대에 주력하는 자들의 전문 용어는 사전 한 권을 만들고도 남을 것 같았다. 뻔하게 살아온 시골 출신의 나는 '햇볕에 그을려 가무잡잡한 근육질의 쓸데없이 바쁜 남자'들과 그들의 작고 앙상한 아내들 사이에 던져졌지만 그들과 지내는 일은 대체로 즐거웠다. 무엇보다 가장 마음에 든 건 그들의 기이한 행동이었다.

영국인들이 불쾌하고 끈적거리는 날씨 속에서 외국인 틈에 끼어 수년을 사는 동안 건강을 유지할 수 있었던 비결은 살짝 정신을 놓아 버리는 방법인 것 같았다. 그들은 영국에서라면 절대 용납될 수 없는 이상한 습관을 길렀다. 아프리카 오지, 실론(*스리랑카의 옛 이름), 인도, 말레이 연합주에서는 자기 마음대로 할 수 있었기 때문이다. 만톨라 호에서는 남자든 여자든 거의 모든 사람이 뇌 속에 특별한 구더기를 키우는 것 같았고, 나로서는 항해 내내 쉬지 않고 무언극을 보는 기분이었다. 그 코미디 같은 풍경 두세 가지를 이야기해 보겠다.

나는 펀자브 지역의 방적 공장 관리자와 함께 선실을 썼는데 그의 이름은 '유엔 세이버리'였다(그의 여행용 가방에서 '유엔'이라는 글자를 처음 봤을 때 도무지 믿을 수가 없었다.). 난 2층 침대의 위층을 썼기 때문에 베개를 베고 누우면 창문을 통해 갑판 너머로 펼쳐진 푸른 바다가 잘 보였다. 출항 이후 나흘째 되는 날 아침, 나는 잠에서 일찍 깨었다. 바로 밑에 누운 유엔 세이버리가 부드럽게 코를 고는 소리를 들으며 침대에 누운 채로 멍하니 창밖을 내다보았다. 바로 그때 갑자기 벌거벗은 남자의 모습이, 그러니까 정글의 유인원처럼 실오라기 하나 걸치지 않은 남자가 창문을 휙 지나쳐 사라졌다! 아무 소리도 없이 왔다가 가 버린 터라 혹시 내가 귀신이나 환영을 본 건가 싶었다.

1, 2분쯤 후 벌거벗은 남자가 다시 지나갔다! 나는 벌떡 일어나 앉았다. 동틀 녘에 나타난 실오라기 하나 걸치지 않은 유령을 좀 더 잘 보고 싶었다. 나는 침대 아래로 내려가 창문 밖으로 머리를 내밀었다. 갑판은 텅 비어 있었다. 희부연 푸른빛의 지중해는 고요했고 반짝반짝 노란 해가 수평선 위로 막 고개를 내밀고 있었다. 텅텅 비어 적막감마저 도는 갑판을 보니 내가 진짜 유령을 본 건 아닐지도 모른다는 생각이 들기 시작했다. 물에 빠져 죽은 사람이 영생을 사는 승객이 되어 파도 위를 둥둥 떠다니다가 배에 기어오른다고 생각했는데 말이다.

몰래 내다보고 있는데 갑자기 갑판 저 끝에서 뭔가 움직이는 게 보였다. 그 발가벗은 물체가 다시 모습을 드러냈다. 하지만 그건 귀신이 아니었다. 온몸이 탄탄한 살로 이루어진 남자가 구명정과 환기구 사이 갑판으로 잽싸게 움직였는데 나를 향해 빠른 걸음으로 다가오면서도 아무런 소리를 내지 않았다. 키가 작고 땅딸한 남자는 배가 약간 볼록 튀어나왔고 얼굴에는 검은 콧수염이 잔뜩 자라 있었다. 20야드(*약 18미터) 정도 앞까지 왔을 때 창문으로 멍하니 머리를 내밀고 있는 나를 발견한 그는 털이 북슬북슬한 팔을 흔들며 소리쳤다.

"이리 와, 친구! 나랑 함께 바닷바람 좀 쐬지그래! 기분 전환 좀 해! 군살 좀 빼라고!"

콧수염만으로 그 사람이 그리피스 소령임을 알아차렸다. 전날 밤 저녁 식사 중에 인도에서 36년 동안 어떻게 지냈는지 말해 준 사람이었다. 그는 집으로 휴가를 갔다가 다시 알라하바드로 돌아가는 중이었다.

활보하며 지나가는 소령에게 나는 희미한 미소를 지었지만 창문에서 물러서지는 않았다. 그를 다시 보고 싶었다. 벌거벗은 채 갑판 위를 뛰어다니는 그 모습에 존경할 만한 뭔가가 있었기 때문이다. 놀랍도록 순수하고 부끄러워하지 않고 유쾌하면서 다정한 모습이었다. 반면에 젊고 자의식 덩어리인 나는 입을 딱 벌린 채 그의 행동을 바라보며 아주 못마땅하게 여겼다. 하지만 그가 부럽기도 했다. 사실 '이게 뭐가 어때서?' 하는 듯한 그의 태도에 질투를 느꼈고 미친 듯이 밖으로 나가 똑같이 하고 싶어졌다. 소령처럼 되고 싶었다. 파자마를 벗어 던지고 벌거숭이로 갑판을 뛰어다니며 누가 나를 보기라도 하면 욕해 주고 싶었다. 하지만 나는 죽었다 깨어나도 그러지 못하는 인간이다. 난 그가 다시 돌아오기를 기다렸다.

아, 소령이 온다! 갑판 저 멀리에서 그가 보였다. 소령은 그 누구도 개의치 않고 용감하게 달려왔다. 이번에는 아무렇지 않게 그에게 무슨 말이라도 걸어야겠다고 마음을 먹었다. 나도 좀 '놀아 본 놈'이며 그가 벌거벗었다는 걸 전혀 알아차리지 못했다는 걸 보여 주고 싶었다.

그런데 잠깐만……! 저건 뭐지? 소령 옆에 누가 있었다! 이번에는 또 다른 누군가가 그의 옆에서 함께 내달리고 있었다! 소령과 마찬가지로 벌거벗은 채……! 도대체 이 배에서 무슨 일이 벌어지고 있는 거지? 모든 남자 승객이 새벽에 일어나 아무것도 걸치지 않은 채 갑판을 날뛰고 다니는 건가……? 모국의 세력을 확대하려는 사람들이 몸을 만드는 의식인데 나만 몰랐던 걸까? 이제 두 사람은 가까이 다가왔다. 세상에, 나머지 한 사람은 여자인 것 같았다! 정말 여자였다! 밀로의 비너스처럼 가슴을 다 드러낸 벌거벗은 여자였다…….

그때 비너스와 닮았다는 생각이 사라졌으니, 하얀 피부의 앙상한 모습은 다름 아닌 그리피스 소령의 아내였던 거다. 난 창문에서 그만 얼어 버렸다. 내 두 눈은 아무것도 걸치지 않은 남편 옆에서 너무도 자랑스럽게 달리고 있는 이 삐쩍 마른 벌거숭이 여자에게 고정되고 말았다. 그녀는 마치 '우리 부부, 정말 유쾌하지 않나요? 그리고 우리 남편 몸매 끝내주죠?'라고 말하듯 팔꿈치를 구부린 채 고개를 높이 쳐들고 있었다.

"어서! 이렇게 조그만 멤사히브도 할 수 있으니 자네도 할 수 있어! 갑판을 50번 왕복해서 달려도 겨우 4마일(약 6.4킬로미터)인걸!"

소령이 나에게 소리쳤다.

"정말 상쾌한 아침이에요. 아름다운 날이군요."

두 사람이 내 앞을 지나갈 때 난 중얼거리듯 말했다.

두어 시간쯤 뒤 난 식당 테이블에 소령 부부와 마주 앉았다. 바로 얼마 전 멤사히브의 실오라기 하나 걸치지 않은 몸을 봤다는 사실에 등골이 오싹했다. 난 고개를 처박은 채 마치 그곳에 두 사람이 없는 것처럼 굴었다.

"하!"

소령이 갑자기 소리쳤다.

"오늘 아침 창문으로 고개를 내밀고 있던 그 청년 아닌가?"

"누구…… 저 말씀인가요?"

난 콘플레이크에 코를 박은 채 우물우물 말했다.

"그래, 자네 말이야! 난 얼굴을 잘 기억하거든!"

소령이 의기양양하게 소리쳤다.

"그냥…… 바람 좀 쐬고 있었어요."

난 중얼거렸다.

"그보다는 재미있는 구경을 하고 있었을 텐데!"

소령이 싱긋 웃으며 소리쳤다.

"멤사히브로 눈요기를 하고 있었으면서 무슨 소린가!"

테이블에 함께 앉아 있던 여덟 명이 입을 다물고 내 쪽을 바라보았다. 난 순간 두 뺨이 불타오르는 기분이었다.

"하지만 자네를 비난하지 않겠네."

소령은 아내에게 끔뻑 윙크를 하고는 계속해서 말을 이어 나갔다. 이제 당당한 얼굴로 잘난 체할 차례였던 거다.

"사실 난 자네를 전혀 원망하지 않아. 당신들은 이 친구를 비난하시오?"

소령은 테이블에 앉은 사람들을 둘러보며 물었다.

"우리의 청춘은 단 한 번뿐이니까. 그리고 시인도 노래하지 않았나?"

소령은 잠시 말을 멈추더니 지겨워하는 아내에게 다시 한 번 더 끔뻑 윙크했다.

"아름다운 것은 영원한 기쁨이니."

"오, 그만해요. 본조."

그의 아내는 싫지 않은 듯 말했다. 소령은 나를 보며 말을 이었다.

"알라하바드에서는 매일 아침 식사 전에 반드시 처커(*폴로 경기의 한 회로 7분 30초)를 여섯 번 했거든. 그런데 자네도 알다시피 배위에서는 할 수 없으니까 말이야. 그래서 다른 방식으로 운동을 한거라네."

나는 어떻게 하면 처커 게임을 할 수 있을까 생각해 보았다.

"왜 못하는 거죠?"

이야기의 주제가 바뀌기를 간절히 바라며 물었다.

"왜 못하냐니, 뭘?"

소령이 물었다.

"배 위에서 처커 게임 하는 거 말이에요."

내가 말했다. 소령을 포함한 남자들은 모두 포리지(*오트밀로 만든 죽)를 씹고 있었다. 소령은 천천히 씹으며 옅은 잿빛의 생기 없는 눈으로 나를 뚫어져라 바라보았다.

"지금까지 살면서 한 번도 폴로를 해 본 적이 없다고 말하려는 건 아니기를 바라네."

"폴로…… 아, 네. 물론 폴로는 알죠. 학교에서 자전거를 타고 하키 스틱으로 경기를 했어요."

소령의 눈빛이 갑자기 험악하게 바뀌면서 씹던 것을 멈추었다. 그러고는 경멸과 혐오의 눈빛으로 나를 노려보았다. 그의 얼굴이 어찌나 빨간지 발작을 일으킬지도 모른다는 생각이 들 정도였다.

그때부터 소령도, 그의 아내도 나와는 아무 상관없는 사람이 되었다. 그들은 식당에서 테이블을 바꿔 앉았고 갑판에서 나를 만날 때마다 못 본 체했다. 나는 용서할 수 없는 큰 죄를 저지른 셈이었기 때문이다. 그들은 내가 인도 거주 영국인과 왕족의 신성한 스포츠인 폴로를 조롱했다고 여긴 것이다. 천민들처럼 말이다.

배에는 나이 지긋한 '미스 트레퍼시스'가 타고 있었는데 나와 같은 테이블에 자주 앉았다. 미스 트레퍼시스의 몸은 앙상하게 뼈만 남은 데다 피부는 잿빛이었는데, 걸어갈 때면 몸은 부메랑처럼 길게 곡선을 그으며 앞으로 구부러졌다. 그녀는 케냐의 고지에 작은 커피 농장을 가지고 있으며 블릭센 남작부인(*카렌 블릭센. 『아웃 오브 아프리카』의 작가. 필명은 아이작 디네센)을 아주 잘 알고 지냈다고 말했다. 나는 『아웃 오브 아프리카』와 『일곱 개의 고딕 이야기』를 아주 재미있게 읽었기 때문에 미스 트레퍼시스가 들려주는 아이작 디네센이란 필명을 가진 훌륭한 작가에 대한 이야기에 푹 빠져 버렸다.

"그 여자도 맛이 갔지. 그곳에서 평생을 살면 누구라도 그렇게 되거든. 그리고 마지막에는 완전히 미쳐 버렸어."

"당신은 미치지 않았어요."

내가 말했다.

"아니다. 난 미쳤어."

미스 트레퍼시스는 단호하고도 진지하게 말했다.

"이 배에 타고 있는 사람들 모두 제정신이 아니야. 넌 아직 젊어서 모를 거다. 젊은 사람은 주의 깊지가 않거든. 젊은 사람은 자기 자신에게만 관심이 있지."

"요 전날 아침에 그리피스 소령 부부가 함께 벌거벗은 채로 갑판을 뛰어다니는 걸 봤어요."

내가 말했다. 미스 트레퍼시스가 코웃음을 치며 말했다.

"지금 그게 미쳤다는 거냐? 그 정도는 정상이다."

"아닌 것 같은데요."

"이봐, 젊은 친구. 앞으로 몇 가지 놀라운 일을 경험할 거야. 나이를 별로 많이 먹기도 전에 말이야. 내 말을 잘 기억해 둬. 아프리카에 너무 오래 살면 사람들은 돌아 버리지. 자넨 지금 아프리카로 가는 거지?"

"네."

내가 대답했다.

"자네도 분명히 돌게 될 거야. 우리처럼 말이야."

그때 미스 트레퍼시스는 오렌지를 먹고 있었는데 일반적인 방식이 아니었다. 그녀는 과일 그릇에 담긴 오렌지를 손가락으로 집는 게 아니라 포크로 찔렀다. 그러고는 나이프와 포크로 오렌지 껍질을 단정하게 절개했다. 그다음 여덟 조각으로 분리된 껍질을 나이프와 포크로 정교하게 벗겨 내자 오렌지 알맹이가 아름다운 모습을 드러냈다. 그녀는 계속해서 나이프와 포크를 이용해 과즙이 흐르는 조각들을 분리하더니 천천히 먹기 시작했다. 하나씩 하나씩, 포크로 말이다.

"언제나 오렌지를 그렇게 드세요?"

내가 물었다.

"물론이지."

"왜 그런지 여쭤봐도 될까요?"

"난 먹는 걸 손가락으로 만지지 않아."

"세상에, 정말이요?"

"물론이지. 스물두 살 이후로는 만져 본 적이 없어."

"그러시는 이유가 있어요?"

내가 물었다.

"물론 이유가 있지. 손가락은 불결하거든."

"하지만 손을 씻으면 되잖아요."

"살균하는 건 아니니까. 너도 안 하잖아. 손에는 세균이 버글거려. 손가락은 역겹고 더러운 거야. 네가 손가락으로 뭘 하는지 생각해 보렴."

나는 자리에 앉아 내가 손가락으로 했던 일을 하나하나 되짚어 보았다.

"생각만 해도 못 견디겠지? 그렇지?"

미스 트레퍼시스가 말했다.

"손가락은 그냥 도구야. 몸에 있어서 원예 도구지. 삽이나 쇠스랑 같은 거 말이다. 그런 도구는 온갖 것을 찌르잖아."

"그래도 어쨌든 살아 있잖아요."

"그리 오래가지는 못할 거다."

미스 트레퍼시스가 음울하게 말했다. 난 그녀가 오렌지 한 조각한 조각을 차례차례 포크로 찍어 먹는 것을 지켜보았다. 그 포크도살균되지 않은 건 마찬가지라고 말해 줄까 하다가 그만두었다.

"발가락은 더하지."

미스 트레퍼시스가 불쑥 말했다.

"뭐라고 말씀하셨어요?"

"발가락들은 최악이야."

"발가락들이 뭐가 어쨌다고요?"

"발가락은 우리 몸에서 가장 불쾌한 부분이야!"

그녀는 격정적으로 말했다.

"손가락보다 더요?"

"비교 불가능이지."

미스 트레퍼시스는 딱 잘라 말했다.

"손가락은 불결하고 더러워. 발가락은…… 발가락은 비열하고 사악해! 입에 담고 싶지도 않아!"

나는 조금 혼란스러워졌다.

"하지만 발가락으로 음식을 먹는 건 아니잖아요."

"그런 말은 한 적 없다."

역시 딱 잘라 말했다.

"그런데 발가락이 뭐가 문제라는 거죠?"

난 계속해서 주장을 굽히지 않았다.

"윽! 발에서 툭 튀어나온 작은 벌레들 같지 않니? 정말 싫어. 발가락이 정말 싫다고! 보고 있는 것도 견딜 수가 없어!"

"그럼 발톱은 어떻게 깎으세요?"

"내가 안 하지. 우리 집 아이가 해 주거든."

결혼하고 아이가 있는데 왜 '미스'라고 불리는 건지 궁금했다. 그럼 그 아이는 사생아가 아닌가?

"아드님이 몇 살인데요?"

난 조심스레 물었다.

"아니, 아니! 정말 아무것도 모르는 거니? 토착민 하인을 말하는 거야. 아이작 디네센 작품을 읽었으면서도 모르는 거니?"

"아, 네. 물론 알죠."

나는 기억을 떠올리며 대답했다. 그리고 무심코 오렌지 하나를 집어 들어 껍질을 벗기려고 했다. 그러자 미스 트레퍼시스가 진저리를 쳤다.

"그러지 마. 그러다 손에서 뭐가 묻으면 어쩌려고. 나이프랑 포크를 써. 한번 해 봐."

난 시키는 대로 해 보았다. 그런대로 재미있었다. 적당한 깊이로 찌른 후 껍질을 잘라 조각조각 벗겨 내는 일은 나름 만족스러웠다.

"잘하는구나. 잘했다."

미스 트레퍼시스가 말했다.

"커피 농장에 '아이들'을 많이 고용하시나요?"

내가 물었다.

"한 쉰 명쯤."

"모두 맨발이에요?"

"우리 집 아이들은 아니야. 신발을 신지 않은 아이는 우리 집에서 일할 수 없어. 돈은 좀 들지만 충분히 가치가 있는 일이지."

난 미스 트레퍼시스가 좋았다. 그녀는 조급하지만 지적이고 너그러우면서 재미있는 사람이었다. 그리피스 소령이 재미없고 상스럽고 거만하고 불친절한 데 반해 그녀는 언제든 나를 구해 주러 올 것 같았다. 그리피스 소령은 악어들 사이에 나를 버려두고 갈 사람이었다. 어쩌면 악어 떼에게 밀어 버릴지도 모른다. 물론 두 사람 모두 완전히 미치긴 했다. 배에 탄 모든 사람이 살짝 미쳐 있었지만, 알고 봤더니 그중 최고는 나와 선실을 함께 쓰는 유엔 세이버리였다.

그가 미쳤다는 첫 번째 증거는 우리 배가 몰타와 포트사이드 사이를 달리던 어느 저녁에 드러났다. 날씨는 오후 내내 숨이 막힐 듯 더웠다. 난 저녁 식사를 위한 정장을 차려입기 전에 위층 침대에서 잠깐 쉬고 있었다.

웬 정장이냐고? 그래, 말 그대로다. 그 배에 탄 사람은 모두 매일 저녁을 먹기 위해 정장을 차려입었다. 세력을 확대하는 것을 좋아하는 수컷들은 정글에서 캠핑을 하든 드넓은 바다에서 노 젓는 배를 타든 저녁을 먹기 위해 항상 정장을 차려입었다. 즉 하얀 셔츠에 검은 넥타이를 매고 턱시도와 검은 정장 바지에 검정 에나멜 가죽 구두까지 좍 차려 입었다. 그것도 이렇게 푹푹 찌는 날씨에 말이다.

난 눈을 반쯤 뜨고 침대에 누워 있었다. 밑에서는 유엔 세이버리가 옷을 차려입었다. 선실에는 두 사람이 동시에 옷을 갈아입을 만한 공간이 없었기 때문에 교대로 갈아입어야 했다. 오늘밤은 그가 먼저 갈아입을 차례였다. 나비넥타이를 맨 그는 이제 검정 턱시도를 입었다. 나는 반쯤 감은 눈으로 꿈꾸듯 그의 모습을 지켜보았다. 유엔 세이버리가 세면도구 가방 속에 손을 넣더니 작은 종이 상자 하나를 꺼냈다. 그리고 세면대 거울 앞에 서서 종이 상자의 뚜껑을 열고 손가락을 상자 속에 담갔다. 하얀색인 것도 같고 투명한 것도 같은 가루 한 자밤을 꺼내어 턱시도 어깨 위에 아주 조심스럽게 뿌렸다. 그러고는 다시 종이 상자의 뚜껑을 덮어 세면도구 가방 속에 집어넣었다.

나는 정신이 번쩍 들었다. 저 사람이 뿌린 게 도대체 뭘까? 내가 그 모습을 봤다는 사실을 들키고 싶지 않아 눈을 감고 잠이 든 체했다. 이상한 일이군, 난 생각했다. 왜 유엔 세이버리는 턱시도를 입은 어깨에 하얀 가루를 뿌린 거지? 그건 그렇고, 그게 뭘까? 그 윽한 향수나 아니면 뭐, 최음제 같은 건가? 나는 약간의 죄책감을 느끼며 유엔 세이버리가 나가기를 기다렸다가 침대에서 훌쩍 뛰어 내려와 그의 세면도구 가방을 열었다. 엡섬 솔트(*사리염, 최근에는 입욕제로 많이 쓰임), 종이 상자에 그렇게 적혀 있었다. 그건 엡섬 솔트였다! 어깨에 엡섬 솔트를 뿌리면 어떻게 되는 거지? 난 그를 이상한 사람이라고 생각했다. 뭔지는 모르지만 비밀이 있는 사람 같았다. 그는 침대 밑에 주석으로 된 여행 가방과 검은 가죽 상자를 보관하고 있었다. 여행 가방은 그렇다 쳐도 검은 가죽 상자는 이상했다. 대충 바이올린 케이스 크기인 것 같은데 바이올린 케이스처럼 뚜껑이 불룩하지도 않고 윗부분이 가느다랗지도 않았다. 튼튼한 놋쇠 자물쇠가 두 개 달린 3피트(*약 90cm) 정도 길이의 직사각형 가죽 상자였다.

"바이올린 연주하세요?"

언젠가 내가 그에게 물었다.

"웃기는 소리 말아요. 난 축음기도 안 돌려요."

그가 대답했다.

그럼 좀 작은 엽총이 들어 있을지도 몰라. 난 혼자 중얼거렸다. 딱 그 크기였기 때문이다.

엡섬 솔트 상자를 세면도구 가방에 넣었다. 그리고 샤워를 한 후 옷을 차려입고 저녁을 먹기 전에 한잔하려고 위층으로 올라갔다. 바에는 빈 스툴이 하나 있었다. 그곳에 앉아서 맥주 한 잔을 시켰다. 바의 높은 스툴에는 햇볕에 그을려 가무잡잡한 근육질을 자랑하는 쓸데없이 바쁜 남자 여덟 명이 있었는데 그 속에 유엔 세이버리도 있었다.

스툴은 바닥에 고정되었고, 바는 반원 모양이라 다들 서로 이야기를 나눌 수 있었다. 유엔 세이버리는 나에게서 다섯 자리 정도 떨어진 스툴에 앉아 있었다. 그는 '김렛'을 마셨다. 라임 주스를 섞은 진이었는데 세력 확대에 주력하는 사람들은 김렛이라고 불렀다. 나는 그곳에 앉아 멧돼지 사냥을 나간 이야기, 폴로 이야기, 카레가 변비에 어떻게 좋은지 같은 한담을 들었다. 난 완전히 아웃사이더가 된 기분이었다. 끼어들 만한 대화가 없었기에 이야기를 그만 듣고 엡섬 솔트 수수께끼를 푸는 일에 집중했다. 유엔 세이버리를 힐긋 쳐다보았다. 내가 앉은 자리에서도 그의 어깨에 뿌려진 작고 하얀 가루가 잘 보였다.

그때 웃긴 일이 일어났다.

유엔 세이버리가 갑자기 손으로 자신의 한쪽 어깨에서 엡섬 솔트를 털어 내기 시작한 것이다. 그는 여봐라는 듯 세게 어깨를 털며 다소 큰 목소리로 이렇게 말했다.

"지긋지긋한 비듬 같으니! 정말 지겨워 죽겠어요! 비듬 없애는 법을 아는 분 안 계신가요?"

"코코넛 오일을 발라 봐요."

누군가 말했다.

"베이럼 향료랑 칸타리스가 좋다던데요."

또 다른 사람이 말했다. 아삼 출신의 차 재배자 언스워스가 말했다.

"여봐요. 내가 시키는 대로 해 봐요. 두피의 혈액 순환을 자극해야 해요. 그러려면 매일 아침 얼음물에 머리를 담그고 5분 정도 있어요. 그러고는 맹렬히 말려요. 그러면 머릿결이 좋아질 거예요. 비듬을 치료하지 않으면 바로 대머리가 될 겁니다. 내 말대로 꼭 해요."

유엔 세이버리의 머리는 검고 결도 좋았다. 그런데 왜 있지도 않은 비듬이 있는 체하는 걸까?

"고마워요. 말씀하신 대로 해 볼게요. 효과가 있는지 말이에요."

유엔 세이버리가 말했다.

"효과가 있을 거예요. 우리 할머니가 그렇게 해서 비듬을 치료했거든요."

언스워스가 덧붙였다.

"할머니께서요? 할머니가 비듬이 있었나요?"

누군가 물었다. 그러자 언스워스가 대답했다.

"할머니가 머리를 빗으면 마치 눈이 내리는 것 같았지요."

그들 모두 하나같이 완전히 맛이 갔다고, 나는 100번째로 중얼거렸다. 하지만 이제 유엔 세이버리가 모두를 속인 건지도 모른다는 생각이 들기 시작했다. 맥주를 뚫어져라 바라보며 왜 그가 비듬이 있는 척 모두를 속이려는 건지 생각해 보았다. 그리고 사흘 후 난 그 답을 알게 되었다.

초저녁이었다. 우리가 탄 배는 수에즈 운하를 천천히 통과하고 있었고 날씨는 전에 없이 더웠다. 그날은 저녁을 먹으러 가기 전에 내가 먼저 옷을 입는 날이었다. 내가 샤워를 하고 옷을 입는 동안

이스마일리아 근처 수에즈 운하.

유엔 세이버리는 자기 침대에 누워 허공을 바라보고 있었다.

난 문을 열고 밖으로 나가면서 말했다.

"이제 당신 차례예요. 2층에서 뵐게요."

보통 때와 마찬가지로 난 바에 앉아서 맥주를 홀짝이기 시작했다. 아, 진짜 더웠다. 천장에서 천천히 돌아가는 커다란 선풍기에서 찜통 같은 바람이 불어나오는 것 같았다. 땀이 목덜미를 간질이며 빳빳한 셔츠 깃 속으로 흘러내렸다. 목둘레가 젖으면서 셔츠 깃이 불편했다. 하지만 햇볕에 그을려 가무잡잡한 근육질을 자랑하는 쓸데없이 바쁜 남자들은 더위를 느끼지 못하는 것 같았다. 나는 갑판으로 나가 식전 담배를 피우기로 했다. 그곳은 좀 시원하겠지. 난 더듬더듬 파이프를 찾았다. 젠장, 두고 나온 것 같았다. 일어서서 아래층에 있는 선실로 가서 문을 열었다. 그런데 유엔 세이버리의 침대에 셔츠를 입은 낯선 남자가 앉아 있었다. 내가 안으로 들어가자 남자는 마치 바지 속 엉덩이에서 크래커라도 부서진 듯 이상한 소리로 조그맣게 비명을 지르며 벌떡 일어났다.

그 남자는 완전히 대머리였기 때문에 1, 2초 지나서야 그 사람이 다름 아닌 유엔 세이버리라는 사실을 깨달았다. 머리카락이 없으면 사람이 그토록 완전히 다르게 보인다는 사실에 놀랐다. 우선 그는 15년은 더 나이 들어 보였다. 미묘하게 몸이 쪼그라든 것처럼 보였는데 키도 훨씬 작고 체구도 작아진 것 같았다. 방금 말한 대로 그는 거의 완전히 대머리였는데 머리통이 잘 익은 복숭아처럼 분홍빛으로 반짝였다. 내가 들어가자 그는 쓰려던 가발을 두 손에 들고 일어섰다.

"왜 돌아온 거야! 다 끝났다고 했잖아!"

그의 두 눈에 분노가 불꽃처럼 번득였다.

"정말…… 정말 죄송해요. 파이프를 두고 나갔어요."

내가 더듬거리며 말했다. 그는 나를 노려보았다. 그의 눈에는 나를 부수어 버릴 것 같은 어두운 욕망이 번득였다. 대머리의 땀구멍에서 흘러내리는 작은 땀방울들이 보였다. 몹시 안타까웠다. 무슨말을 해야 할지 도무지 생각이 나지 않았다.

"파이프만 찾으면 나갈게요."

난 웅얼거렸다.

"안 돼! 모든 걸 다 봤으니 나에게 약속하기 전에는 이 선실을 나갈 수 없어. 아무에게도 이야기하지 않겠다고 약속해! 약속하라고!"

유엔 세이버리가 소리쳤다. 그의 뒤 침대 위에는 그 수상한 검은 가죽 '바이올린 케이스'가 뚜껑이 열린 채였고, 그 안에는 검은색 가발 세 개가 아늑하게 자리 잡은 고슴도치처럼 나란히 놓여 있었다.

"대머리인 게 나쁜 건 아니에요."

내가 말했다.

"난 네 생각을 묻지 않았다."

그는 여전히 화가 나 있었다.

"약속하라고!"

"아무에게도 말하지 않을게요. 약속해요."

"그 약속은 지키는 게 좋을 거야."

그가 말했다. 난 손을 뻗어 침대 위에 놓여 있던 파이프를 집어 들었다. 그리고 담배가 든 주머니를 찾아 여기저기 샅샅이 뒤졌다. 유엔 세이버리는 아래 침대에 걸터앉았다.

"아마 내가 미쳤다고 생각하겠지?"

그의 목소리에서 버럭 하던 고함이 쑥 빠져나가 버렸다. 난 아무 말도 하지 않았다. 무슨 말을 해야 할지 여전히 떠오르지 않았다.

"그렇지? 내가 미쳤다고 생각할 거야."

"전혀 그렇지 않아요. 남자는 하고 싶은 대로 할 수 있는 법이에요."

"허영심이라고 생각할 거야. 하지만 이건 허영심이 아니야. 허영심이랑은 아무 상관이 없어."

그가 말했다.

"괜찮아요. 정말이에요."

"사업 때문에 그러는 거야. 순수하게 사업적인 이유 때문에 이러는 거라고. 난 펀자브 지방 암리차르에서 일하고 있어. 시크교의 중심지이지. 시크교도들에게 머리카락은 종교와도 같은 거야. 시크교도는 머리를 절대 자르지 않아. 머리를 감아 정수리 꼭대기에 올리거나 터번 속에 넣지. 시크교도는 대머리를 존경하지 않아."

"그렇다면 가발을 쓰신 게 아주 현명한 일인 거 같아요."

이 선실에서 유엔 세이버리와 아직 며칠은 더 지내야 했기 때문에 말썽을 일으키고 싶지 않았다.

"정말 똑똑한 생각이에요."

나는 덧붙였다.

"정말 그렇게 생각해?"

그는 한결 누그러진 목소리로 물었다.

"천재나 할 수 있는 일이에요."

"시크교도 관계자들에게 이게 내 머리라는 것을 납득시키려고 얼마나 고생하는지 몰라."

그가 계속해서 말했다.

"그래서 비듬이 있는 체하신 거예요?"

"봤어?"

"물론 봤죠. 정말 천재적이었어요."

"내 소소한 계략 중에 하나일 뿐이지."

그는 이제 점점 우쭐해지고 있었다.

"비듬이 있다면 내가 가발을 쓰고 다닐 거라고 누가 의심하겠어, 안 그래?"

"당연하죠. 정말 천재적이시라니까요. 그런데 왜 여기서 가발을 쓰세요? 이 배에는 시크교도가 없어요."

"그거야 아무도 모르지."

그가 은밀한 말투로 말했다.

"아주 가까운 곳에 누가 숨어 있는지 아무도 알 수가 없거든."

그는 이제 아주 잘난 체하고 있었다.

"하나가 아니군요."

난 검정색 가죽 케이스를 가리키며 말했다.

"하나로는 안 돼. 나처럼 제대로 하려면 말이야. 난 늘 네 개를 가지고 다니는데 각각 조금씩 다르지. 머리가 자란다는 사실을 모르지는 않겠지, 친구? 가발들은 차례로 조금씩 더 길어지지. 난 매주 더 긴 가발로 바꿔서 쓴다네."

"가장 긴 가발을 쓰고 나면 어떻게 해요? 더 긴 게 없잖아요."

내가 물었다.

"아, 좋은 질문이야."

"이해가 안 돼요."

"난 그냥 '여기 근처에 좋은 이발소가 없나요?' 하고 묻지. 그리고 다음 날 가장 짧은 가발을 쓰고 나오는 거야."

"하지만 시크교도들은 머리 자르는 것을 허락하지 않는다고 하셨잖아요."

"유럽 사람들에게만은 허락하지."

난 그를 가만히 바라보았다. 완전히 돈 게 분명했다. 그 사람과 조금 더 이야기를 하면 나도 돌아 버릴 것 같았다. 난 문 쪽으로 걸어갔다.

"아무튼 정말 대단하세요. 완전히 천재예요. 그리고 아무 걱정 마세요. 입에 자물쇠를 채울게요."

"고맙네, 친구. 정말 좋은 청년이야."

유엔 세이버리가 말했다. 난 얼른 선실 밖으로 나와 문을 닫았다.

이게 유엔 세이버리의 이야기이다. 믿지 못하겠다고? 위층의 바를 향해 비틀거리며 걸어가는데 나 역시 도무지 믿어지지 않았다.

하지만 난 약속을 지켰다. 아무에게도 말하지 않았던 거다. 하지만 이젠 더 이상 중요하지 않다. 그 사람은 나보다 최소한 서른 살은 많았기 때문에 지금쯤이면 그의 영혼은 잠들었을 테고, 그의 가발은 아마도 그의 조카들이 제스처 게임을 할 때나 쓰고 있을 테니까.

에스에스 만톨라에서

1938년 10월 4일

엄마,

우린 지금 홍해에 있고요, 무지 더워요. 바람은 배 뒤에서 불어오는데 정확하게 배가 가는 속도로 불어와서 배에서는 바람 한 점 느낄 수가 없어요. 선실과 기관실에 바람을 좀 불어넣어 보려고 세 번인가, 배를 바람의 반대 방향으로 돌렸어요. 하지만 선풍기에서 불어 나오는 건 뜨거운 바람뿐이었죠.

갑판에는 마치 부엌 보일러 위에 널어놓은 젖은 행주마냥 땀에 절어 축 늘어진 사람들로 북적여요. 그들은 담배를 피우면서 "얼음 넣은 맥주 한 잔 더!"라고 소리를 지르죠.

전 그렇게 심하게 덥지 않아요. 아마 말라서 그런 거 같아요. 사실 편지를 다 쓰고 나면 갑판에 나가 하몬드라는 말라깽이 공무원과 테니스를 한 판 신나게 치려고 해요. 우린 셔츠도 다 벗고 온몸을 격렬하게 움직이며 게임을 하죠. 그리고 땀에 절어 죽을지도 모른다는 생각이 들면 수영장으로 뛰어들어요.

다르에스살람

★ 탄자니아의 옛 수도, 아랍 어로 '평화로운 항구'라는 뜻

만톨라 호가 포트수단을 향해 홍해의 남쪽을 항해하는 동안 배 위 그늘의 온도는 50도를 육박했다. 바람은 우리 뒤쪽에서 불었고 배가 나아가는 속도와 정확하게 일치했다. 그러니까 다시 말해, 배 위에서는 공기의 움직임이 전혀 느껴지지 않았다. 홍해에서의 첫날, 창문과 갑판 위로 바람을 불게 해 볼 생각으로 세 차례 배를 돌려서 바람에 맞서 운항했다. 하지만 달라진 건 아무것도 없고, 햇볕에 그을려 가무잡잡한 근육질을 자랑하는 쓸데없이 바쁜 남자들과 그들의 억세고 작은 말라깽이 아내들마저 지쳐서 아무 말이 없었다. 그들도 나처럼 천막 아래 갑판 의자에 널브러져 숨을 헐떡거렸다. 그들의 얼굴, 목, 팔을 타고 흘러내린 땀이 팔꿈치에서 나무 갑판 위로 뚝뚝 떨어졌다. 너무 더워 책도 읽을 수 없을 지경이었다.

홍해에서의 둘째 날, 만톨라 호는 이탈리아 배 한 척 근처를 아주 가까이 지나가게 되었다. 그 배도 우리처럼 남쪽으로 가고 있었다. 그 이탈리아 배는 우리 배에서 200야드(*약 180미터)도 채 되지 않는 거리를 지나갔는데 갑판이 여자들로 꽉 차 있었다! 배 위에는 분명 여자가 수천 명은 되는 것 같았고 남자는 한 사람도 보이지 않았다. 난 내 두 눈을 믿을 수 없었다.

"어떻게 된 거죠?"

나는 근처 난간에 서 있던 항해사 한 사람에게 물었다.

"왜 여자들만 타고 있는 거죠?"

"저들은 이탈리아 군인들에게 가는 겁니다."

"무슨 이탈리아 군인이요?"

"아비시니아(*에티오피아의 별칭)에 있는 군인들이요. 무솔리니가 아비시니아를 점령하려고 수십만의 군대를 그곳에 보냈죠. 이제 그 군인들을 즐겁게 해 주려고 이탈리아 여자를 배에 실어 보내는 거요."

"농담이시겠죠."

"저렇게 잔뜩 실어 날라서 일반 사병들 모두에게 여자 한 사람씩 그리고 대령에게는 두 사람씩, 장군에게는 세 사람씩 배당하죠."

"제발 농담 좀 그만해요."

"정말 저들은 군인에게 보내지는 거예요. 아무 의미도 없고 근거도 없는 전쟁이죠. 군인은 모두 전쟁을 싫어해요. 비참한 아비시니아 사람들을 대량으로 학살하는 데 신물이 나 있어요. 그래서 무솔리니가 그들의 사기를 진작시키려고 여자들 수천 명을 보내는 거요."

나는 저쪽 배에 있는 여자들을 향해 손을 흔들었다. 그러자 약 2,000명의 여자가 내게 손을 흔들어 주었다. 그들은 아주 신나 보였다. 그들이 언제까지 그렇게 신날 수 있을지 궁금했다.

마침내 만톨라 호가 몸바사에 도착했다. 쉘 정유 회사에서 남자 한 사람이 나를 마중 나왔는데 그는 나더러 바로 탕가니카(*지금의 탄자니아)의 다르에스살람 해안으로 가게 될 거라고 말했다.

"그곳에 도착하려면 하루 낮과 밤이 걸릴 겁니다. '덤라'라는 작은 배를 타고 가게 됩니다. 표는 여기 있어요."

적도를 지날 때의 모습. 허리를 숙이고 있는 사람이 나다.

나는 그날 출항하는 덤라 호로 갈아탔다. 덤라 호는 그날 저녁 잔지바르에 정박했다. 그곳의 공기는 정향(*향신료의 일종)의 자극적이면서도 달콤한 향기로 가득했다. 나는 난간에 서서 오래된 아랍 도시를 돌아보며 내가 얼마나 운이 좋은 녀석인가 생각했다. 좋은 일자리도 얻었을 뿐 아니라 이 아름다운 곳을 공짜로 볼 수 있으니 말이다. 우리는 자정 무렵 잔지바르를 떠났다. 내일이면 이 모든 여정이 끝날 거라 생각하며 나는 작은 선실로 들어가 잠자리에 들었다.

다음 날 아침, 잠에서 깨니 배의 엔진이 멈춰 있었다. 난 침대에서 뛰어 내려와 창문 밖을 내다보았다. 그것이 다르에스살람과의 첫 만남이었는데 난 그 장면을 평생 잊을 수 없다. 우리가 탄 배는 잔물결이 일렁이는 검푸른 초호(*산호초 때문에 섬 둘레에 바닷물이 얕게 괸 곳) 한가운데 정박해 있었다. 광대한 초호는 거의 하얀색에 가까운 옅은 노란색의 모래사장으로 둘러싸였는데 하얀 파도가 그 모래 위를 달리고 있었다. 초록색 잎이 무성한 코코넛 야자나무가 해변에 줄지어 서 있었고, 어마어마하게 키가 크고 숨 막히도록 아름다운 캐주아리나 나무들도 우아한 회녹색 이파리를 드리우고 서 있었다. 그 캐주아리나 나무 뒤로 정글처럼 보이는 게 펼쳐져 있었다. 암녹색의 거대한 나무들이 잔뜩 뒤엉킨 그곳은 그림자가 짙게 드리워져 있었는데 코뿔소와 사자 같은 온갖 종류의 포악한 짐승이 우글거리는 게 분명하다는 생각이 들었다. 한쪽으로는 다르에스살람의 작은 마을이 자리했다. 하얀색, 노란색, 분홍색 집이 많았고 그 집들 사이로 교회 첨탑 하나와 모스크의 둥근 지붕 하나가 보였다. 물가를 따라 보랏빛 꽃들이 핀 아카시아 나무가 줄지어 서 있었다. 우리를 태워 해안으로 가기 위해 카누 여러 대가 왔다. 검은 피부의 사람들이 박자에 맞춰 이상한 노래를 부르며 노를 저어 오고 있었다.

창문을 통해 보았던 그 놀라운 열대 지방의 풍경은 사진처럼 내 마음속에 남았다. 나에게는 그 모든 것이 너무도 놀랍고 아름답고 흥미로웠다. 탕가니카에 있는 내내 그랬다. 모든 것이 아주 좋았다. 접는 우산도 없고 중산모도 없고 칙칙한 회색 정장도 없었다. 단 한 번이라도 기차나 버스를 탈 일도 없었다.

그 광활한 땅에서 쉘 정유 회사를 운영하는 사람이라고는 달랑

다르에스살람 항구.

젊은 영국 남자 세 명이었는데 내가 가장 어린 신입사원이었다. '출장 나가 있을 때'가 아니면 우리는 다르에스살람 외곽 절벽 꼭대기

다르에스살람의 쉘 정유 회사 사택.

에 자리 잡은 넓고 멋진 쉘 정유 회사 소유 사택에서 지냈다. 그곳에서 우리는 왕자 대접을 받았다. 집에는 일하는 사람이 여럿 있었다. 먼저 원주민 남자 요리사가 하나 있었는데 우리는 그를 장난으로 '피기(piggy)'라고 불렀다. 요리사를 뜻하는 스와힐리 어가 '음피시'였기 때문이다. 그리고 농장 일이나 정원 일을 하는 '샬리무'가 있었고, 우리 각자의 개인적인 일을 도와주는 '아이'가 하나씩 있었다.

아이는 일종의 시종이었고 동시에 만물박사였다. 그는 바느질, 수리, 빨래, 다림질, 닦고 광내기 그리고 부츠를 신기 전 전갈이 없다는 걸 확인하는 전문가였다. 그리고 친구가 되었다. 그는 오직 나만 돌봐 주었고 내 생활과 취미에 대해 모르는 게 없었다. 그 대신에 나는 사택 뒤쪽 숙소에 살고 있는 그와 그의 아내(적어도 두 명) 그리고 그의 자식들을 보살폈다.

내 아이의 이름은 '음디쇼'였다. 그는 음와눔웨지 부족 사람이었는데 그 사실은 그곳에서 많은 것을 의미했다. 음와눔웨지는 전쟁에서 거대한 마사이 부족을 꺾은 유일한 부족이었기 때문이다. 음디쇼는 키가 크고 얌전했으며 말씨가 상냥했다. 어린 백인 주인인 나에 대한 충성심은 절대적이었다. 나도 그에게 똑같이 충실했기를 바라며 그랬으리라 믿는다.

다르에스살람에 가서 처음 해야 할 일은 스와힐리 어를 배우는 것이었다. 그렇지 않으면 자신의 아이는 물론이고 그곳의 원주민 누구와도 대화를 할 수 없는데, 그건 영어를 한 마디라도 할 줄 아

Conceal, v. ncha, setiri.
Concubine, s., suria, plur. ma-.
be Condemned, v. (by a judge)
  pasishwa hatia.
Condition, s. hali, (necessary re-
  quirement) kanuni.
Conduct, s. mwenendo, matendo,
  (good conduct) adili.
Conduct, v. peleka, leta, fikisha.
Confess, v. ungama.
Confidence, s. matumaini.
become Confident, v. tumaini.
come Confused, v. (of persons)
  ... (of things) chafuka.

... v. lazinia.
ongea.
Convert, s. mwongofu.
Convert, v. ongoa, geuza.
be Converted, v. ongoka, geuka.
Cook, v. pika.
Cook, s. mpishi.
Cooked rice, s. wali.
Cooking-place, s. jiko.
Cooking-pot, s. (earthenware) chu
  ngu, mkungu, (metal) sufuria.
Cooking-stones, s. (to rest a pot
  on) mafya.
Cool, a. -a baridi.
Coo... ...) poza.

내 스와힐리 어 사전.

는 사람이 아무도 없기 때문이었다. 무지몽매한 제국주의 시대에
는 흑인이 영어를 말하는 건 고사하고 알아듣기만 해도 주제넘은
짓이라고 여겨졌다. 그 결과 아무도 영어를 배우려고 노력하지 않
았고 그래서 우리가 그들의 언어를 배워야 했다. 스와힐리 어는 비
교적 단순한 언어였다. 스와힐리 사전과 문법책을 가지고 매일 밤
열심히 공부하니 두어 달 후에는 꽤 유창해질 수 있었다. 시험을 쳐
서 통과하면 쉘 정유 회사에서 100파운드의 보너스를 주었다. 당시
위스키 한 상자가 12파운드 할 때이니 100파운드는 아주 큰 금액
이었다.

　가끔 내륙 지방으로 원정 출장을 가야 했는데 그때마다 음디쇼
는 항상 나와 함께했다. 쉘의 스테이션왜건(*승용차 겸 화물차)을 타
고 한 달간 나가 있는 동안 수백만 개의 바퀴 자국으로 촘촘히 뒤
덮인 흙길로 탕가니카 전역을 돌아다녔다. 그 바퀴 자국들 위로 스

테이션왜건을 타고 달리는 건 마치 커다란 진동기 위에 탄 느낌이었다. 우리는 서쪽으로 한참을 달려 중앙아프리카에 있는 탕가니카 호숫가로 갔다가 다시 남쪽으로 내려가 니아살랜드(*말라위의 옛이름)와의 국경까지 갔다. 그리고 다시 동쪽의 모잠비크로 향했다. 이 출장의 목적은 쉘의 고객들을 방문하는 것이었다. 이 고객들은 다이아몬드 광산, 금광, 사이잘삼 농장, 목화 농장을 운영했는데 그 외에 또 어떤 일을 하는지는 아무도 몰랐다. 내가 하는 일은 그들의 기계에 적당한 품질의 윤활유와 연료유를 공급하는 것이었다. 지적 능력이나 상상력이 그다지 필요 없는 건강하고 튼튼하기만 하면 되는 일이었다.

난 그 생활이 너무 좋았다. 길 바로 옆에 서서 조금도 두려워 않고 나뭇잎을 뜯어 먹는 기린을 볼 수 있었다. 코끼리와 하마, 얼룩말, 영양과 수없이 마주쳤고 아주 가끔은 사자 무리를 보았다. 내가 겁을 먹는 유일한 동물은 뱀이었다. 종종 큰 뱀 한 마리가 우리 차 앞을 스르륵 미끄러지듯 지나가는 걸 볼 수 있었는데 그럴 때는 절대 속도를 높이거나 뱀을 치고 달리려 하면 안 된다는 것이 철칙이었다. 우리는 종종 자동차 지붕을 열었는데 특히 자동차 지붕이 열려 있을 때는 꼭 지켜야 하는 규칙이었다. 고속으로 달리다가 앞바퀴로 뱀을 치면 공중으로 뱀이 날아올라 내 무릎에 척지날 위험이 있기 때문이다. 정말 그것보다 끔찍한 일도 없을 것 같다.

탕가니카에서 진짜 무서운 뱀은 검은 맘바(*코브라의 한 종)이다. 맘바는 사람을 만나면 무서워하지 않고 곧장 공격한다. 그리고 맘바에게 물리면 그걸로 끝장이다.

어느 날 아침, 나는 다르에스살람 집 욕실에서 면도를 하고 있었다. 멍하니 창문 밖 정원을 바라보면서 얼굴에 비누 거품을 묻혔다. 농장 일을 해 주는 살리무가 보였다. 그는 천천히 그리고 규칙적으로 집 앞 진입로의 자갈을 골랐다. 그때 뱀이 보였다. 6피트(*약 1.8미터) 정도 길이에 내 팔뚝만 한 굵기의 검은색 뱀이었다. 맘바가 분명했다. 놈은 살리무를 본 것이 틀림없었다. 살리무를 향해 빠른 속도로 자갈 위를 미끄러져 갔다.

나는 열린 창문으로 달려가 스와힐리 어로 소리쳤다.

"살리무! 살리무! 앙갈리아 은요카 쿠브와! 은요마 웨웨! 유페시, 유페시!"

그러니까 "살리무! 살리무! 큰 뱀을 조심해! 뒤에 있어! 어서, 어서!"라는 말이었다.

맘바는 성인 남자가 달리는 속도로 자갈 위를 움직였다. 살리무가 돌아서서 뱀을 발견했을 때는 열다섯 걸음도 채 되지 않은 거리에 있었다. 내가 할 수 있는 일은 아무것도 없었다. 살리무가 할 수 있는 일도 없었다. 살리무는 달아나 봐야 소용없다는 것을 알았을 것이다. 맘바가 전속력으로 움직이면 질주하는 말 만큼 빨리 달릴 수 있기 때문이었다. 그리고 분명히 살리무는 그 뱀이 맘바라는 것도 알았다. 탕가니카의 모든 원주민은 맘바가 어떻게 생겼는지 알았고 그 뱀이 어떻게 할 거라는 것도 알았다. 5초만 더 있으면 맘바는 살리무에게 다다를 것이다. 난 창문으로 몸을 내밀고 숨을 멈추었다. 살리무가 휙 돌아서서 뱀을 정면으로 마주했다. 그러더니 몸을 숙였다. 그는 100미터 경주를 출발하려는 달리기 신수처럼 한쪽 다리를 뒤로 빼고 한껏 몸을 낮추었다. 들고 있던 긴 갈퀴를 들어 올렸다. 하지만 어깨보다는 높지 않았다. 그렇게 그는 꼼짝도 않고 4, 5초 동안 서서 자신을 향해 자갈 위를 잽싸게 미끄러져 오는 죽음의 검은 뱀을 지켜보았다. 뱀은 조그만 삼각형 머리를 공중으로 들었다. 뱀이 성긴 돌멩이 위를 미끄러져 갈 때 자갈들이 부딪히는 소리가 들렸다. 아직도 그 악몽 같은 장면이 눈앞에 보이는 것 같다. 정원을 비추던 아침 햇살, 뒤뜰의 웅장한 바오밥 나무, 낡은 황갈색 반바지와 셔츠를 입고 두 손에 갈퀴를 든 채 꼼짝 않고 용감하게 서 있던 맨발의 살리무 그리고 독기 품은 작은 머리를 높이 쳐들고 공격 자세로 곧장 미끄러져 가던 길고 검은 뱀.

살리무는 기다렸다. 뱀이 도착할 때까지 그는 절대 움직이지 않았고 아무 소리도 내지 않았다. 그는 맘바가 겨우 5피트(*약 1.5미터) 앞까지 다가오는 마지막 순간까지 기다렸다가 탁! 후려쳤다. 살리무가 먼저 공격한 것이다. 살리무는 갈퀴의 금속 끝을 맘바 등 한가운데 내리꽂고는 자신의 모든 무게를 갈퀴에 실었다. 뱀을 땅에 고정시키기 위해서는 갈퀴에 더 많은 무게를 실어야 했기 때문에 몸을 앞으로 기울이고 팔짝팔짝 뛰기까지 했다. 갈퀴 끝이 꽂힌 뱀의 몸에서 피가 튀는 게 보였다. 난 완전히 벌거벗은 채 아래층으로 달려갔다. 복도를 통과해 지나가면서 골프채를 잡았다. 진입로에는 살리무가 아직도 두 손으로 갈퀴를 붙잡은 채 누르고 있었고 거대한 뱀은 괴로워하며 온몸을 비틀고 몸부림쳤다. 난 스와힐리 어로 살리무에게 소리쳤다.

"내가 어떻게 하면 되지?"

그러자 살리무가 나에게 소리쳤다.

"이제 괜찮습니다. 브와나(*주인님)! 제가 놈의 허리를 부러뜨렸으니 이제 더 이상 앞으로 나아가지 못합니다! 떨어져 계세요, 브와나! 저는 괜찮으니 뚝 떨어져 계세요!"

살리무가 갈퀴를 들어 올리며 훌쩍 뛰어 뒤로 물러났다. 뱀은 괴로워하며 몸을 비틀었지만 정말로 어느 쪽으로도 가지 못했다. 살리무는 앞으로 걸어가 갈퀴의 금속 부분으로 뱀의 머리를 정확하게 내리쳤다. 뱀은 갑자기 움직임을 멈추었다. 살리무는 크게 한숨을 내쉬더니 한쪽 손으로 이마를 쓱 문질렀다. 그러고는 나를 보며 미소 지었다.

"아산티, 브와나. 아산티 사나."

그 말의 뜻은 이렇다.

"고맙습니다, 브와나. 정말 고맙습니다."

누군가의 목숨을 구하는 건 흔한 일이 아니다. 그 사건 덕분에 나는 그날 하루 종일 기분이 좋았다. 그리고 그날 이후 살리무를 볼 때마다 좋은 기분이 다시 느껴지곤 했다.

엄마.

전쟁이 일어나면 텐비로 가셔야 해요. 그렇지 않으면 폭격을 맞을 거예요. 꼭 기억하세요. 전쟁이 일어나면 텐비로 가셔야 한다는 거…….

심바

검은 맘바 사건이 있고 약 한 달 후 나는 음디쇼와 함께 낡은 쉘 스테이션왜건을 타고 내륙 지방 원정 출장을 떠났다. 우리가 처음 들른 곳은 바고모요의 작은 마을이었다. 내가 이 사실을 언급하는 것은 바고모요에서 만나야 했던 인도인 상인의 이름이 너무 멋져서 결코 잊을 수가 없다는 이유, 순전히 그것 때문이다. 그는 체구가 작고 배가 심하게 나왔다. 그의 배는 마치 임신 8개월 반쯤 된 여자처럼 불룩하고 축 처져 있었다. 하지만 그 거대한 배를 그는 특별한 메달이나 문장(紋章)이라도 되는 것처럼 아주 자랑스럽게 내밀고 다녔다.

그는 자신을 '미스터 생커바이 간더바이'라고 소개했고, 자신의 업무 노트 맨 위에다 스스로 붙인 직함 '바고모요의 디코티케이터 판매상, 미스터 생커바이 간더바이'를 하나도 빼놓지 않고 빨간 글

씨로 길게 프린트해 놓았다. 디코티케이터는 절거덕거리는 소리를 내며 사이잘삼 잎을 밧줄용 섬유로 만드는 커다란 기계다. 이 기계를 사려면 만나야 하는 사람이 바로 바고모요의 미스터 생커바이 간더바이였다.

사흘 더 흙먼지 길을 달려 고객들을 방문한 후 나와 음디쇼가 도착한 곳은 타보라라는 마을이었다. 타보라는 다르에스살람에서 내륙 쪽으로 약 450마일(*약 724킬로미터) 떨어진 곳인데 1939년 당시에는 마을이라기보다 집 몇 채와 길이 띄엄띄엄 있고 인도 상인들이 운영하는 가게가 위치한 곳에 불과했다. 하지만 여느 탕가니카 마을처럼 상당히 넓은 곳이었기 때문에 영광스럽게도 영국 자치구 관리가 상주했다.

탕가니카의 자치구 관리들은 내가 존경하는 부류의 사람들이었다. 확실히 그들 또한 햇볕에 그을려 가무잡잡한 근육질을 자랑하는 남자였지만 쓸데없이 바쁘지는 않았다. 그들은 모두 좋은 학위를 가진 대학 졸업자였지만 외로운 식민지 벽지에서는 모든 사람의 비위를 맞춰 주려 애써야 했다. 그들은 부족 사이나 개인 사이의 논쟁을 해결하고 결정을 내리는 재판관이었다. 또한 부족장들에게는 의논 상대였으며, 종종 환자에게는 약사나 구세주가 되기도 했다. 그들은 가장 열악한 상황 속에서도 법과 질서를 지키며 자신의 광대한 자치구를 운영했다. 원정 출장 중인 쉘 직원은 자치구 관리가 있는 곳이라면 어디든 환영을 받으며 그들 집에서 묵을 수 있었다.

타보라의 자치구 관리는 로버트 샌포드라는 사람이었다. 아내와 여섯 살 아들, 네 살 딸 그리고 갓난아기가 있는 30대 초반의 남자였다.

그날 밤 나는 로버트 샌포드와 그의 아내 메리와 함께 베란다에 앉아 선다우너를 마시고 있었다. 두 아이가 집 앞 잔디에서 놀았고 흑인 보모가 아이들을 지켜보았다. 해가 지면서 낮의 열기가 조금씩 누그러들었다. 소다수를 넣은 위스키 첫 잔이 아주 맛있었다.

"다르에스살람은 어떤가요? 뭐 재미있는 일이라도 있나요?"

로버트 샌포드가 물었다. 난 그에게 검은 맘바와 살리무 이야기를 해 주었다. 이야기를 마치자 메리 샌포드가 말했다.

"이 나라에서 항상 걱정되는 일 중 하나죠. 그 징그러운 뱀 말이에요."

"그 사람 뒤에 뱀이 있는 걸 당신이 봐서 정말 다행이군요. 안 그랬으면 분명 죽은 목숨이었을 텐데 말이죠."

로버트 샌포드가 말했다.

"얼마 전에도 우리 집 뒤뜰에 독물총 코브라가 나타났었는데 이이가 총을 쏴 잡았죠."

메리 샌포드가 말했다.

샌포드의 집은 마을 외곽 언덕 위에 있었다. 초록색 기와지붕의 하얀색 2층 목조 건물이었다. 더 많은 그늘이 드리우도록 처마를 벽 앞으로 길쭉이 튀어나오게 만들었는데 그래서 일본식 탑처럼 보이기도 했다. 나는 주변에 펼쳐진 시골 풍경이 아주 마음에 들었다. 꽤 큰 언덕과 둔덕들이 곳곳에 솟아 있는 광활한 갈색 평원이었다. 평원 자체는 대부분 불에 탄 관목지대였지만 언덕에는 온갖 종류의 밀림 습지대 아름드리나무들이 빼곡하게 들어서 있었고, 그 울창한 나뭇잎 덕에 평원은 에메랄드 빛 작은 초록색 점을 뿌려놓은 것 같았다. 평원에는 서아프리카 전역에서 볼 수 있는 뾰족뾰족한 가시나무밖에 없었고, 눈에 보이는 모든 가시나무에는 대략 여섯 마리의 커다란 독수리들이 부동자세로 앉아 있었다. 독수리들의 몸통은 갈색이었고 꼬부라진 부리와 발은 오렌지색이었다. 어떤 짐승이든 죽으면 달려들어 살을 파먹으려고 평생을 그렇게 앉아서 지켜보며 기다렸다.

"이렇게 사는 게 좋으신가요?"

내가 로버트 샌포드에게 물었다.

"난 자유가 좋아요. 난 2,000평방 마일의 땅을 관리하죠. 내가 원하는 곳은 어디든 갈 수 있고 하고 싶은 건 대부분 할 수 있어요. 그 점이 가장 멋져요. 하지만 다른 백인들이 일하는 회사가 그립기도 해요. 마을에는 지적인 유럽인들이 별로 없거든요."

우리는 앉아서, 가시나무로 뒤덮인 갈색 평원 뒤로 해가 넘어가는 광경을 지켜보았다. 재수 없는 독수리들이 깃털 달린 장의사마냥 어서 죽음이 와서 뭔가 일거리를 주기를 기다리는 것처럼 보였다.

"아이들을 집 가까이로 데리고 와! 좀 더 가까이, 얼른!"

다르에스살람 총독관저.

이발하는 장면.

해 질 녘 쉘 정유 회사 사택에서 즐기는 한잔 술.

메리 샌포드가 보모에게 소리쳤다.

로버트 샌포드가 말했다.

"어머니께서 지난 주 런던에서 베토벤 교향곡 3번을 보내오셨어요. HMV(*영국 EMI사 레코드 레이블의 하나), 두 장짜리 레코드, 그래서 모두 네 면이죠. 토스카니니 지휘예요. 난 레코드 홈이 안 닳게 하려고 금속 바늘 대신 가시 바늘을 써요. 괜찮은 것 같아요."

"여기에선 레코드가 잘 휘지 않나요?"

내가 물었다.

"레코드 위에 책을 쌓아서 휘지 않게 보관하죠. 내가 두려운 건 떨어뜨려서 부러뜨리는 거죠."

이제 해는 완전히 넘어가고 땅 위로 부드러운 빛이 퍼져 갔다. 반 마일(*약 800미터)쯤 떨어진 가시나무 사이에서 얼룩말 한 무리가 풀을 뜯는 것이 보였다. 로버트 샌포드 역시 얼룩말들을 보았다.

"어린 얼룩말 한 마리를 잡아서 길들여 타고 다니는 게 가능할까 늘 궁금했어요. 얼룩말이란 게 결국 줄무늬가 있는 야생마잖아요."

"시도해 보셨나요?"

내가 물었다.

"해 본 적 없어요. 집사람이 말을 아주 잘 타긴 해요, 여보, 어때? 얼룩말 한 마리 길들여 타는 거?"

"재미있을 거 같아요."

턱이 좀 나오긴 했지만 메리는 아름다운 여자였다. 난 턱은 아무 상관없었다. 턱 때문에 메리는 투사 같은 느낌을 주었다.

"얼룩말을 타고 달릴 수 있을 거야. 이름은 조스(*zebra + horse)로 하고 말이오."

로버트 샌포드가 말했다.

"히브라(*horse + zebra)라고 할 수도 있죠."

메리 샌포드가 말했다.

"그렇군."

남편이 미소를 지으며 말했다.

"그렇게 해 볼까요? 조스 혹은 히브라 망아지가 있으면 꽤 괜찮을 것 같아요. 아, 여보. 그렇게 해요."

메리 샌포드가 말했다.

"아이들도 탈 수 있을 거야. 온몸에 하얀 줄무늬가 있는 검은 조스."

"저녁 먹은 후에 베토벤을 들을 수 있을까요?"

내가 물었다.

"물론이죠. 축음기를 베란다로 갖고 나올게요. 그럼 그 멋진 음악이 밤새 평원에 울려 퍼질 겁니다. 멋지지 않아요? 딱 한 가지 문제가 있다면 한 면 들을 때마다 두 번씩 감아야 한다는 거죠."

"제가 감을게요."

내가 말했다. 그때 남자 고함 소리가 저녁의 고요를 깨고 터져 나왔다. 음디쇼였다.

"브와나! 브와나! 브와나!"

집 뒤 어딘가에서 소리쳤다.

"심바, 브와나! 심바! 심바!"

심바는 스와힐리 어로 사자였다. 우리 세 사람은 벌떡 일어났고 바로 다음 순간 음디쇼가 눈물을 흘리며 집을 돌아 나왔다. 그는 스와힐리 어로 소리쳤다.

"어서 오세요! 브와나, 어서 오세요! 빨리요! 커다란 사자가 요리사의 아내를 잡아먹으려고 해요!"

음디쇼의 말은, 영국을 비롯해 안전이 확보된 곳에서 활자로 보면 다소 우스꽝스럽게 들릴 수도 있겠다. 하지만 동아프리카 한가운데 사방이 트인 베란다에 선 우리에게는 결코 우스꽝스러운 이야기가 아니었다.

집으로 부리나케 달려 들어간 로버트 샌포드는 딱 5초 후 강력한 소총 한 자루를 손에 들고 탄약을 장전하며 나왔다.

"아이들을 집으로 데리고 들어가!"

그는 베란다에서 달려 나가며 아내에게 소리쳤고 나는 그 뒤를 따랐다. 음디쇼는 이리저리 날뛰며 집 뒤를 가리키고는 스와힐리 어로 소리쳤다.

"사자가 요리사의 아내를 잡아갔고 요리사는 아내를 구하려고 사자를 쫓아가고 있어요!"

하인들은 집 뒤에 있는 조악하고 회칠을 한 바깥채에 모여 살았는데, 모퉁이를 돌자 네다섯 명의 일꾼이 펄쩍펄쩍 뛰면서 손으로 가리키며 소리를 질러 댔다.

"심바! 심바! 심바!"

일꾼들은 모두 얼룩 하나 없는 하얀 옷을 입고 있었다. 면으로
된 길고 헐렁한 옷은 긴 잠옷 같았다. 그리고 다들 머리에 아름다
운 주홍빛 타부슈를 썼다. 타부슈는 일종의 챙 없는 중산모로 위에
는 대개 검은 술이 달렸다. 여자들은 오두막에서 나와 삼삼오오 모
여 있었다. 그들은 아무 말 없이 꼼짝 않고 한곳을 뚫어져라 바라
보았다.

"어디 있어?"

로버트 샌포드가 소리쳤지만 물어볼 필요도 없었다. 80야드(*약
73미터) 내지 90야드(*약 82미터)도 채 되지 않는 거리에서 모래색의
육중한 사자 한 마리가 뛰어가는 게 보였다. 목둘레에 덥수룩하게
갈기가 자란 놈은 요리사의 아내를 물고 있었다. 허리춤을 물었기
때문에 한쪽으로는 여자의 머리와 팔이, 다른 쪽으로는 다리가 축
늘어져 있었다. 여자가 입은 하얀 점박이 무늬 빨간색 치마가 보였
다. 너무 가까워서 놀랍기 그지없었던 사자는 여유 있는 걸음으로
달아났는데, 어떻게 저게 가능할까 싶을 정도로 조용하게 달렸다.
그 모양새는 성큼성큼 느긋하면서도 용수철처럼 탄력적이었다. 테
니스 코트 길이 정도 떨어진 뒤에서 하얀 옷을 입고 빨간 모자를
쓴 요리사가 용감하게 쫓아가고 있었다. 회오리바람처럼 두 팔을
휘젓고, 길길이 날뛰고, 손뼉을 치고, 비명을 지르고, 고함을 지르
고 또 질렀다.

"심바! 심바! 심바! 내 마누라 놔줘! 집사람 놔줘!"

아, 그건 비극과 희극이 뒤섞인 장면이었다. 샌포드는 사자를 쫓는 요리사를 전속력으로 쫓았다. 그는 두 손으로 소총을 들고 요리사에게 소리쳤다.

"핑고! 핑고! 물러서, 핑고! 내가 심바를 쏠 수 있게 땅에 엎드려! 너 때문에 쏠 수가 없어! 네가 가린다고, 핑고!"

하지만 요리사는 샌포드의 말을 무시하고 계속해서 달렸고, 사자는 모두를 무시하고 달렸다. 사자가 달리는 속도는 전혀 변화가 없었다. 여자를 입에 문 채 자랑스럽게 머리를 높이 쳐들고 느긋하고도 탄력 있게 달렸다. 마치 맛있는 뼈다귀를 물고 총총 달려가는 한 마리 강아지 같았다.

요리사와 로버트 샌포드는 사자보다 더 빠른 속도로 달렸지만 사자는 자신을 쫓는 사람들을 전혀 신경 쓰지 않는 것 같았다. 나는 그들을 돕기 위해 뭘 해야 할지 몰라 무작정 샌포드 뒤를 쫓아 달렸다. 정말 난감한 상황이었다. 왜냐하면 샌포드가 탄도(*발사된 탄알이나 미사일이 목표에 이르기까지 그리는 선) 안에 있는 요리사는 차치하고 요리사의 아내를 맞힐 위험을 감수하지 않고서는 사자를 쏠 방법이 전혀 없었기 때문이다.

사자는 정글 나무가 울창하게 자란 작은 언덕 하나로 향했다. 우리는 사자가 일단 그 언덕에 도착하면 절대 다시 찾을 수 없으리란 걸 잘 알았다. 용감한 요리사는 사자 뒤로 겨우 10야드(*약 9미터) 거리까지 바짝 따라붙었고, 샌포드는 요리사 뒤 30야드(*약 27미터) 내지 40야드(*약 36미터) 거리에서 달리고 있었다.

요리사가 소리쳤다.

"야! 심바! 심바! 집사람 내려놔! 내가 널 쫓아가고 있어!"

그때 샌포드가 딱 멈춰 서더니 소총을 들어 겨누었다. 사자가 여자를 입에 물고 있는 한 그가 위험을 감수하고 사자를 쏘지는 않을 거라 생각했다. 순간 소총에서 강력한 굉음이 들리더니 사자 바로 앞에서 흙먼지가 튀어 올랐다. 사자가 우뚝 멈춰 서더니 고개를 돌렸다. 놈의 입에는 여전히 여자가 물려 있었다. 놈은 팔을 휘저으며 소리를 지르고 있는 요리사를 보았다. 그리고 로버트 샌포드를 보고 그다음에 나를 보았다. 놈은 분명히 총소리를 들었고 흙먼지가 튀어 오르는 것도 본 것이다. 놈은 군대가 쫓아온다고 생각한 게 틀림없었다. 곧바로 요리사의 아내를 땅에 내려놓고는 숨을 곳을 찾아 내달렸기 때문이다. 선 자세에서 도약 없이 그렇게 빨리 속도를 높이는 경우는 본 적이 없었다. 로버트 샌포드가 또 한 번 총을 장전하기도 전에 사자는 큰 걸음으로 달려 언덕의 정글 나무 사이로 들어가 버렸다.

요리사가 아내에게 먼저 다다랐고 이어서 로버트 샌포드와 내가 차례로 도착했다. 난 도무지 내 눈을 믿을 수가 없었다. 사자의 끔찍한 이빨이 여자의 허리와 배를 두 동강으로 찢어 놓았을 거라 생각했는데 여자는 땅에 앉아서 요리사 남편을 향해 미소 짓고 있던 것이다.

"어디를 얼마나 다친 거야?"

달려온 로버트 샌포드가 소리쳤다. 요리사의 아내는 미소 띤 얼굴로 샌포드를 올려다보았다. 그리고 스와힐리 어로 말했다.

"저는 그 늙은 사자가 무섭지 않았어요. 죽은 체하고 그냥 그 입 속에 가만히 누워만 있었어요. 사자의 이빨은 제 옷을 뚫고 들어오지도 않았는걸요."

요리사의 아내는 일어서더니 사자의 타액에 흠뻑 젖은 하얀색 점박이 빨간 치마를 매만졌다. 요리사가 아내를 얼싸안았다. 두 사람은 저녁노을이 깔린 갈색의 아프리카 대평원 위에서 덩실덩실 기쁨의 춤을 추었다.

로버트 샌포드는 계속해서 입을 떡 벌리고 요리사의 아내를 바라보았다. 그 부분에 관해서라면 나도 마찬가지였다.

"다친 데가 없는 거 확실해? 사자에게 물린 데 없어?"

그러자 여자가 웃으며 말했다.

"없어요, 브와나. 사자는 제가 마치 새끼라도 되는 것처럼 가볍게 물고 여기까지 왔어요. 하지만 옷은 빨아야겠어요."

천천히 걸어서 돌아오니 깜짝 놀란 구경꾼들이 우리를 기다리고 있었다. 로버트 샌포드는 사람들에게 말했다.

"오늘 밤엔 아무도 집 밖으로 나가면 안 된다. 알겠나?"

"네, 브와나. 잘 알아들었습니다."

"그 늙은 심바가 숲에 숨어 있다가 언제 다시 나타날지 모른다. 그러니 아주 조심하도록. 아, 그리고 핑고. 어서 저녁을 만들어 줘. 배가 고파."

요리사는 기뻐서 손뼉을 치고 펄쩍펄쩍 뛰며 부엌으로 돌아갔다. 우리는 메리 샌포드가 서 있는 곳으로 걸어갔다. 우리를 따라 집 뒤로 왔던 그녀는 모든 광경을 지켜보고 있었다. 우리 세 사람은 다시 베란다로 가 시원한 음료수를 따랐다.

다르에스살람에서

1939년 6월 5일

엄마.

반듯하게 누운 채 천장에서 파리와 모기를 잡는 히틀러와 무솔리니의 익살스러운 몸짓을 보고 있으면 기분이 좋아요.

히틀러와 무솔리니는 우리 거실에 살고 있는 두 마리의 도마뱀이에요. 녀석들은 항상 우리 거실에 머무르는데 아주 유용하다는 사실은 둘째 치고, 그들을 보고 있는 일 자체가 무척 흥미롭지요. 히틀러(무솔리니보다는 작고 그다지 뚱뚱하지 않아요.)가 최면에 잘 걸리게 만드는 눈으로 불운한 먹이(작은 나방일 경우가 많아요.)에 집중하고 있는 걸 볼 수 있어요. 나방은 잔뜩 겁에 질려 꼼짝 않고 가만히 있죠. 그때 히틀러는 움직임을 제대로 볼 수 없을 정도로 재빨리 목을 앞으로 쭉 빼고 긴 혀를 쑥 내밀죠. 그게 나방의 최후에요. 도마뱀들은 겨우 10인치(*약 25센티미터) 정도로 작은데 벽이나 천장처럼 노란색으로 변하거나 아예 투명하게 변하기도 해요. 녀석들의 내장이 다 보이죠. 적어도 우리는……

"전에는 이런 일이 없었어요."

로버트 샌포드는 등나무로 만든 팔걸이의자에 앉으며 말했다. 의자 팔걸이 한쪽에 잔을 놓을 수 있도록 작고 동그란 홈이 파여 있어서 샌포드는 소다수가 찰랑이는 위스키 잔을 그 홈에 조심스럽게 넣었다. 그리고 계속해서 말을 이었다.

"무엇보다 사자들은 새끼에게 접근하지 않는 한 이곳 사람들을 공격하지 않아요. 사자들은 원하는 먹이를 얼마든 얻을 수 있거든요. 평원에는 사냥감이 많으니까요."

"언덕 숲 속에 사자 가족이 있을지도 몰라요."

메리 샌포드가 말했다.

"그럴 수도 있지. 그런데 여자가 자기 가족을 위협하는 거라고 생각했다면 사자는 바로 죽였을 거야. 하지만 놈은 자고새를 잡은 착한 사냥개처럼 그 여자를 조심스럽게 데리고 갔어. 내 생각에 놈은 애초부터 여자를 해칠 생각이 없었던 거야."

우리는 마실 것을 마시며 사자의 그 놀라운 행동을 어떻게 설명할 수 있을까 생각해 보았다. 로버트 샌포드가 말했다.

"평소라면 내일 아침 눈뜨자마자 사냥꾼을 모아서 그놈을 찾아 죽였을 거예요. 하지만 그러고 싶지 않아. 놈에게 그럴 수는 없어. 정말 난 놈을 죽이지 않을 거예요."

"잘 생각했어요. 여보."

그의 아내가 말했다.

사자 때문에 일어난 이 전대미문의 사건은 동아프리카 전역으로 퍼져 나갔고 일종의 전설이 되었다. 그리고 2주쯤 후 다르에스살 람으로 돌아가 보니 편지 한 장이 나를 기다리고 있었다. 나이로비에 있는 '동아프리카 스탠더드'(그렇게 불렀던 것 같다.)라는 신문사에서 온 편지였는데 그 사건을 직접 목격한 이야기를 써 달라는 내용이었다. 나는 그 부탁을 들어주었고, 얼마 후 신문사에서는 처음으로 지면에 실린 내 글에 대한 대가로 5파운드 수표를 보내왔다.

이후 신문 기고란에는 우간다, 케냐, 탕가니카 전역의 백인 사냥꾼과 전문가들이 보낸 긴 기사가 실렸다. 그 사건에 대한 자신들의 생각을 적었는데, 때로는 좀 기괴한 해석도 있었다. 그 어떤 글도 말이 되지 않았다. 어쨌든 이후 그 사건은 영원히 수수께끼로 남게 되었다.

초록 맘바

아, 지겨운 뱀! 난 뱀들이 정말 싫다! 뱀은 탕가니카에 관한 것 중 유일하게 두려운 존재였다. 새로 도착한 이방인이라면 뱀을 식별하여 어떤 녀석이 치명적이고 어떤 녀석이 독을 가지고 있는지 빨리 익혀야 했다. 목숨을 앗아가는 뱀으로 검은 맘바는 말할 것도 없고 초록 맘바와 코브라 그리고 작은 독사가 있었다. 작은 독사는 흙길 한가운데 누워서 움직이지 않으면 작은 막대기처럼 보이기 때문에 밟고 지나가기 일쑤였다.

　어느 일요일 저녁, 다르에스살람의 세관에서 일하는 '풀러'라는 영국 남자가 자기 집에 와서 선다우너나 한잔하자고 나를 초대했다. 그는 하얀 목조 주택에서 아내와 아이 둘과 살았다. 그 집은 큰길에서 떨어진 평원, 여기저기 코코넛 나무가 자라고 풀이 우거진 황량한 곳에 위치했다. 나는 풀밭을 가로질러 그의 집을 향해 걸어갔다. 집 앞 20야드(*약 18미터)쯤 이르렀을 때 문 앞에 커다란 초록색 뱀 한 마리가 보였다. 놈은 베란다 계단으로 곧장 미끄러져 가더니 열린 앞문으로 들어갔다. 노르스름한 빛이 도는 밝은 초록색이었고 덩치가 큰 걸로 봐서 검은 맘바만큼 치명적인 초록 맘바인 게 틀림없었다. 난 너무 놀라 말문이 막히고 공포에 사로잡힌 나머지 그 자리에서 몇 초 정도 얼음처럼 우뚝 섰다. 그리고 간신히 정신을 차려 집 뒤로 달려가 소리쳤다.

"풀러 씨! 풀러 씨!"

풀러 부인이 위층 창문으로 고개를 쏙 내밀고 물었다.

"무슨 일이에요?"

"거실 쪽으로 커다란 초록 맘바가 가고 있어요! 베란다 계단을 올라가 문으로 들어가는 걸 봤다고요!"

내가 소리쳤다. 그러자 풀러 부인이 돌아보며 소리쳤다.

"프레드! 프레드! 이리 와 봐요!"

프레디 풀러의 동글동글하고 불그스름한 얼굴이 그의 아내 옆에 나타났다.

"무슨 일이야?"

"당신 집 거실에 초록 맘바가 있어요!"

내가 소리쳤다. 풀러는 조금도 주저 않고, 이것저것 묻느라 시간 낭비도 하지 않았다.

"거기 있어요. 아이를 한 명씩 내려 줄게요."

그는 완전히 침착하고 평온했다. 목소리도 높이지 않았다.

풀러가 어린 소녀의 허리를 잡고 내려 주자 나는 쉽게 아이의 다리를 잡을 수 있었다. 그리고 어린 소년이 내려왔다. 그다음 풀러는 아내를 내려 주었고 난 그녀의 허리를 잡아 땅에 내려 주었다. 그리고 풀러 자신이 내려왔다. 그는 창문턱에 매달려 있다가 뛰어내려 두 발로 깔끔하게 착지했다.

우리는 집 뒤 풀밭에 모여 섰다. 난 내가 본 것을 정확하게 풀러에게 설명했다. 풀러 부인은 양쪽에 하나씩 두 아이를 끼고 있었다. 그들은 특별하게 놀란 것 같지 않았다.

"이제 어떻게 하죠?"

내가 물었다.

"다들 큰길로 가요. 난 뱀꾼을 데리러 갈게."

풀러는 빠른 걸음으로 멀어져 자신의 작고 검은 구식 차를 타고 출발했다. 나는 풀러 부인과 두 아이와 함께 큰길로 걸어가 커다란 망고 나무 그늘에 앉았다.

"뱀꾼이 누구죠?"

내가 풀러 부인에게 물었다.

"영국 노인인데 이곳에서 꽤 오래 사신 분이에요. 사실 그는 뱀을 좋아해요. 뱀을 이해하고 절대 죽이지 않죠. 뱀을 잡아서 전 세계 동물원이나 실험실에 팔아요. 여기 주변의 모든 원주민은 그 사람을 알고 있어서 뱀을 볼 때마다 뱀이 숨은 곳을 표시해 두고는 뱀꾼에게 말해 주려고 달려가죠. 아주 먼 거리라도 말이에요. 그럼 그 뱀꾼이 와서 뱀을 잡아요. 뱀꾼에게는 아주 엄격한 규칙이 있는

데 원주민이 잡은 뱀은 절대 사지 않는다는 거예요."

"그건 또 왜죠?"

내가 물었다.

"원주민들이 스스로 나서서 뱀을 잡지 못하게 하려는 거죠. 초기에 뱀꾼은 원주민들에게서 뱀을 샀어요. 그런데 뱀을 잡으려다가 물리는 원주민이 많았어요. 죽는 사람도 많았고요. 그래서 그는 뱀 사는 일을 그만두기로 한 거죠. 이젠 원주민이 뱀을 잡아 오면 아무리 희귀종이라 하더라도 돌려보내요."

"좋은 일이군요. 뱀꾼의 이름이 어떻게 되죠?"

"도널드 맥팔레인이요. 스코틀랜드 사람인 거 같아요."

"엄마, 뱀이 우리 집에 있어요?"

딸이 물었다.

"그래. 하지만 이제 곧 쫓아낼 거야."

"뱀이 잭을 물 거예요."

딸이 말했다.

"아, 이런!"

풀러 부인이 소리치며 벌떡 일어섰다.

"잭을 깜빡했구나."

그러고는 소리치기 시작했다.

"잭! 이리 와! 잭! 잭…… 잭!"

아이들도 벌떡 일어서더니 개의 이름을 부르기 시작했다. 하지만 앞문으로 아무것도 나오지 않았다.

"뱀이 잭을 물었나 봐요! 잭을 문 게 틀림없어요!"

딸이 소리쳤다. 그러고는 울기 시작했다. 그러자 한두 살 아래인 남동생도 따라 울기 시작했다. 풀러 부인의 표정이 심각해졌다.

"잭은 아마 위층에 숨어 있을 거야. 잭이 얼마나 똑똑한지 너희들도 잘 알잖아."

풀러 부인과 나는 다시 잔디에 앉았지만 아이들은 계속 서 있었다. 아이들은 눈물을 흘리며 계속해서 개의 이름을 불러 댔다.

"매튼스 씨 집에 데려다 줄까?"

풀러 부인이 물었다.

"싫어! 싫어! 싫다고! 잭을 데리고 와!"

아이들은 소리쳤다.

"아빠 오신다!"

풀러 부인이 먼지구름을 일으키며 큰길을 달려오는 작고 검은 차를 향해 소리쳤다. 나무로 된 긴 막대가 차창 밖으로 튀어나와 있는 게 눈에 띄었다. 아이들은 자동차를 맞으러 달려갔다.

"잭이 집에 있어요. 잭이 뱀에 물렸어요! 물린 게 분명해요. 우리가 불러도 안 나오거든요!"

아이들이 울부짖었다.

풀러 씨와 뱀꾼이 차에서 내렸다. 뱀꾼은 키가 작고 몹시 늙은 노인이었다. 일흔은 넘어 보였다. 두꺼운 소가죽 부츠를 신고, 손에는 같은 소재로 만든 목이 긴 장갑을 끼고 있었다. 장갑은 팔꿈치 위까지 올라갔다. 오른손에는 특이한 도구를 들고 있었는데 한쪽 끝에 갈퀴가 달린 8피트(*약 2.4미터) 길이의 긴 나무 막대였다. 두 개로 갈라진 갈퀴 끝은 검정색 고무로 되어 있는 것처럼 보였다. 고무는 1인치(*약 2.5센티미터) 정도의 두께로 꽤 유연했는데, 갈퀴가 바닥에 눌리면 두 개의 갈퀴 끝이 바깥으로 구부러지면서 갈퀴목이 필요한 만큼 땅을 짓누를 수 있었다. 그리고 왼쪽 손에는 평범한 갈색 자루를 쥐었다.

뱀꾼인 도널드 맥팔레인은 늙고 체구가 작았지만 외모는 아주 인상적이었다. 동글동글하고 검으며 호두나무처럼 주름진 얼굴에 움푹 파인 두 눈은 엷은 파란색이었다. 푸른 눈 위의 눈썹은 숱이 많고 깜짝 놀랄 만큼 하얬다. 하지만 머리는 거의 까맸다. 두꺼운 가죽 부츠에도 불구하고 뱀꾼은 부드러우면서도 느린 고양이 걸음으로 표범처럼 움직였다. 그는 곧장 나에게 다가오더니 물었다.

"자넨 누군가?"

풀러가 대답했다.

"쉘 직원입니다. 이곳에 온 지 얼마 안 됐어요."

"보고 싶나?"

뱀꾼이 나에게 물었다. 나는 머뭇거리며 물었다.

"보고 싶냐고요? 어떻게 보란 말씀이세요? 그러니까 제 말은…… 어디서 보란 말씀이세요? 집 안은 아니겠죠?"

"베란다에 서서 창문으로 들여다보면 돼."

뱀꾼이 말했다.

"자, 가요. 나와 함께 봐요."

풀러가 말했다.

"주책없는 짓은 하지 말아요."

풀러 부인이 말했다. 두 아이는 눈물범벅을 한 채 불쌍하고 비참한 얼굴로 서 있었다. 나는 뱀꾼과 풀러와 함께 풀밭을 걸어 집으로 향했다. 베란다 계단에 이르자 뱀꾼이 속삭였다.

"나무 계단 위에 올라설 때 조용히 밟아. 그러지 않으면 놈이 떨림을 느낄 테니. 내가 들어갈 때까지 기다렸다가 조용히 올라와서 창가에 서 있어."

뱀꾼은 먼저 계단을 올라갔다. 그의 발에서는 정말 아무 소리도 나지 않았다. 뱀꾼은 베란다 위를 고양이처럼 조용하게 걸어가 곧장 앞문으로 들어갔다. 그리고 잽싸게 하지만 조용히 문을 닫았다.

문이 닫히니 좀 기분이 좋아졌다. 나 자신만을 생각했을 때 기분이 좋아졌다는 뜻이다. 뱀꾼을 생각하면 기분이 좋지 않았다. 그가 자살 행위를 한다는 생각이 들었다. 나는 풀러를 따라 베란다로 올라갔다. 우리 둘은 창문으로 몰래 다가갔다. 창문은 열려 있었지만 촘촘한 방충망이 달려 있었다. 방충망 때문에 기분이 한결 더 좋아졌다. 우리는 방충망 너머 집 안을 들여다보았다.

코코넛 껍질로 만든 깔개와 빨간 소파, 탁자와 팔걸이의자 두 개가 있는 거실은 평범하고 단순했다. 갈색과 검은색의 털이 곱슬곱슬한 에어데일테리어 종 커다란 개 한 마리가 탁자 아래 깔개 위에 대자로 뻗어 있었다. 개는 완전히 죽은 게 분명했다.

뱀꾼은 거실 문 바로 앞에서 완벽한 부동자세로 섰다. 이제 갈색 자루는 왼쪽 어깨에 걸머메었고 긴 막대는 양손으로 든 채 몸 앞으로 바닥과 평행이 되게 두었다. 뱀은 보이지 않았다. 뱀꾼도 뱀을 발견하지 못한 것 같았다.

1분이 지나고…… 2분이 지나고…… 3분…… 4분…… 5분이 지났지만 아무도 움직이지 않았다. 그 방에는 죽음이 도사리고 있었다. 공기는 죽음으로 무거웠고 뱀꾼은 긴 막대를 든 채 돌기둥처럼 미동도 않고 서 있었다.

그는 계속해서 기다렸다. 6분…… 7분…… 8분…….

뱀꾼이 무릎을 굽히기 시작했다. 아주 천천히 굽히더니 바닥에 거의 쪼그려 앉았다. 그 자세로 소파와 팔걸이의자 아래를 살펴보기 시작했다.

하지만 뱀꾼은 아무것도 발견하지 못한 것 같았다. 다시 천천히 일어서더니 이번에는 머리를 돌려 거실을 둘러보기 시작했다. 오른쪽 끝 모퉁이에는 위층으로 올라가는 계단이 있었다. 뱀꾼의 머릿속에 무슨 생각이 스쳤는지 알 수 있었다. 갑자기 뱀꾼이 한 발 앞으로 내딛더니 멈추었다.

아무 일도 일어나지 않았다.

잠시 후 내 눈에 뱀의 모습이 들어왔다. 오른쪽 벽 굽도리 널을 따라 길게 누워 있었는데 벽만큼 길었다. 하지만 소파 등 때문에 뱀꾼에게는 보이지 않았다. 뱀은 길고 아름다웠으며 초록색 유리에 비치는 치명적인 한 줄기 광선처럼 보였다. 꼼짝 않고 누워 있는 것으로 봐서 잠이 든 것 같기도 했다. 놈은 우리가 있는 창 쪽을 외면한 채 작은 삼각형 머리를 계단 아래 근처 깔개 위에 누이고 있었다.

나는 팔꿈치로 풀러를 슬쩍 찌르며 속삭였다.

"저기 벽 앞에 있어요."

풀러는 내가 가리키는 곳을 보았다. 그리고 두 손을 흔들어 대기 시작했다. 손바닥을 쫙 펴고 창문 앞에서 왔다갔다 흔들며 뱀꾼의 시선을 끌었다. 하지만 뱀꾼은 이쪽을 보지 않았다. 풀러가 아주 나직하게 "쉿!" 소리를 내자 뱀꾼이 민첩하게 돌아보았다. 풀러가 손으로 가리켰다. 무슨 뜻인지 안 뱀꾼이 고개를 끄덕였다.

뱀꾼은 소파 뒤에 있는 뱀을 보기 위해 아주 천천히 뒷벽으로 물러서기 시작했다. 대부분의 사람은 그런 상황에서 발끝으로 걸었겠지만 그는 절대 그러지 않았다. 그의 발바닥은 줄곧 평평하게 바닥에 놓여 있었다. 그의 소가죽 부츠는 모카신(*부드러운 가죽으로 만든 납작한 신)처럼 밑창도, 굽도 없었다. 그는 뒷벽으로 천천히 다가갔다. 그곳에서 적어도 뱀의 머리와 몸 2~3피트(*약 60~90센티미터) 정도는 볼 수 있었다.

그런데 뱀도 뱀꾼을 발견하고 말았다. 순식간에 뱀은 머리를 바닥에서 2피트 정도까지 들어 올리고 몸을 뒤로 둥글게 젖혔다. 공격 준비였다. 그리고 거의 동시에 온몸을 모아서 구불구불하게 만들었다. 재빨리 앞으로 나아갈 준비였다.

뱀꾼은 뱀과 좀 떨어져 있어서 막대기 끝이 닿을 수 없는 거리였다. 뱀꾼은 뱀을 노려보면서 기다렸고, 뱀 역시 그 작고 사악한 눈으로 뱀꾼을 노려보았다.

그때 뱀꾼이 뱀에게 말을 걸기 시작했다.

"자, 예쁜아."

부드럽게 꼬드기는 목소리로 속삭였다.

"착하기도 하지. 아무도 널 해치지 않아. 아무도 널 괴롭히지 않을 거야, 우리 예쁜이. 그냥 가만히 있어……."

뱀꾼이 막대기를 앞에 들고 뱀 쪽으로 한 발 다가갔다.

그 순간 뱀이 움직였는데 그 속도는 카메라 셔터가 찰칵하는 1/100초보다 더 빨랐다. 초록색 빛이 번쩍하는가 싶더니 뱀이 최소한 10피트(*약 3미터) 앞으로 돌진해 뱀꾼의 다리를 공격했다. 그런 속도라면 어느 누구도 피할 수 없을 것이다. 날카롭게 탁! 하고 뱀의 머리가 두꺼운 소가죽 신발에 부딪히는 소리가 들리더니 이내 머리가 아까처럼 뒤로 젖혀진 자세로 돌아가 다시 공격할 태세를 갖췄다.

뱀꾼은 부드럽게 말했다.

"착하기도 하지. 정말 똑똑한 아이야. 정말 사랑스럽고 말이야. 흥분하지 마. 침착하게 있으면 모든 게 잘될 거야."

뱀꾼은 그렇게 말하면서 천천히 나무 막대를 내렸다. 마침내 갈퀴 끝이 뱀의 몸통 한가운데 위로 12인치(*약 30센티미터) 정도 높이까지 내려왔다.

"사랑스러운 녀석. 착한 아이야. 가만히 있어. 가만히. 그대로 있어. 아빠는 널 해치지 않아."

뱀이 공격했던 뱀꾼의 오른쪽 부츠에 짙은 빛깔의 독이 가느다랗게 흘러내리는 게 보였다. 뱀은 머리를 꼿꼿이 치켜들고 뒤로 몸을 젖힌 채 다시 공격할 준비를 했다. 마치 팽팽하게 감긴 용수철 같았다.

"가만히 있어, 귀여운 내 새끼. 움직이면 안 돼. 그대로 있어야 하는 거야. 아무도 널 해치지 않을 거라고."

뱀꾼이 속삭였다.

그 순간 탁! 갈퀴의 고무가 뱀 몸통의 거의 한가운데로 떨어지더니 바닥에 뱀을 꽂아 버렸다. 뱀이 달아나기 위해 맹렬하게 몸부림쳤기 때문에 내 눈에는 뱀이 명확하게 보이지 않았고 그저 초록색의 희미한 형체로만 보였다. 하지만 뱀꾼은 더 세게 갈퀴 끝을 눌렀다. 뱀은 이제 완전히 잡혔다.

다음은 어떻게 될까? 나는 궁금했다. 미친 듯 몸부림치는 초록색의 힘 덩어리를 움켜잡을 방법은 없었고, 설령 잡더라도 뱀의 머리가 순식간에 감고 올라가 뱀꾼의 얼굴을 물 게 분명했다.

뱀꾼은 8피트(*약 2.4미터) 길이의 막대기 끝을 잡고 천천히 걷더니 뱀 꼬리 끝에 가서 멈췄다. 뱀은 여전히 거세게 몸부림쳤지만 뱀꾼은 갈퀴 끝을 뱀의 몸을 따라 머리 쪽으로 밀기 시작했다. 아주, 아주 느린 속도였다. 격렬하게 움직이는 뱀의 몸을 바닥에 딱 고정시킨 채로 갈퀴를 밀었다. 그 긴 나무 막대를 1밀리미터씩, 1밀리미터씩 밀고 밀고 또 밀었다. 하얀 눈썹, 검은 머리, 작은 체구의 남자가 몸부림치는 뱀의 몸통을 짓누른 갈퀴를 머리 쪽으로 천천히, 조심스럽게 미는 모습은 아주 재미있으면서도 무서운 일이었다. 뱀의 몸은 요란한 소리를 내며 코코넛 깔개를 퍽퍽 내려치기까지 했는데, 만약 위층에 있었다면 덩치 큰 두 남자가 바닥에서 레슬링을 한다고 생각했을지도 모를 만큼 소리가 컸다.

마침내 갈퀴는 머리 바로 뒤쪽에 도착해 뱀을 찍어 눌렀다. 뱀꾼은 장갑을 낀 한쪽 손을 뻗더니 뱀의 목을 단단히 움켜잡았다. 그리고 막대를 집어 던졌다. 다른 한 손으로 어깨에서 자루를 내렸다. 뱀꾼은 여전히 몸부림치는 무시무시한 초록 뱀을 들어 머리를 자루 속에 밀어 넣었다. 그리고 나머지 부분을 자루 속에 마저 넣고 닫아 버렸다. 자루는 마치 화난 쥐 50마리가 든 것처럼 이리저

초록 맘바.

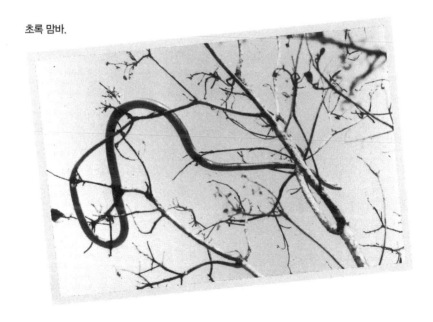

리 뛰었지만 뱀꾼은 완전히 느긋해졌다. 그리고 마치 감자 몇 파운
드가 들어 있기라도 한 듯 아무렇지 않게 한 손으로 자루를 들었
다. 허리를 굽혀 바닥에 있던 막대를 집어 들고는 우리가 들여다보
는 창문 쪽을 향해 말했다.

"개는 안됐군요. 아이들이 보기 진에 지우는 게 좋을 거요."

전쟁, 시작되다

다르에스살람에서 아침 식사는 결코 다채롭지 않았다. 요리사는 언제나 그날 아침 정원에서 직접 딴, 잘 익어 맛 좋은 파파야 열매와 라임 주스를 내놓았다. 탕가니카에서 대부분의 백인 남녀는 아침으로 파파야와 라임 주스를 먹었다. 식민지로 이주해 온 백인들은 오랫동안 그곳에 살면서 무엇이 자신에게 좋은지 아는 것 같았다. 내가 아는 한 파파야나 라임 주스는 건강에 좋고 원기 회복에도 좋은 음식이었다.

1939년 8월도 끝나가던 어느 날 아침, 나는 파파야를 먹으면서 여느 사람들처럼 전쟁에 대해서 깊이 생각하고 있었다. 다들 독일과 전쟁이 곧 일어날 거라는 걸 알았다. 음디쇼는 바쁜 체 식당을 돌아다녔다.

"곧 전쟁이 일어날 거라는 거 알아?"

내가 음디쇼에게 물었다.

"전쟁이라고요?"

음디쇼가 소리쳤다. 그러더니 금세 생기 넘치는 얼굴이 되었다.

"진짜 전쟁 말인가요, 브와나?"

"엄청난 전쟁이지."

내가 대답했다. 음디쇼의 얼굴이 흥분으로 반짝 빛났다. 그는 음와눔웨지 부족 출신이었고 그 부족 출신 치고 핏속에 투지가 불타오르지 않는 사람은 없었다. 수백 년 동안 그들은 동아프리카 최고의 전사였고 마사이 족을 포함해서 모든 부족이 그들 앞에 무릎을 꿇었다. 지금도 전쟁이라는 말만 들으면 음디쇼의 마음에는 옛날의 영광이 되살아나 주체할 수 없었다.

"우리 집에 아버지가 쓰던 무기가 아직도 있어요! 당장 창을 꺼내서 갈기 시작해야겠어요! 누구랑 싸우나요, 브와나?"

"독일."

내가 말했다.

"좋아요. 여기엔 우리가 죽일 독일 사람이 정말 많아요."

독일인이 많다는 음디쇼의 말은 옳았다. 제1차 세계대전이 일어난 25년 전까지만 하더라도 탕가니카는 '독일령 동아프리카'였다. 하지만 1919년 정전 후 독일은 속령을 영국에게 넘겨주어야 했고 영국은 '탕가니카'라고 다시 이름 지었다. 탕가니카에는 많은 독일인이 살았고 당시도 마찬가지였다. 그들은 다이아몬드 광산과 금광을 소유했다. 사이잘삼, 면화, 차, 땅콩을 재배했다. 다르에스살람에 있는 소다수 생산 공장 소유자도 독일인이고 시계공인 빌리 헝크도 독일인이었다. 사실 탕가니카에 있는 다른 유럽 인을 모두 합해도 독일인이 수적으로 월등히 우세했다. 이제 모두가 전쟁은 분명히 일어날 거라 여겼고, 만약 전쟁이 일어나면 독일인들은 영국에 위험하고 어려운 문제를 안길 수 있었다.

"그 엄청난 전쟁은 언제 시작되나요?"

음디쇼가 물었다.

"사람들이 곧 일어날 거라 그러더군. 여기에서 킬리만자로보다 열 배는 멀리 떨어진 유럽의 독일에는 브와나 히틀러라고 하는 지도자가 있어. 그는 전 세계를 정복하고 싶어 하지. 독일인들은 이 브와나 히틀러를 아주 훌륭한 사람이라고 생각해. 하지만 사실 그는 미쳐 날뛰는 전쟁광에 불과하지. 전쟁이 일어나면 독일인들은 우리 모두를 죽이려고 할 거야. 물론 그들이 우리를 죽이기 전에 우리가 그들을 죽여야겠지."

부족의 진정한 후손인 음디쇼는 전쟁의 원리를 잘 알았다. 그는 흥분한 목소리로 물었다.

"우리가 먼저 공격하면 안 되나요? 이곳에 있는 독일 사람들을 우리가 기습하면 되잖아요, 브와나? 전쟁이 시작되기 전에 그들을 모두 죽이면 안 돼요? 항상 그게 가장 좋은 방법이에요. 우리 조상은 항상 먼저 공격하곤 했죠."

"전쟁에 관해 아주 엄격한 규칙이 있어. 호각 소리가 나고 공식적으로 게임이 시작되기 전까지는 그 누구도 사람을 죽여서는 안 돼."

"그건 말도 안 돼요, 브와나! 전쟁에 규칙은 없어요. 이기면 끝이에요!"

음디쇼는 겨우 열아홉 살이었다. 그는 다르에스살람에서 내륙으로 700마일(*약 1,126킬로미터) 떨어진 팅가니카 호숫가 키고마란 곳 근처에서 나고 자랐다. 열두 살이 채 안 되었을 때 부모님이 모두 죽었고, 키고마의 어느 인정 많은 자치구 관리가 그를 집으로 데리고 가 정원 일꾼을 돕도록 했다. 그곳에서 음디쇼는 교육을 받고 집안일을 돌보게 되었는데, 그의 예의 바른 행동과 상냥한 몸가짐 때문에 다들 그를 좋아했다.

자치구 관리가 다르에스살람의 사무국으로 돌아갈 때 그 가족은 음디쇼를 데리고 갔다. 그런데 약 1년 후 자치구 관리는 이집트로 전임하게 되었다. 가엾은 음디쇼는 갑자기 집도, 일자리도 잃어버렸다. 하지만 그는 정말 값진 서류를 하나 얻었다. 바로 자치구 관리가 써 준 추천서였다. 내가 운 좋게 그를 고용한 것도 그때였다. 난 그를 내 개인 '아이'로 삼았고 곧 우리 두 사람 사이에는 우정이 싹텄다. 정말 신기한 일이었다.

음디쇼는 읽을 줄도, 쓸 줄도 몰랐다. 그래서 아프리카 대륙의 해안 너머에 훨씬 더 넓은 세상이 있다는 걸 상상하는 게 그로서는 불가능했다. 하지만 그가 똑똑한 사람이며 무엇이든 빨리 익히리라는 데에는 의심의 여지가 없었기에 나는 그에게 읽는 법을 가르치기 시작했다.

매일 내가 퇴근하고 돌아오자마자 우리는 45분씩 읽기 공부를 했다. 음디쇼는 빨리 깨우쳤다. 단어 몇 개만 알면 곧 짧은 문장을 만들어 냈다. 음디쇼가 기본적인 영어를 배울 수 있도록 나는 스와힐리 단어뿐 아니라 그에 해당하는 영어 동의어도 읽고 쓸 수 있게 가르쳤다. 그는 내가 가르쳐 주는 것을 좋아했다. 매일 저녁 집에 돌아오면 그는 식당 식탁에 책을 펼쳐 놓고 앉아 나를 기다렸다. 그 모습을 보면 감동이 밀려왔다.

음디쇼는 약 6피트(*약 180센티미터)의 키에 체격이 훌륭했으며 코는 작고 납작했지만 치아 하나만큼은 내가 본 이 중 가장 하얗고 가지런했다.

"전쟁의 규칙에 따르는 건 아주 중요해. 전쟁이 선포되기 전에는 그 어떤 독일인도 죽여서는 안 돼. 그리고 전쟁이 시작되더라도 적을 죽이기 전에 적이 항복할 수 있는 기회를 주어야 해."

"전쟁이 선포되는 걸 어떻게 알죠?"

음디쇼가 물었다.

"영국에서 무선 전보로 알려올 거야. 우린 몇 초 안에 다 알게 될 거고."

내가 말했다.

"그러면 이제 재미있는 일이 시작되겠군요."

음디쇼가 손뼉을 치며 말했다.

"오, 브와나. 그때까지 못 기다릴 것 같아요!"

"싸우고 싶으면 먼저 군인이 되어야 해. 케냐 연대에 들어가 아스카리(*유럽인에게 훈련받은 아프리카 병사)가 돼."

원주민 병사는 왕립 아프리카 소총부대, 'KAR(*King's African Rifles)'에 소속되었다.

"원주민 병사는 총을 갖고 있는데 전 총을 어떻게 쓰는지 몰라요."

음디쇼가 말했다.

"거기서 가르쳐 줄 거야. 재미있을걸?"

"브와나, 그건 저에게 아주 심각한 일이에요. 많이 생각해 봐야 해요."

그 일이 있고 며칠 후, 다르에스살람의 상황이 흥미로워지기 시작했다. 전쟁은 분명히 임박했고, 전쟁이 선포되면 즉시 다르에스살람과 내륙에 있는 수백 명의 독일인을 찾아 체포할 정교한 계획들이 세워졌다. 다르에스살람에는 젊은 영국 남자가 많이 없었다. 기껏해야 열다섯 내지는 스무 명이 있었는데, 우리는 모두 회사를 떠나 임시 육군 장교가 되라는 명령을 받았다. 무슨 마법을 부릴 수 있는 것도 아닌데 말이다. 나는 붉은 완장과 통솔해야 할 원주민 병사 한 소대를 받았다. 하지만 학교에서 말고는 평생 군인 같은 건 해 본 적이 없었기 때문에 잘 훈련되고 소총과 기관총까지 소지한 스물다섯 명의 군인을 책임져야 한다는 사실은 조금 당황스러웠다.

엄마.

지난주에 전 결국 말라리아로 쓰러졌고 수요일 밤에는 몸져눕고 말았어요. 끔찍한 두통에 39도까지 열이 올라갔죠. 다음 날엔 40도, 금요일에는 40.5도까지 올랐어요. 병원에서는 '아테브린' 이라는 놀라운 신약을 갖고 있었는데 당장에 엄청난 양의 약을 궁둥이에 주사 놓았어요. 그러자 열이 뚝 떨어지더군요. 그러고 나서 키니네 15그램 내지 20그램을 주사 놓았어요. 그쯤 되자 이제 남는 엉덩이가 없었죠. 한쪽에는 아테브린, 다른 쪽에는 키니네를 맞았으니까요.

이 편지를 받으실 때쯤이면 전쟁이 선포되거나 아니면 불발로 끝나 버릴 수도 있겠죠. 하지만 지금 여기는 약간 신난 분위기예요. 우린 모두 임시 육군 장교가 되었어요. 사령봉과 탄띠도 받고 온갖 극비 지시를 받았어요. 만약 집 밖으로 나가려면 언제라도 호출을 받을 수 있도록 어디로 가는지 꼭 알려야 해요. 무슨 일이 생기면 어디로 가야 하는지 정확하게 알지만 모든 것은 극비예요. 우리가 주고받는 편지가 검열을 받을 수도 있기 때문에 더 이상 말하지 않을게요. 전쟁이 터지면 이곳의 독일인을 모두 체포하는 게 우리의 일이고 그 일을 아주 조용하게…….

나는 다르에스살람에 있는 군대 막사로 호출되었고 그곳에서 KAR의 영국인 대위가 나에게 지시를 내렸다. 푹푹 찌는 양철 막사 안에서 그는 모자를 쓰고 나무 탁자 앞에 앉아 있었다. 짧게 자른 약간의 콧수염이 말할 때마다 계속해서 움직였다.

"전쟁이 선포되면 모든 독일인 남자에게 총을 들이대서 체포해 포로수용소에 집어넣어야 해. 포로수용소는 이미 준비가 됐고 독일인들도 그 사실을 알고 있어. 그래서 우리가 잡아들이기 전에 그들은 이 나라에서 달아나려고 할 거야. 가장 가까이에 있는 중립 지역은 포르투갈령 동아프리카(*지금의 모잠비크)지. 다르에스살람에서 그곳으로 가는 길은 오직 하나야. 남쪽으로 가는 연안 도로 말이야. 알고 있나?"

나는 아주 잘 알고 있다고 대답했다. 대위는 계속해서 말했다.

"전쟁이 선포되는 순간 다르에스살람에 있는 모든 독일인은 그 길을 따라 도망가려 할 거야. 그들을 막고 체포해서 포로수용소로 데리고 오는 게 자네 임무야."

"누구요? 저요?"

나는 깜짝 놀라서 큰 소리로 물었다.

"자네와 자네 소대 말이네. 더 이상의 병사를 내줄 수는 없어. 우리는 국토 전역을 엄호해야 하니까. 방어 위치를 잘 잡고 철저한 엄호 아래 병사들을 배치하게. 그 독일인 중에는 도망가면서 총을 쏘는 자가 있을지도 모르네."

"그러니까 달랑 저와 제 소대더러 다르에스살람에 있는 모든 독일인을 잡으라는 말씀이십니까?"

내가 물었다.

"명령이네."

대위가 말했다.

"수백 명은 될 텐데요."

"그렇지."

그는 살짝 능글맞은 웃음을 웃었다.

"그들이 정말 총을 갖고 있다가 저항하면 어떻게 하죠?"

내가 물었다.

"모두 소탕해 버려. 기관총이 있지 않나? 기관총 하나가 소총을 가진 500명을 쳐부술 수 있지."

나는 점점 긴장됐다. 난 포르투갈령 동아프리카로 이어진 먼지 나는 연안 도로에서 500명의 시민을 소탕하라는 명령을 내리는 사람이 되고 싶지 않았다.

"그들이 여자와 아이들을 데리고 있으면 어떻게 하죠?"

"재량껏 처리해야겠지."

대위는 논쟁을 피하고 있었다. 난 더듬더듬 말했다.

"하지만…… 하지만 그 도로는 나라 전체에서 가장 중요한 퇴로입니다. 대위님이나 다른 정식 장교께서 이 임무를 수행해야 한다고 생각지 않으십니까?"

"우린 모두 바쁘네."

대위가 말했다. 난 한 번 더 시도했다.

"이런 일에 대한 훈련을 받은 적이 없어요. 전 그저 쉘 직원일 뿐이라고요."

"헛소리 집어치워! 당장 나가! 우리를 실망시키는 일이 없도록!"

나는 그냥 나올 수밖에 없었다. 그리고 전화기를 찾아 음디쇼에게 전화를 걸어 내가 집에 돌아오기를 기대하지 말라고 했다.

"저는 브와나가 어디로 가는지 압니다!"

그는 수화기에 대고 소리쳤다.

"독일인들을 쫓아가는 거죠? 제 말이 맞죠?"

"글쎄, 곧 알게 되겠지."

"브와나, 저도 데리고 가 주세요. 아, 제발 저도 가게 해 주세요!"

음디쇼가 외쳤다.

"음디쇼, 안타깝지만 이번은 안 될 것 같아. 집에 남아 집안일을 돌보고 있어."

"몸조심하세요, 브와나. 그들 손에 죽지 않도록 정말 조심하셔야 해요."

음디쇼가 말했다. 난 내 소대가 기다리는 연병장으로 나갔다. 황갈색 반바지와 셔츠를 입은 원주민 병사들은 아주 총명해 보였다. 그들은 각자 옆구리에 소총을 차고 차렷 자세로, 열려 있는 트럭 두 대 옆에 줄지어 서 있었다. 내가 도착하자 병장이 나에게 거수경례를 하더니 병사들에게 트럭에 타라고 명령했다. 나는 트럭 앞자리에 올라 운전병과 병장 사이에 앉았다. 이윽고 우리는 시내를 관통해 포르투갈령 동아프리카인 모잠비크까지 이어지는 연안 도로를 향해 달렸다. 두 번째 트럭에 탄 원주민 병사들은 얼레에 전화선을 감아 놓은 거대한 뭉치를 갖고 있었다. 그들은 우리가 가는 길을 따라 전화선을 깔아 본부와 연락을 취하고 전쟁이 선포되는 순간을 알 수 있도록 할 것이다. 당시는 무선 통신 같은 건 없던 시절이었다.

"전화선이 얼마나 있지? 얼마나 멀리 갈 수 있는 거야?"

나는 병장에게 물었다.

"3마일(*약 4.8킬로미터) 정도밖에 없습니다, 브와나."

그는 싱긋 웃으며 대답했다.

다르에스살람을 벗어나자마자 우리는 작은 오두막에서 멈춰 섰다. 통신병 두 사람이 뛰어내려 오두막 문을 열고 안에 있는 플러그에 전화선을 연결했다. 그리고 우리는 계속해서 차를 몰았고 차가 천천히 앞으로 가는 동안 통신병들이 전화선을 풀밭 가장자리에 풀었다. 도로는 인도양을 따라 이어졌다. 옅은 초록색 바다는 잔잔하고 투명했다. 저 멀리까지 물 밑의 모래가 훤히 들여다보였고, 우리가 달리는 도로와 바다 사이 모래사장에는 코코넛 야자수가 끝없이 늘어서서 햇볕이 뜨겁게 내리쬐는 푸른 하늘 위로 이파리를 흔들고 있었다. 정말 아름다운 풍경이었다. 내가 앉아 있는 트럭 안으로 살랑살랑 바닷바람이 불어왔다.

몇 마일 달리자 길이 언덕으로 급경사가 되어 이어지다가 내륙으로 굽어지더니 아주 빽빽한 정글로 들어가는 지점에 이르렀다.

"저기 나무 사이 어때?"

난 병장에게 물었다.

"좋은 곳입니다."

그가 대답했다. 우리는 정글로 들어가는 길에 트럭을 세우고 내렸다. 나는 병장에게 말했다.

"트럭은 숲 밖에 둬서 길을 막아. 그리고 각자 숲 가장자리에 은폐 진지를 정하도록. 봉쇄한 트럭 바로 너머까지는 기관총과 모든 소총이 막아 낼 수 있어야 해."

모든 것이 내 지시대로 이루어지고 나자 난 병장을 옆으로 데리고 가 스와힐리 어로 잠깐 이야기를 나누었다.

"이것 봐, 병장. 내가 군인이 아니라는 건 잘 알고 있지?"

"잘 알고 있습니다, 브와나."

병장이 예의바르게 말했다.

"그러니 내가 말도 안 되는 짓을 하면 말해 줘."

"네, 브와나."

"우리 위치가 마음에 드나?"

"모든 것이 좋은 것 같습니다, 브와나."

우리는 오후 내내 빈둥거리며 야전 전화가 울리기를 기다렸다. 나는 전화기 근처 그늘진 땅에 앉아 파이프 담배를 피웠다. 그때 난 황갈색 셔츠와 반바지와 스타킹을 신고 갈색 신발을 신었으며 머리에는 황갈색 토피(*인도 차양용 헬멧 모자)를 썼던 것으로 기억한다. 그건 지극히 평범한 차림이었고 아주 편하기도 했다. 하지만 내 마음은 전혀 편하지 않았다. 난 스물세 살이었고 그때까지 누구를 죽이는 훈련을 한 번도 받은 적이 없었다. 필요할 경우 냉혹하게 독일 사람들을 향해 발사하라는 명령을 내릴 수 있을지 자신이 없었다.

어둠이 내렸지만 여전히 전화는 울리지 않았다.

트럭 한 군데에 마실 물 44갤런(*약 200리터, 영국 갤런 기준)이 담긴 통이 있었다. 다들 각자 하고 싶은 일을 했다. 그때 병장이 장작에 불을 붙여 병사들에게 줄 저녁을 만들기 시작했다. 어마어마한 솥에 밥을 했는데, 밥이 끓는 동안 병장은 트럭에서 엄청 큰 바나나 줄기 하나를 꺼내 오더니 바나나를 하나씩 뜯어서 껍질을 벗겼다. 그리고 바나나를 잘라서 밥솥에 넣었다. 음식이 다 되자 모든 병사들은 각자 자신의 식판과 숟가락을 꺼냈고 병장은 국자로 듬뿍듬뿍 떠서 음식을 나눠 주었다. 그때까지만 해도 난 내가 먹을 음식에 대해서는 생각하지 못했고 먹을 것은 전혀 갖고 오지 않았다. 병사들이 음식을 먹는 것을 보고 있으려니 배가 고파졌다.

"조금만 줄 수 있겠나?"

나는 병장에게 물었다.

"네, 브와나. 식판이 있습니까?"

"아니."

그러자 병장은 식판과 숟가락을 찾아 음식을 한껏 담아 주었다. 정말 맛있었다. 갈색의 현미였는데 낟알들은 서로 들러붙지 않았다. 바나나는 뜨겁고 달콤했으며 어떻게 보면 마치 버터처럼 밥에 기름기를 더해 주었다. 내가 지금껏 맛본 밥 중 최고였다. 그 밥을

다 먹고 나니 기분이 좋아져 나는 독일인에 관한 건 깡그리 잊고 말았다.

"정말 맛있었어. 자네는 정말 훌륭한 요리사야."

내가 병장에게 말했다.

"막사를 벗어날 때마다 저는 제 병사들에게 밥을 줘야 합니다. 병장이 되면 배워야 하는 일이죠."

병장이 말했다.

"정말 대단한 음식이었어. 자넨 음식점을 차리면 부자가 될 거야."

숲 속 사방에서 개구리가 쉼 없이 울었다. 아프리카 개구리들의 울음소리는 특히 크고 귀에 거슬렸는데 아무리 멀리 있더라도 그 울음소리는 항상 발밑 어디선가에서 들리는 것 같았다. 동아프리카 해안에서 개구리 울음소리는 밤의 세레나데였다. 사실 크게 우는 건 황소개구리들이었다. 턱 아래 주머니를 부풀렸다가 트림과 함께 소리를 내는 것이다. 수컷들이 짝을 찾기 위해 울음소리를 내면 암컷이 이 소리를 듣고 똑똑하게도 마음에 드는 짝의 곁으로 뛰어갔다.

그런데 암컷이 수컷에게 도착하면 이상한 일이 벌어진다. 그런 일이 일어날 거라고는 아무도 생각하지 못할 것이다. 황소개구리 수컷은 암컷을 맞이하지 않는다, 절대로. 수컷은 암컷을 완전히 무시하고 그대로 앉아 별을 향해 계속해서 울어 대기만 한다. 암컷은 그 옆에서 참을성 있게 기다리고 말이다. 암컷은 기다리고 기다리고 또 기다린다. 수컷은 개굴개굴, 또 개굴개굴 울어 대는데 가끔은 몇 시간씩 울기도 한다.

그 이유는 바로 이렇다. 수컷이 그만 자기 자신의 목소리에 홀딱 반해서 처음에 자기가 왜 울기 시작했는지를 완전히 까먹는 것이다. 암컷에게 매력적으로 보이려고 울기 시작했다는 걸 우리는 다들 알고 있는데 말이다. 하지만 수컷은 자신이 만들어 내는 매력적인 노랫소리에 매혹되어 이제 아무것도 보지 못한다. 바로 옆에서 숨을 헐떡이는 암컷마저. 마침내 도무지 참을 수 없게 된 암컷이 앞다리로 수컷을 세게 찌르면 그제야 수컷은 황홀경에서 벗어나 암컷을 껴안기 위해 돌아선다.

뭐, 결국 황소개구리는 남자 인간들과 크게 다른 점이 없는 것 같다. 어두운 숲 속에 앉아 그렇게 생각했다.

난 그날 밤을 보내기 위해 병장에게서 군용 모포를 하나 빌려 전화기 옆에 자리를 잡았다. 잠깐 뱀이 떠올랐다. 숲 속 땅바닥에 얼마나 많은 뱀이 기어다니고 있을까 궁금했다. 아마도 수천 마리쯤 될 거다. 원주민 병사들은 다들 운에 맡기는데 나라고 왜 못하겠어?

밤새 전화는 울리지 않았다. 새벽이 되자 병장은 다시 불을 피워 바나나를 얹은 밥을 또 만들어 주었다. 너무 이른 아침이라 그런지 그다지 맛있지는 않았다.

잠시 후 7시, 야전 전화가 따르릉 울리는 소리에 다들 소스라치게 놀랐다. 수화기 저쪽에서 말했다.

"대영제국은 독일과 전쟁을 선포하는 바이다. 다들 경계 태세를 갖추도록."

그리고 그는 전화를 끊었다. 난 병장에게 모든 병사를 제자리로 위치시키라고 명령했다.

약 한 시간가량 아무 일도 일어나지 않았다. 병사들은 후방에서 기다리고 나는 길을 막기 위해 세워 둔 트럭 옆 공터로 나가 기다렸다.

그때 갑자기 저 멀리서 먼지구름이 보였다. 잠시 후 첫 번째 차가 나타났고 바로 뒤로 두 번째, 세 번째, 네 번째 차가 차례로 모습을 드러냈다. 다르에스살람의 모든 독일인은 전쟁이 선포되면 다 같이 무리를 이뤄 떠날 준비를 했던 게 틀림없다. 이제 자동차의 긴 행렬이 보였다. 각 차는 서로 약 20야드(*약 18미터)의 간격을 두고 0.5마일(*약 800미터) 정도 길이의 행렬을 이루었다. 짐을 높이 쌓아 올린 트럭들이 있었다. 지붕에 끈으로 가구를 묶은 평범한 자동차도 있었다. 밴도 있고 스테이션왜건도 있었다. 나는 병장에게 숲에서 나오라고 소리쳤다.

"이제 저들이 온다. 수가 상당히 많다. 다른 병사들과 함께 보이지 않게 숨어 있어. 난 여기 있다가 독일인들을 맞을 테니. 내가 이렇게 머리 위로 두 손을 들어 올리면 저 사람들의 머리 위로 기관총과 소총을 발포하라. 사람을 겨누는 게 아니라 머리 위로 쏘는 거다. 알겠나?"

"예, 브와나. 저들의 머리 위로 쏩니다."

"저들이 나에게 폭력을 휘두르고 지나가려 하면 그때는 자네가 알아서 판단하여 옳다고 생각되는 일을 행동으로 옮기는 거야."

"예, 브와나."

병장은 어떤 일이 일어날지 그려 보는 것 같았다. 그러고 나서 숲으로 돌아갔다. 나는 자동차 행렬의 지도자를 기다리며 길에 서 있었다. 맨 앞 차는 커다란 쉐보레 스테이션왜건이었는데 남자 한 사람이 운전을 하고 그 옆에 남자 둘이 더 있었다. 세 남자를 제외하고 차에는 짐으로 꽉 차 있었다. 나는 한 손을 들어 멈추라는 신호를 보냈다. 운전석 창문으로 어슬렁거리며 다가가는데 교통경찰이라도 된 기분이었다.

"더 이상 가실 수 없습니다. 당신과 뒤에 계신 분들은 모두 다르에스살람으로 되돌아가셔야 합니다. 저희 트럭 한 대가 맨 앞에서 가겠습니다. 맨 뒤에도 트럭 한 대가 호송을 돕겠습니다."

"이건 또 뭐야?"

남자는 투박한 독일어 억양이 가득한 목소리로 소리 질렀다. 중년인 그 남자는 목이 굵었고 거의 대머리였다.

"길에서 트럭 빼! 우리는 갈 거니까!"

"죄송하지만 안 됩니다. 당신들은 이제 전쟁 포로입니다."

대머리 남자가 천천히 차에서 내렸다. 남자는 몹시 화가 났고 그의 움직임은 위협적이었다. 그와 함께 있던 두 남자도 차에서 내렸다. 대머리가 돌아서더니 뒤에 줄지어 선 50대 남짓한 자동차를 향해 팔로 신호를 했다. 그러자 곧 남자 하나 내지는 둘이 차에서 내리더니 우리 쪽으로 걸어왔다. 그중 꽤 여러 대에는 여자와 아이들도 타고 있었지만 그들은 그대로 차에 남았다.

일이 이런 식으로 진행되는 게 전혀 마음에 들지 않았다. 저들이 돌아가는 것을 거부하고 나를 밀치고 계속해서 나가면 어떡하지? 난 스스로 물었다. 하지만 난 내가 기관총으로 이들을 쓸어버리라는 명령을 내리지 못할 거란 사실을 너무 잘 알았다. 그건 무시무시한 대량 학살이기 때문이다. 난 아무 말도 못하고 그냥 서 있었다.

잠시 후 족히 70명은 되어 보이는 독일 남자가, 누가 봐도 대장으로 보이는 대머리 남자 뒤에 반원을 그리며 섰다. 대머리 남자는 나를 등지고 돌아서더니 자기 나라 사람들에게 말했다.

"좋아, 이 트럭 두 대를 치워 버리고 나가자고."

"잠깐만!"

나는 내 나이보다 두 배쯤은 되어 보이려 애쓰며 말했다.

"무슨 일이 있어도 당신들을 막으라는 명령을 받았소. 계속해서 가면 쏘겠소."

"누가 쏘는데?"

대머리 남자가 경멸적인 말투로 물었다.

그러고는 황갈색 바지 뒷주머니에서 권총 한 자루를 꺼냈다. 총신이 긴 루거(*독일에서 제작된 자동 권총) 중 하나였다. 그 즉시 그를 둘러싼 70여 명의 남자 절반이 똑같은 무기를 꺼냈다. 대머리 남자가 루거를 내 가슴에 겨누었다.

이런 일은 영화에서 수천 번도 더 보았지만 실제에서는 그 양상이 전혀 달랐다. 난 당연히 겁에 질렸다. 하지만 최선을 다해 안 그런 체했다. 그리고 두 손을 머리 위로 올렸다. 대머리 남자가 미소 지었다. 그는 그게 항복의 동작이라 생각한 것이다.

탕! 탕! 탕! 뒤에서 기관총을 포함해 모든 총이 발사되기 시작했고 총알들이 내 머리 위로 쉭쉭 지나갔다. 독일인들이 풀쩍 뛰어올랐다. 정말 말 그대로 뛰어올랐다. 대머리 남자도 뛰어올랐다. 나도 뛰어올랐다.

나는 손을 내리고 말했다.

"이곳을 통과할 방법은 없다. 누구든 여기서 맨 처음으로 지나가려는 사람을 쏠 것이다. 너희 모두 가려고 하면 너희 모두에게 총을 쏠 것이다. 그게 내 임무다. 저곳에는 한 연대도 막을 수 있는 무기가 있다."

정적이 흘렀다. 대머리 남자는 자신의 루거를 내리더니 갑자기 태도를 확 바꾸었다. 흉측하게 억지 미소를 띠고는 부드럽게 말하는 거였다.

"왜 우리를 통과시켜 주지 않는 건가요?"

"우리는 이제 독일과 전쟁을 하기 때문이지. 그리고 너희들은 모두 독일 국적이므로 우리의 적이다."

"우리는 그저 일반 시민일 뿐입니다."

그가 말했다.

"그럴지도 모르지. 하지만 포르투갈령 동아프리카에 가자마자 조국으로 돌아가 군인으로 자원하겠지. 통과할 수 없어."

그때 갑자기 그가 내 팔을 잡더니 루거를 내 가슴에 겨누었다.

그러고는 보이지 않는 내 부대를 향해 스와힐리 어로 고래고래 소리를 질렀다.

"만약 우리를 막으면 난 너희 대장을 쏠 거다!"

그리고 갑작스럽게 일이 벌어졌다. 탕! 숲에서 소총이 발사되는가 싶더니 나를 붙잡았던 대머리 남자의 얼굴에 총알이 관통한 것이다. 정말 끔찍한 장면이었다. 루거가 길 위에 떨어졌고 그 옆으로 대머리 남자가 죽어 쓰러졌다.

우리는 모두 아연실색했다. 난 가까스로 정신을 차리고 말했다.

"자, 더 이상 살상이 일어나지 않도록 협조해. 차를 돌려서 우리를 따라 시내로 가자. 대접이 나쁘지는 않을 거다. 여자와 아이들은 집으로 돌아갈 수 있을 거고."

남자들은 침통한 표정으로 각자 차로 돌아갔다.

"병장!"

내가 소리치자 병장이 숲에서 급하게 나왔다.

"저 죽은 자를 트럭 한 대에 싣고 이 차들의 맨 앞으로 가. 자네가 그 트럭에 타고 이들을 모두 포로수용소로 데리고 가. 난 다른 트럭을 타고 맨 뒤에서 따라갈 테니."

"알았습니다. 브와나."

병장이 대답했다. 전쟁이 일어났고, 우리는 이렇게 다르에스살람에서 독일 국민들을 체포했다.

음와눔웨지 부족 음디쇼

독일인들이 안전하게 포로수용소로 들어가는 것을 보고 나는 보고서를 만들었다. 거의 자정 무렵이었다. 샤워를 하고 잠을 좀 자려고 집으로 돌아갔다. 피곤했고, 몸은 더러웠으며 대머리 독일 남자를 죽인 것 때문에 아주 울적했다. 막사에서 대위는 나를 축하해주며 아주 적절한 대응이었다고 말했지만 아무런 도움이 되지 않았다.

집에 도착하자마자 나는 곧장 위층으로 올라가 옷을 벗었다. 오랫동안 샤워를 하고 잠옷을 입고 다시 아래층으로 내려왔다. 소다수를 넣은 위스키가 몹시 간절했기 때문이다.

거실의 팔걸이의자에 앉아 위스키를 홀짝이며 지난 36시간 동안 있었던 낯선 일들을 곰곰이 생각했다. 위스키는 향긋했다. 알코올이 혈관으로 퍼지는 순간 온몸의 긴장이 천천히 풀리기 시작했다.

활짝 열린 프랑스식 유리문으로 집 아래 절벽에 철썩이며 부딪히는 인도양의 파도 소리가 들렸다. 난 그 의자에 앉을 때면 문 위 벽에 걸린 내 아름다운 은빛 아랍 검을 감상했다. 그날도 여느 때처럼 의자에 앉아 고개를 돌려 검을 찾았다. 하마터면 위스키를 떨어뜨릴 뻔했다. 검이 사라진 것이다. 칼집은 있었지만 칼집 안에 검이 없었다.

1년 여 전에 다르에스살람의 항구에 있는 아랍 다우선(*인도양 연안의 무역 범선) 선장으로부터 그 검을 샀다. 그 선장은 북동계절 풍을 타고 자신의 낡은 다우선으로 무스카트(*오만의 수도)에서 아프리카까지 순항했다. 34일에 걸친 여정이었다. 그 다우선이 들어왔을 때 나는 우연히 항구에 갔고, 함께 배를 타자는 세관원의 초대를 기꺼이 받아들였다. 그곳에서 난 그 검을 만나 첫눈에 사랑에 빠졌고 그 자리에서 500실링을 주고 사 왔다.

검은 길고 둥그렇게 휘었으며 은으로 된 칼집에는 선지자의 삶을 다양한 단계로 나타낸 섬세한 그림이 멋들어지게 새겨져 있었다. 둥글게 휜 검은 길이가 거의 3피트(*약 90센티미터)에 이르렀고 잘 다듬은 끝처럼 날카로웠다. 그런 물건에 대해 잘 아는 친구들이 다르에스살람에 있었는데 그들은 그 검이 18세기 중반에 만들어진 게 거의 확실하며 박물관에서나 볼 수 있는 물건이라고 했다.

난 그 보물을 집으로 가지고 가 음디쇼에게 건네며 말했다.

"이 검을 문 위 벽에 걸어. 그리고 은으로 된 칼집이 언제나 반짝이는지 잘 확인하고, 칼은 녹슬지 않도록 일주일에 한 번 기름

수건으로 잘 닦아 둬. 음디쇼가 책임자야."

나에게서 검을 받아 든 음디쇼는 경외심 가득한 표정으로 그 칼을 이리저리 살폈다. 그러고는 칼집에서 칼을 뽑더니 엄지손가락으로 칼날을 시험해 보았다.

"아야!"

음디쇼가 소리쳤다.

"훌륭한 무기군요! 난 이 칼만 있으면 전쟁에서 이길 수 있어요!"

그리고 지금 나는 위스키를 들고 거실 팔걸이의자에 앉아 섬뜩한 기분으로 빈 칼집을 바라보고 있었다.

"음디쇼! 이리 와! 내 검은 어디 있지?"

내가 큰 소리로 물었다. 하지만 아무런 대답이 없었다. 음디쇼는 잠자리에 든 것 같았다. 난 자리에서 일어나 원주민들의 숙소가 있는 뒤뜰로 나갔다. 하늘에는 반달과 수많은 별이 떠 있었다. 요리사 피기가 아내 한 사람과 함께 오두막 밖에 쪼그리고 앉아 있는 게 보였다.

"피기, 음디쇼는 어디 있지?"

피기는 늙고 주름이 많았는데 게살 넣은 구운 감자를 아주 잘 만들었다. 피기가 나를 보더니 일어섰고, 그의 아내는 그늘 속으로 들어가 버렸다.

"음디쇼는 어디 있어?"

내가 물었다.

"음디쇼는 초저녁에 나갔어요, 브와나."

"어디로?"

"난 모릅니다. 하지만 돌아올 거라고 말했어요. 그의 아버지를 보러 간 것 같습니다. 당신은 정글에 있으니 아마도 아버지를 찾아가더라도 상관하지 않을 거라 생각했겠지요."

"내 검은 어디 있지, 피기?"

"당신 검이요, 브와나? 문 위에 걸려 있지 않나요?"

"사라졌어. 누가 훔쳐간 건가 싶어. 내가 들어갔을 때 유리문이 활짝 열려 있었거든. 그건 옳지 않아."

"그럼요, 브와나. 옳지 않은 일이지요. 이해할 수 없군요."

"나도 그래. 그럼 쉬어."

난 집으로 돌아가 다시 팔걸이의자에 털썩 앉았다. 너무 피곤해서 손가락 하나도 까딱할 수 없었다. 아주 더운 밤이었다. 손을 뻗어 독서 등을 끈 후 눈을 감고 얕은 잠에 빠졌다.

얼마나 잤는지 모르겠다. 눈을 뜨니 아직 밤이었고 프랑스식 유리문 앞에는 음디쇼가 서 있었다. 그의 등 뒤로 반달이 환히 비추었다. 헐떡거리며 숨을 몰아쉬는 음디쇼는 검정색 짧은 면바지 말고는 아무것도 걸치지 않았는데 기쁨과 흥분으로 황홀경에 빠진 표정이었다. 그의 검고 훌륭한 몸에서는 말 그대로 땀이 뚝뚝 떨어졌다. 그리고 그의 오른손에는 검이 들려 있었다. 난 벌떡 일어나 앉았다.

"음디쇼, 어디 갔었어?"

검은 달빛을 받아 미세하게 반짝거렸다. 검 한가운데 뭔가 시커 먼 것이 눈에 띄었는데 피가 말라붙은 것처럼 보였다.

"음디쇼! 도대체 무슨 짓을 한 거야!"

내가 소리쳤다.

"브와나. 아, 브와나. 제가 승리하고 돌아왔습니다. 어떻게 승리했는지 말씀드리면 아마 매우 기뻐하실 겁니다."

"말해 봐."

난 긴장됐다. 음디쇼의 그런 모습을 전에는 한 번도 본 적이 없었다. 거친 표정과 숨결, 온몸의 땀이 나를 더욱 긴장하게 만들었다.

"당장 말해. 뭘 했는지 나에게 설명해 보라고."

음디쇼가 이야기를 시작하자 그의 입에서는 미친 듯 흥분한 말들이 폭포처럼 쏟아져 나왔다. 난 그의 말을 막지 않았다. 활짝 열린 문 앞에 당당히 서서 쏟아지는 달빛을 온몸으로 받으며 했던 그의 이야기를 문자 그대로 번역하면 다음과 같다.

"브와나, 어제 시장에서 독일과 전쟁이 시작됐다는 이야기를 들었어요. 브와나가 전쟁이 시작되면 그들이 우리를 죽이려 할 거라고 했던 말이 기억났어요. 그 소식을 듣자마자 난 집으로 달리기 시작했어요. 달려가면서 거리에서 보이는 모든 사람에게 소리쳤어요. '독일과 싸운다! 독일과 싸운다!' 우리 조국에서는 누군가가 우리와 싸우러 온다는 말을 들으면 가능한 빨리 모든 부족에게 그 사실을 알려야 하거든요. 그래서 난 집으로 달려오면서 사람들에게 그 소식을 전한 거죠. 그리고 음디쇼가 무엇을 도울 수 있을까 생각해 봤어요. 갑자기 언덕 위에 사는 부자 독일 사람이 떠올랐어요. 얼마 전에 브와나 차를 타고 찾아갔던 사이잘삼 경작자 말이에요. 그리고 집으로 더 빨리 달렸어요. 집에 도착하자 부엌을 통과하며 요리사 피기에게 소리쳤죠. '독일과 싸운다!' 그리고 이 방으로 달려와 검을 집어 들었어요. 매일같이 당신을 위해 닦았던 이 훌륭한 검을요. 브와나, 전쟁을 할 생각에 난 몹시 흥분됐어요. 당신은 병사들을 이끌고 이미 전쟁에 나갔어요.

나도 뭔가를 해야 한다는 사실을 알았죠. 그래서 이 장갑(음디쇼는 칼집을 장갑이라고 표현했다.)에서 칼을 꺼내 밖으로 달려 나갔어요. 그리고 언덕에서 사이잘삼 밭을 가꾸는 부자 독일 사람 집으로 달려갔어요. 큰길로 가지 않았어요. 내가 손에 검을 들고 달리는 걸 보면 병사들이 나를 막아 세울지도 모르니까요. 난 곧장 숲을 달렸어요. 언덕 꼭대기에 이르러 반대편을 내려다보니 어마어마한 농장에 부자 독일 사람이 키우는 사이잘삼이 보였어요. 그 밭 너머 저 멀리 그의 집이 보였어요. 우리가 함께 갔던 크고 하얀 집 말이에요. 난 언덕 반대편을 내려가 사이잘삼 속으로 들어갔어요. 그때는 날이 어두워지고 있었어요. 키가 크고 가시투성이인 사이잘삼을 피해 달리는 건 쉬운 일이 아니었지만 아무튼 계속해서 달렸어요.

드디어 집 앞에 도착했어요. 눈앞에 하얀 집이 달빛을 받으며 서 있었죠. 나는 곧바로 현관문으로 달려가 확 열어젖혔어요. 맨 처음 보인 방으로 들어갔는데 텅 비어 있었어요. 집 뒤쪽으로 달려가 통로 끝에 있는 문을 열었어요. 그곳에도 아무도 없었어요. 그런데 창문으로 뒤뜰에 덩치 큰 독일 남자가 서 있는 게 보였어요. 그 남자는 불을 피우고 거기에 종이를 던졌어요. 남자 옆에는 종이가 많았는데 그는 계속해서 종이를 불 속에 던졌어요. 그리고 그 남자 발치에는 코끼리 잡을 때 쓰는 커다란 총이 놓여 있었어요. 난 뒷문을 열어젖히고 달려 나갔어요. 독일 남자가 소리를 듣고는 깜짝 놀라며 총으로 손을 뻗었지요. 하지만 그대로 두지 않았죠. 그가 총을 집으려고 몸을 숙이는 순간 검을 높이 쳐들고 그의 목을 내리쳤어요. 브와나, 이 검은 정말 아름다운 검이에요. 단 한 번에 그의 목을 깊게 베었고, 그의 머리가 앞으로 고꾸라지더니 가슴께에 대롱대롱 매달렸어요. 그는 비틀거리기 시작했어요. 난 다시 한 번, 더 빨리 목을 내리쳤죠. 그러자 머리가 몸에서 떨어지더니 땅으로 툭 떨어졌어요. 코코넛 열매처럼 말이에요.

브와나, 그때 저는 기분이 좋았어요. 정말 이루 말할 수 없이 좋았어요. 당신이 저와 함께 이 모든 걸 봤으면 얼마나 좋았을까, 하는 생각이 들었어요. 하지만 그때 당신은 당신의 병사들과 함께 저 멀리 연안 도로에서 독일인들을 죽이고 있었죠. 그래서 난 서둘러 집으로 돌아왔어요. 이번에는 큰길로 왔어요. 그게 더 빠르니까요. 병사들이 나를 보든지 말든지 이젠 상관없었어요. 손에 검을 쥐고 줄곧 달려왔어요. 이따금 머리 위로 검을 흔들기도 했지만 절대 멈추지 않았어요. 두 번 정도 사람들이 나에게 소리쳤고, 한 번은 두 남자가 저를 쫓아왔지만 좋은 소식을 전하기 위해 난 새처럼 날아왔어요. 아주 먼 길이었어요. 가는 데 네 시간, 오는 데 네 시간이 걸렸거든요. 그래서 늦은 거랍니다. 늦어서 죄송해요, 브와나."

음디쇼가 이야기를 마쳤다. 그게 모두 사실이란 걸 나는 알았다. 사이잘삼 농원을 가진 독일인의 이름은 프리츠 클라이버였다. 혼자 사는 부자였는데 성질이 고약했다. 일꾼을 심하게 대하고 무소 가죽으로 만든 무시무시한 채찍인 '샘벅'으로 때리기도 한다는 소문이 돌았다. 왜 그가 음디쇼에게 살해되기 전에 우리 아스카리들에게 체포되지 않았는지 궁금했다. 아스카리들은 아마 지금쯤 농장에 갔을 것이고 충격에 빠졌을 것이다.

"그리고 브와나! 오늘 얼마나 많이 잡았어요?"

음디쇼가 큰 소리로 물었다.

"뭘 말이야?"

"독일 사람이요, 독일 사람! 그 좋은 기관총으로 얼마나 많이 잡았어요?"

난 음디쇼를 바라보며 미소 지었다. 그가 한 일을 가지고 비난할 생각은 없었다. 그는 우리 유럽 인들에 의해서 하인이 되긴 했지만 음와눔웨지 부족 사람이다. 그리고 지금 그는 유럽 인들이 만들어 놓은 틀을 깬 것이다.

"지금 일을 다른 사람에게 말했어?"

"아직 안 했습니다. 브와나. 당신에게 가장 먼저 온 겁니다."

"이제 잘 들어. 이 일을 아무에게도 말해선 안 돼. 아버지에게도 말해선 안 되고, 아내들에게도 말해선 안 돼. 가장 친한 친구에게도, 요리사 피기에게도 안 돼. 무슨 말인지 알겠지?"

그러자 음디쇼가 소리쳤다.

"저는 그들에게 말해야 합니다! 나에게서 그 즐거움을 앗아가지 마십시오, 브와나!"

"그들에게 말하면 안 돼, 음디쇼."

"왜요? 내가 뭘 잘못했나요?"

"절대 아니야."

난 거짓말을 했다.

"그럼 왜 내 사람들에게 말하면 안 되는 건가요?"

음디쇼가 다시 물었다. 나는 당국이 독일 남자를 발견하면 어떻게 반응을 할지 음디쇼에게 설명하려 노력했다. 간단히 말해서 민간인의 목을 자르고 다니면 안 된다는 사실 말이다. 설령 전쟁 중이라 할지라도. 그러면 감옥에 갈 수도 있고 그것보다 더한 벌도 받을 수 있다고 음디쇼에게 말했다. 그는 내 말을 믿지 못했다. 완전히 충격을 받았다.

"난 음디쇼가 정말정말 자랑스러워. 나에겐 네가 최고의 영웅이야."

난 그의 기분을 맞춰 주려 애썼다.

"당신께만 그런가요, 브와나?"

"아니야, 음디쇼. 이곳에 있는 영국인들이 네가 한 일을 안다면 아마 대부분 널 영웅이라 여길 거야. 하지만 그래 봐야 별 도움이 안 돼. 너를 쫓아다닐 사람들은 경찰관이니까."

"경찰관이요!"

음디쇼가 겁에 질려 소리쳤다.

음디쇼와 피기 그리고 다른 원주민들.

다르에스살람에서 모든 원주민이 딱 하나 무서워하는 게 있다면 그건 경찰이었다. 경찰관은 모두 흑인이었는데 위에 두어 명의 백인 관리가 있고 흑인 경찰관들은 그 아래에서 활동했다. 그들은 죄수에게 몹시 포악하게 군다고 알려져 있었다.

"그래, 경찰관."

경찰에 잡히면 음디쇼는 살인죄를 받을 게 분명했다.

"경찰관이라면 입 다물고 있을게요, 브와나."

음디쇼가 말했다. 나는 음디쇼가 너무 기가 꺾인 채 실망하고 좌절하는 것 같아 견딜 수가 없었다. 의자에서 일어나 벽에서 칼집을 내렸다.

"난 이제 곧 떠날 거야. 비행기 조종사로 전쟁에 참가하기로 결정했거든."

비행기에 해당하는 스와힐리 어는 새를 뜻하는 '은데기'인데, 이 말은 문장 속에서 항상 멋지게 그리고 문학적으로 들렸다.

"난 새를 타고 하늘을 날 거야. 독일 새들에 대항해서 영국 새를 타고 날 거야."

"멋져요!"

음디쇼가 소리쳤다. 전쟁이라는 말에 음디쇼의 얼굴은 다시 환해졌다.

"저도 함께 가겠어요, 브와나."

"슬프지만 그건 불가능할 거야. 처음에 난 가장 낮은 계급의 새를 모는 병사가 될 거야. 아주 보잘것없는 계급이지. 여기 신입 아스카리처럼 말이야. 그리고 막사에서 살게 될 거야. 나를 도와줄 사람을 데리고 갈 수 있는 가능성은 전혀 없어. 모든 것을 나 스스로 해야 해. 셔츠를 세탁하고 다림질하는 것도 포함해서 말이야."

"그건 절대 안 됩니다. 브와나."

음디쇼가 말했다. 그는 정말 놀란 것 같았다.

"난 잘할 수 있어."

내가 말했다.

"그럼 셔츠 다릴 줄 아세요, 브와나?"

"아니, 내가 떠나기 전에 비결 좀 가르쳐 줘."

"브와나가 가시는 곳은 위험합니까? 그 독일 새들은 총을 많이 갖고 있습니까?"

"아마 위험할 거야. 하지만 처음 6개월은 재미있을 거야. 새를 타고 나는 법을 배우려면 6개월은 걸려."

"어디로 가십니까?"

"먼저 나이로비. 나이로비에서 아주 작은 새를 타기 시작할 거야. 그리고 다른 곳으로 가서 큰 새를 타겠지. 우린 아주 먼 거리를 옮겨 다닐 거야. 그동안 짐은 최소한으로 해야겠지. 그래서 이 검을 두고 가야 할 거 같아. 이렇게 큰 걸 가는 곳마다 가지고 다니는 건 불가능해. 그래서 이 검을 너에게 주려고 해."

"저에게요?"

음디쇼가 소리쳤다.

"아, 아닙니다. 브와나. 그러시면 안 됩니다! 가시면 검이 필요할 겁니다!"

"새를 탈 때는 안 돼. 새에 타면 검을 휘두를 공간이 없어."

난 아름답게 휜 은 칼집을 음디쇼에게 건넸다.

"이제 네 거야. 갖고 가서 칼날을 깨끗하게 씻어. 절대 핏자국을 남겨 둬서는 안 돼. 그리고 기름으로 닦아서 칼집에 다시 넣어 둬. 내일 내가 이걸 너에게 줬다는 증명서를 써 줄게. 증명서는 중요하거든."

한 손에 검을, 다른 한 손에는 칼집을 든 음디쇼는 별처럼 반짝이는 두 눈으로 그것들을 가만히 바라보고 서 있었다.

"너의 용감함을 칭찬하는 뜻으로 이걸 선물하는 거야. 하지만 누구에게도 그 이야기를 해선 안 돼. 사람들에게는 그냥 이별 선물로 내가 줬다고 말해야 해."

"네, 브와나. 사람들에게 그렇게 말할게요."

그는 잠깐 말을 멈추더니 내 눈을 똑바로 쳐다봤다.

"사실대로 말해 줘요, 브와나. 내가 사이잘삼을 키우는 부자 독일 사람을 죽인 걸 정말, 진심으로 기쁘게 생각하나요?"

"우리도 오늘 한 사람 죽였어."

내가 말했다.

"정말요? 독일 사람을 죽였다고요?"

음디쇼가 큰 소리로 물었다.

"그래야 했어. 안 그랬다면 그 사람이 날 죽였을 테니까."

음디쇼가 멋지고 하얀 이를 드러내며 미소 지었다.

"그럼 우린 똑같네요, 브와나. 그 일로 우리는 정확하게 똑같아졌어요. 당신과 나."

"그래. 그런 것 같아."

그런데 한 가지 부탁이 있어요. 주소가 바뀌면 전보로 꼭 알려 주세요. 아주 비싸지 않다면 말이에요. 그리고 얼른 이사를 하셔야 해요. 지금 영국 동부에 머물고 있는 건 완전히 미친 짓이거든요. 조심하지 않으면 마당에 낙하산 부대가 떨어질 거예요.

비행 훈련

1939년 11월은 전쟁이 일어난 지 두 달이 지난 때였다. 내가 브와나 히틀러와의 싸움에 참가해 돕고 싶다고 쉘 회사에 말하자 회사 사람들은 축복의 말을 해 주며 나를 보내 주었다. 이루 말할 수 없이 관대하게도 그들은 전쟁이 계속되고 내가 살아 있는 동안은 내가 전 세계 어디에 있든 계속해서 내 계좌로 월급을 지급하겠다고 말했다. 난 그들에게 정말 고맙다고 인사를 하고 내 작은 구식 포드 프리펙트에 올라타 영국 공군에 입대하기 위해 다르에스살람에서 나이로비까지 600마일(*약 965킬로미터)에 달하는 여정을 시작했다.

사람이 약간 위험하기도 한 여행을 오랜 시간 혼자 할 때는 즐거움과 두려움의 모든 감각이 극도로 증폭되는 경향이 있다. 그래서 내 작은 검정색 포드를 타고 중앙아프리카를 관통하는 이틀간의 낯선 원정 여행 동안 있었던 몇 가지 일은 내 기억에 아주 선명히 남게 되었다.

항상 대단하게 기억되는 풍경은 첫날 보았던, 믿기 힘들 정도로 놀라운 수의 기린이다. 기린은 보통 서너 마리씩 무리를 지었고 종종 옆에 새끼 한 마리 정도 끼기도 했는데 그것은 나를 매혹시키는 풍경이었다. 기린은 놀랍도록 온순했다. 나는 저 멀리 길가의 아카시아 나무 꼭대기에서 초록색 잎을 뜯어 먹는 기린들의 모습이 보이면 가까이 다가가 차를 세웠다.

그리고 차에서 내려 길고긴 목 위에서 흔들리는 작은 머리 주변 하늘을 향해, 아무 의미도 없지만 기분 좋은 인사말을 외쳐 댔다. 사방 50마일(*약 80킬로미터) 이내에는 아무도 없다는 게 확실해지면 난 종종 내 자신도 놀랄 만한 행동을 했다. 마음속 억압이 모두 사라진 나는 이렇게 소리쳤다.

"안녕, 기린들아! 안녕! 안녕! 안녕! 오늘 어때?"

그러면 기린들은 고개를 약간 갸우뚱 기울이고는 나른하고 새침한 표정으로 나를 내려다보았다. 그러면서도 절대 달아나지는 않았다. 그렇게 나는 거대하고 우아한 야생 동물 사이를 자유롭게 걸어다니면서 하고 싶은 말을 마음껏 할 수 있다는 사실이 얼마나 즐거운 일인지 알게 되었다.

탕가니카를 관통해 북쪽으로 이어진 도로는 좁고 종종 바퀴 자국들이 깊이 패어 있었다. 한 번은 약 30야드(*약 27미터) 앞에서 푸르스름한 갈색의 크고 굵은 코브라 한 마리가 도로의 바퀴 자국 위로 천천히 미끄러져 가는 것이 보였다. 7~8피트(*약 2.1~2.4미터) 정도 길이인 코브라는 숟가락 모양의 납작한 머리를 흙길에서 공중 6인치(*약 15센티미터) 정도 높이로 번쩍 들어 올리고 있었다. 난 코브라를 치지 않으려고 영리하게 차를 세웠다. 그리고 진심으로 무서워서 재빨리 후진 기어를 넣고 그 무서운 것이 풀숲으로 사라질 때까지 계속해서 후진했다. 난 열대 지방에 있는 동안 내내 뱀에 대한 두려움을 떨쳐 낼 수 없었다. 뱀만 보면 소름이 끼쳤다.

와미 강에서는 원주민들이 내 차를 뗏목 위에 올려 주었다. 그리고 반대 강둑에서 건장한 남자 여섯 명이 노래를 부르며 너비 약 100야드(*약 91미터)에 걸쳐 있는 밧줄로 뗏목을 당기기 시작했다. 물살이 빠르게 흘렀다. 그런데 강 가운데쯤에서 차와 내가 균형을 맞춰 올라타 있던 폭 좁은 뗏목이 물살에 실려 강 하류로 흘러가기 시작했다. 여섯 명의 건장한 남자는 더 크게 노래를 부르며 더 힘차게 밧줄을 당겼고, 나는 차 안에 속수무책으로 앉아 그 잔인하고 까만 눈으로 나를 노려보며 뗏목 주변에서 헤엄치는 악어들을 지켜볼 뿐이었다. 나는 그 강에서 한 시간 넘게 까딱까딱 흔들렸지만 결국 여섯 명의 건장한 남자는 물살과의 싸움에서 이기고 강에서 나를 끌어내 주었다.

"3실링입니다. 브와나."

그들은 웃으며 말했다.

딱 한 번 코끼리를 보았다. 엄니가 있는 커다란 수놈 한 마리와 암놈 한 마리 그리고 그들의 새끼 한 마리가 숲 언저리에 있는 도

와미 강의 나룻배.

로에서부터 약 50야드(*약 45미터) 뒤까지 한 줄로 서서 천천히 걸어가고 있었다. 나는 그들을 보기 위해 차를 세웠지만 밖으로 나가지는 않았다. 코끼리들은 절대 나를 보지 않았고, 덕분에 난 한참을 머무르며 그들을 구경할 수 있었다. 평화롭고도 평온한 기운이 육중하고 느릿느릿 움직이는 온화한 짐승을 둘러싸고 있는 것 같았다. 몸집이 더 큰 조상에게 물려받은 옷처럼, 코끼리의 피부는 몸에 축 늘어져 있었다. 우스꽝스럽게 축 늘어진 바지처럼 말이다. 기린처럼 초식동물인 코끼리는 정글에서 살아남기 위해 사냥을 하거나 살생을 할 필요가 없었고, 감히 코끼리를 위협하는 짐승도 없었다. 때때로 큰 사냥감을 잡으러 다니는 사냥꾼이나 상아 밀렵꾼의 모습으로 등장하는 비열한 인간만이 두려움의 대상이었지만 이 작은 코끼리 가족은 그런 공포의 존재는 아직 만난 적이 없는 것 같았다. 그들은 완벽하게 만족스러운 삶을 살고 있을 것이다. 나보다 낫군, 정말 똑똑해, 난 혼잣말을 했다. 지금 이 순간 나는 독일 사람들을 죽이러, 혹은 죽임을 당하러 가는 중이었지만 그 코끼리들의 마음속에는 살인 같은 생각 따위는 전혀 없을 테니 말이다.

탕가니카와 케냐 사이의 국경에 도착했다. 길 건너에 나무로 된 대문이 하나 있고 그 옆에는 낡은 판잣집이 한 채 있었다. 세관과 출입국 사무소를 겸하는 이 대단한 전초기지를 마음대로 주무르는 사람은 이가 다 빠진 흑인 노인이었는데 그는 자신이 그곳에 37년 동안 있었다고 설명했다. 그는 나에게 차를 한 잔 내주며 설탕이 없어서 미안하다고 했다. 내 여권을 보겠냐고 물었지만 그는 고개를 저으며 어느 여권이든 자기 눈에는 똑같아 보인다고 말했다. 그러고는 비밀스럽게 미소를 지으며 하는 말이, 돋보기 없이는 아무것도 읽을 수 없는데 지금 돋보기가 없다는 것이었다.

세관 판잣집 밖에는 덩치 큰 마사이 부족 남자 한 무리가 창을 들고 내 차를 둘러쌌다. 그들은 호기심 가득한 눈으로 나를 응시하며 손으로는 내 차를 툭툭 가볍게 쳤다. 하지만 우리는 서로의 말을 이해할 수 없었다.

잠시 후 어느 울창한 정글 속 유난히 좁은 길을 덜컹거리며 지났다. 그때 갑자기 해가 졌고 10분 후 땅 위로 어둠이 내렸다. 자동차 전조등 빛도 아주 희미했다. 이 밤에 무리해서 계속 가는 건 어리

석은 일이었다. 도로에서 약간 벗어나 가시가 있는 나무 덤불 속에 차를 세우고 새벽이 오기를 기다리기로 했다. 차에 앉은 채 창문을 내리고 위스키 한 잔을 물과 함께 따랐다. 그리고 나를 에워싼 정글 속 소리를 들으며 천천히 위스키를 마셨다. 두렵지 않았다. 자동차는 거의 모든 짐승을 막아 줄 테니 말이다. 나는 경질 치즈가 든 샌드위치를 꺼내 위스키와 함께 먹었다. 창문 두 개를 윗부분 0.5인치(*약 1.2센티미터) 정도 틈을 남기고 올렸다. 그리고 뒷자리로 가 몸을 둥그렇게 말고 잠들었다.

다음 날 오후 3시 무렵 나이로비에 도착한 나는 곧장 소규모의 영국 공군 본부가 위치한 소형 비행장으로 차를 몰고 갔다. 그곳에서 신체검사를 받았다. 상냥한 영국인 의사는 내 키가 6피트 6인치 (*약 197센티미터)인데 공군 비행기 조종사로서는 이상적인 키가 아니라고 말했다.

"그럼 비행 복무에 저를 통과시켜 줄 수 없다는 말씀인가요?"

나는 걱정스럽게 물었다.

"뜻밖에도 내 지침에는 키 제한에 대한 언급은 없습니다. 그래서 양심에 거리낌 없이 당신을 통과시켜 줄 수 있어요. 행운을 빌어요, 친구."

나는 황갈색 짧은 바지와 셔츠, 재킷, 황갈색 스타킹과 검정색 신발로 구성된 간단한 제복을 갖춰 입었다. 내게는 상병보다 하나 낮은 일병 계급이 주어졌다. 그리고 조립식 주택으로 안내되었는데 그곳에는 이미 동료 훈련병들이 자리 잡고 있었다. 나이로비의 이 훈련 학교에서 비행 훈련을 함께할 사람들은 나를 포함해 모두 열여섯 명이었다. 난 동료들이 모두 마음에 들었다. 그들은 나처럼 젊은 남자였는데 바클레이스 은행이라든가 임페리얼 타바코 같은 큰 회사에서 일하기 위해 영국에서 왔다가 공군에 자원했다. 앞으로 6개월 동안 우리는 함께 똘똘 뭉쳐서 훈련을 받은 후 다양한 임무를 띤 비행대대로 각자 배치될 것이다. 이후 그 열여섯 명 중 최소 열세 명은 2년 안에 비행 중 죽는다는 사실을 확인하게 되었지만.

되돌아보면 인생이란 그렇게 허무한 것인지도 모르겠다.

비행장에는 교관 세 명과 비행기 세 대가 있었다. 교관들은 윌슨 에어웨이라는 소규모 영국 회사로부터 영국 공군이 고용한 정기 항공로 조종사들이었다. 비행기는 '타이거모스'였다. 타이거모스는 당시 아주 대단한 비행기였고, 지금도 여전히 대단하다. 타이거모스를 타고 한 번이라도 비행해 본 사람이라면 누구든 그 비행기를 사랑하게 된다. 아주 능률적인 타이거모스는 집시 엔진으로 동력을 공급받으며 공중 곡예를 하는 작은 복엽 비행기(*날개가 2조로 되어 있는 초창기의 비행기)였다.

교관이 말했지만 집시 엔진은 한 번도 비행 중에 고장 난 적이 없는 것으로 알려져 있었다. 타이거모스를 어떤 식으로 몰든 절대 고장 나지 않았다. 조종석 안전띠를 묶은 채로 비행기를 거꾸로 뒤집어 몇 분 동안 비행할 수도 있다. 거꾸로 뒤집어 비행하는 동안에는 기화기도 뒤집어지기 때문에 엔진이 꺼지지만 비행기를 상승시키면 엔진은 다시 작동한다.

수직으로 수천 피트 나선 강하를 할 수도 있다. 나선 강하 후 할 일은 방향타와 조절판과 앞으로 밀어 놓은 조종간을 살짝 건드려 주기만 하면 된다. 그러면 타이거모스는 몇 번 공중제비를 돈 후 금방 상승했다. 타이거모스는 결함이 없었다. 착륙하면서 비행 속도를 낮추면 결코 균형을 잃지 않았다. 무능한 초보 비행사들 때문에 거친 착륙을 수도 없이 겪으면서도 눈썹 하나 까딱하지 않았다. 타이거모스에는 조종석이 두 개 있었는데 하나는 교관용이고 또 하나는 훈련생용이었다. 비행하는 동안 두 사람은 고무로 된 마우스피스를 통해 서로 이야기를 나눌 수 있었다. 타이거모스는 세련

되지도 않았고 자동 시동기 같은 것도 없어서 엔진에 시동을 걸려면 누군가 앞에서 손으로 직접 프로펠러를 돌리는 수밖에 없었다. 프로펠러를 손으로 돌릴 때에는 균형을 잃고 앞으로 넘어지지 않도록 각별히 주의해야 했다. 자칫 넘어졌다가는 프로펠러에 머리통이 잘려 나갈 수도 있으니 말이다.

나이로비에서

1939년 12월 4일

엄마,

전 정말 즐거운 시간을 보내고 있어요. 지금껏 이렇게 즐거웠던 적도 없었던 것 같아요. 영국 공군에 선서하고 정식으로 입대했기에 이제 전쟁이 끝날 때까지 저는 누가 뭐래도 영국 공군인거죠. 제 계급은 일병이에요. 제가 'B.F(*British Fascist, 영국 파시스트 당원)'만 되지 않는다면 몇 달 후 공군 소위가 될 수 있을 것 같아요. 이젠 그 누구도 저를 위해 자잘한 일들을 해 주지 않아요. 음식도 직접 받아 오고, 포크와 나이프 설거지도 직접 하고, 옷도 직접 개죠. 즉 모든 것을 스스로 해야 해요. 검열관이 이 편지를 뜯어 볼지도 모르기 때문에 우리가 어디에서 무엇을 할지, 너무 많은 것을 말하지 않는 게 좋겠지만…… 우리는 아침 5시 30분에 기상해서 7시 아침 식사 전까지 훈련을 해요. 12시 30분까지 비행 훈련을 하고 강의를 들어요. 12시 30분부터 1시 30분까지는 점심시간. 이후 6시까지 비행과 강의. 비행은 아주 멋지고 우리 교관들은 정말 쾌활하고 유능해요. 운이 좋다면 이번 주 말쯤 단독 비행을 나갈지도 몰라요……

나이로비의 소형 비행장에는 활주로가 하나밖에 없었기 때문에 다들 옆바람 착륙과 이륙을 연습할 수 있는 기회가 많았다. 그리고 거의 매일 아침 비행 시작 전, 우리는 모두 이착륙장으로 달려 나가 얼룩말들을 쫓아내야 했다.

군용기를 조종할 때는 낙하산 위에 앉는데 그렇게 앉으면 6인치(*약 15센티미터)가 더 높아지기 때문이다. 처음으로 타이거모스의 열린 조종석에 올라타 낙하산 위에 앉았을 때 내 머리는 통째로 비행기 위로 튀어나왔다. 엔진이 돌고 있었기 때문에 얼굴 가득 프로펠러에서 불어오는 바람을 맞아야 했다. 파킨슨이라는 이름의 비행장교 교관이 말했다.

"자넨 너무 커. 정말 이 일을 하고 싶은가?"

"예, 그렇습니다."

내가 말했다.

"이륙을 위해 엔진 출력을 높일 때까지 기다려. 숨 쉬는 데 애먹을 거야. 그리고 고글은 내려서 써. 눈물이 나서 앞이 안 보일 테니."

파킨슨의 말은 옳았다. 첫 비행에서 나는 프로펠러에서 불어오는 바람을 맞고 거의 질식 상태가 되었다. 조종석 속에 몸을 숙이고 1초에 한 번 깊게 숨을 들이쉬어서 간신히 목숨을 부지할 수 있었다. 그 사건 이후 얇은 면 스카프를 묶어 코와 입을 가렸더니 그나마 숨을 쉴 수 있었다.

아직도 갖고 있는 항공일지를 보니 나는 7시간 40분 후에 단독 비행을 했는데, 그건 거의 평균이었다. 그런데 영국 공군의 항공일지라는 게 지금도 그렇지만 당시에는 꽤 만만찮았다. 가로 8인치(*약 20센티미터), 세로 9인치(*약 23센티미터)의 거의 정사각형, 두께는 1인치(*약 2.5센티미터)였고 파란색 캔버스 천으로 된 아주 딱딱한 표지의 노트였다. 항공일지는 절대 잃어버려서는 안 되는 것이었다. 내가 타고 비행한 항공기, 비행의 목적과 목적지, 비행시간 등 내가 했던 비행의 모든 기록이 담겼기 때문이다.

단독 비행을 한 후 나는 허가를 받고 많은 시간을 혼자 비행할 수 있었다. 정말 아름다운 비행이었다. 케냐 같은 아름다운 나라의 하늘을 씽씽 솟구쳐 오르며 날 수 있도록 허가를 받은 운 좋은 젊은이가 얼마나 있을까, 난 스스로에게 계속해서 묻고 또 물었다. 심지어 비행기도, 휘발유도 공짜고 말이다!

그레이트 리프트 밸리(*아시아 남서부 요르단 강 계곡에서 아프리카 남동부 모잠비크까지 이어지는 세계 최대의 지구대)에는 농장의 소 떼처럼 크고 작은 동물이 많았다. 나는 그들을 보기 위해 작은 타이거모스를 타고 낮게 날았다. 아, 매일같이 그 조종석에서 보았던 동물들이란! 난 겨우 지상에서 6~7피트(*1.8~2.1미터) 정도 높이로 낮게 날았다. 내가 탄 비행기가 씽 하고 날아가면 거대한 물소 떼와

YEAR 1939	AIRCRAFT Type	No.	PILOT, OR 1ST PILOT	2ND PILOT, PUPIL OR PASSENGER	DUTY (INCLUDING RESULTS AND REMARKS)	SINGLE-ENGINE AIRCRAFT DAY Dual	SINGLE-ENGINE AIRCRAFT DAY Pilot
			NAIROBI		— TOTALS BROUGHT FORWARD		
Nov. 27	TIGER	K26	P/O MAKINSON	SELF	OBSERVATION FLIGHT.	0030	
28	TIGER	A26	P/O MAKINSON	SELF	LEVEL FLYING - ALL TURNS.	0035	
28	TIGER	A20	P/O MAKINSON	SELF	ALL TURNS — TAKE OFFS	0030	
29	TIGER	A26	P/O MAKINSON	SELF	TAKE OFFS, TURN, STALLS.	0050	
30	TIGER	A26	P/O MAKINSON	SELF	TAKE OFFS, LANDING APPROACHES	0035	
30	TIGER	A26	P/O MAKINSON	SELF	TAKE OFFS, STEEP TURNS, LANDINGS	0030	
DEC 1	TIGER	A26	P/O MAKINSON	SELF	TAKE OFFS, LANDINGS	0030	
4	TIGER	A26	P/O MARKINSON	SELF	TAKE OFFS, LANDINGS	0035	
4	TIGER	A26	P/O MAKINSON	SELF	LANDINGS	0040	
5	TIGER	A26	P/O MAKINSON	SELF	LANDINGS	0030	
6	TIGER	A26	P/O MAKINSON	SELF	LANDINGS	0040	
7	TIGER	A26	P/O MAKINSON	SELF	LANDINGS	0040	
8	TIGER	A26	P/O MAKINSON	SELF	LANDINGS	0030	
8	TIGER	A26	P/O MAKINSON	SELF	LANDINGS	0035	
11	TIGER	A26	P/O MAKINSON	SELF	LANDINGS	0030	
11	TIGER	A26	P/O MARKINSON	SELF	LANDINGS	0040	
12	TIGER	A26	P/O MAKINSON	SELF	LANDINGS	0030	
12	TIGER	A26	P/O MAKINSON	SELF	LANDINGS	0035	
13	TIGER	K28	SELF	—	FIRST SOLO		0010
14	TIGER	A26	P/O MAKINSON	SELF	LANDINGS		
					TOTALS CARRIED FORWARD	1230	0010

GRAND TOTAL [Cols. (1) to (10)]
.12...Hrs. .15...Mins.

CERTIFIED that I fully understand the fuel and ignition systems of the *TIGER MOTH* aircraft and the action to be taken in the event of fire.

.... Pupil.

CERTIFIED that I.R.R.N.L... have been instructed in Airscrew Swinging in accordance with the standard procedure laid down in A.P.129 (F.T.M. Part I - Chap.II paras 41 and 4

.... Pupil

누 떼가 사방으로 우르르 달아났고, 나는 그 모습을 내려다보았다. 나이로비에서 산 그림책에서 쿠두(*얼룩영양)와 톰슨가젤, 일런드 영양, 임팔라 등 많은 동물을 구별하는 법을 배웠다. 기린과 코뿔소, 코끼리와 사자는 정말 많이 보았고 딱 한 번 커다란 나무의 줄기에 실크처럼 매끈한 표범 한 마리가 누워 있는 것을 보았다. 놈은 나무 아래에서 풀을 뜯어 먹는 임팔라들을 살피며 저녁거리로 어떤 것을 고를까, 고민 중이었다. 믿음직한 타이거모스를 타고 나쿠루 호수 위에 떠 있는 분홍색 홍학 위를 지나 눈 덮인 케냐 산 정상까지 날아갔다. 난 정말 운 좋은 놈이야, 나는 계속 속으로 말했다. 그 누구도 이처럼 아름다운 시간을 보낸 적이 없을 테니 말이다!

훈련 과정은 8주가 걸렸는데 훈련을 마칠 무렵 우리는 모두 엔진 하나짜리 경비행기를 모는 꽤 유능한 조종사가 되어 있었다. 우리는 원을 그리며 비행할 수도, 거꾸로 뒤집어 비행할 수도 있었다. 나선 강하하다가 빠져나올 수도 있었고 엔진을 끄고 불시착할 수도 있었다. 강한 측풍 속에서 옆으로 미끄러져 조용히 착륙할 수도 있었다. 혼자서 비행기를 몰고 나이로비에서 엘도레트나 나쿠루까지 갔다가 연기를 잔뜩 일으키며 돌아오기도 했다. 우리는 자신만만했다.

나이로비 훈련 학교를 졸업하자마자 우리는 우간다 캄팔라행 기차를 탔다. 하루 낮과 밤이 걸리는 여정이었는데 기차가 너무 느려 많은 시간을 기차에서 보내야 했다. 혈기 왕성한 우리는 객차 지붕에 기어 올라가 객차 사이를 넘으며 기차 끝에서 끝까지 뛰어다녔다.

나이로비에서

1939년 12월 18일

엄마.

뭐, 여전히 모든 것은 아주 잘 돌아가고 있어요. 며칠 전에 첫 단독 비행을 무사히 마쳤고 지금은 매일 혼자서 오랜 시간 비행을 해요. 원을 그리며 비행하는 법과 나선 강하를 이제 막 배웠어요. 다음에 배워야 할 건 거꾸로 비행하는 건데 그다지 재미있지는 않아요. 하지만 정말 놀랍도록 재미있고…….

나와 동료들.

캄팔라에는 우리 열여섯 명을 태우고 2,000마일(*약 3,200킬로미터) 북쪽 카이로로 가기 위해 임페리얼 에어웨이(*현 브리티시 에어웨이) 비행정 한 대가 호수에 정박해 기다리고 있었다. 그즈음 우리는 절반 정도 훈련된 조종사였기에 어딜 가나 귀한 자산으로서 적절하게 대접받았다. 그때 우리는 하늘을 나는 대담한 남자였고 하늘에서는 따를 자가 없었기에 힘과 기운이 넘쳤을 뿐 아니라 어쩌면 약간 자만하기도 했다.

그 멋진 비행정은 긴 여정 내내 낮게 날았다. 케냐와 수단의 경계 지역인 거친 불모의 땅을 지나가는 동안 우리는 수백 마리의 코끼리를 보았다. 그들은 20여 마리씩 무리 지어 다니는 것 같았는데 항상 엄니가 있는 강력한 수컷이 앞장서고 암컷과 새끼들이 그 뒤를 따랐다. 비행정의 작고 동그란 창을 통해 내려다보는 동안 이런 장면은 두 번 다시 볼 수 없을 거란 생각이 계속해서 머릿속에 떠올랐다.

곧 나일 강의 상류가 보였다. 우리는 연료를 채우기 위해 나일 강을 따라 내려가 와디 할파(*수단 북부 도시)로 향했다. 당시 와디 할파는 44갤런(*약 200리터)짜리 기름통이 수없이 놓인 하나의 골함석 창고였다. 강은 좁고 물살이 아주 빨랐다. 우리 모두는 조종사가 거센 물살 위에 거대한 비행기를 덜거덕거리며 착륙시키는 것을 보고 그 놀라운 기술에 깜짝 놀랐다.

우리는 카이로에서 판이하게 다른 나일 강에 착수했다. 넓고 완만한 강에 내린 후 해안으로 이동하고 다시 헬리오폴리스 비행장으로 가 날개가 철사로 묶인 기괴하고 낡은 수송기에 올랐다.

"우리를 어디로 데리고 가는 겁니까?"

우리가 물었다.

"이라크로. 모두에게 행운이 함께하기를."

우리를 데리고 가는 사람들이 말했다.

"그게 무슨 뜻입니까?"

카이로 거리에서 찍힌 사진.

하바니아에서

1940년 2월 20일

엄마.

공중변소 뒤에서 갑자기 튀어나와서는 찰칵 사진을 찍고, 종이 쪼가리 하나를 건네며 인화하고 싶으면 전화하라는 사람들이 있거든요. 그런 사람한테서 카이로 거리에서 찍힌 사진인데 별로 잘 나오지 않았어요.

"당신들은 이라크의 하바니야로 갈 거요. 하바니야는 지구상에서 신에게 버림받은 지옥 중 최악이지."

그들은 능글능글 웃으며 말했다.

"당신들은 그곳에서 비행 훈련 과정을 마치기 위해 6개월 동안 지낼 거요. 그 후 비행대대에 들어가 적들을 만나겠지."

가서 두 눈으로 직접 보지 않고서는 하바니야 같은 곳이 존재한

지독한 날씨가 계속되는 하바니야에서 나와 루카스.

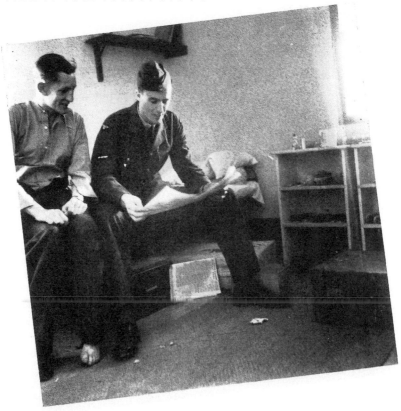

다는 사실을 믿을 수 없을 것이다. 그곳은 격납고와 조립식 주택, 벽돌 방갈로들로 이루어진 방대한 장소였다. 진흙 때문에 탁한 유프라테스 강 옆의 푹푹 찌는 사막 한가운데에 난데없이 자리하고 있었다. 그곳에서 가장 가까운 곳은 북쪽으로 100마일(*약 160킬로미터) 정도 떨어진 바그다드였다.

이 놀랍고도 터무니없는 영국 공군 주둔 기지의 규모는 엄청났다. 네 면이 각각 적어도 1마일(*약 1.6킬로미터)은 되었고 '본드 스트리트', '리전트 스트리트', '토트넘 코트 로드'(*모두 실제로 런던에 존재하는 도로)라고 불리는 포장도로도 있었다. 병원과 치과, 매점과 오락 시설도 있었는데 그곳에 얼마나 많은 남자가 살았는지 난 지금도 모른다. 그들이 무엇을 하는지도 알지 못했다. 사람들이 왜 하바니야 같이 혐오스럽고 비위생적이며 황폐한 곳에 영국 공군의 광대한 마을을 건설하고 싶어 했는지 나로서는 도무지 이해할 수가 없다.

하바니야에서

1940년 7월 10일

엄마.

이제 우리가 여기 온 지도 거의 5개월이 되었어요. 훈련 과정이 끝나고 다른 곳으로 가 더욱 신나는 일을 하게 될 때가 점점 다가오고 있어요. 보통의 남자와 여자가 일상적인 장소에서 평범한 일을 하는 광경을 보면 아주 이상한 기분이 들 것 같아요. 택시를 부른다든가 전화를 쓴다든가 먹고 싶은 음식을 주문한다든가 기차를 본다든가 계단을 오른다든가 죽 늘어선 집을 본다든가 하는 일 말이에요. 이 모든 일을 통해 난 아주 커다란 기쁨을 얻게 될 테고……

하바니야에서 우리는 새벽부터 오전 11시까지 비행을 했다. 그 후에는 그늘의 온도도 46도까지 치솟기 때문이 다시 시원해질 때까지 실내에 머물러야 했다. 우리는 이제 보다 강력한 비행기를 탔다. 바로 롤스로이스 멀린 엔진이 장착된 '호커 하트(*1930년 호커 에어크래프트에서 제작한 경폭격기)'였다. 그리고 모든 것은 훨씬 더 심각해졌다. 호커 하트에는 날개에 기관총이 있었고 우리는 다른 비행기가 뒤에 달고 가는 연습용 표적에 총을 발사하며 적을 쏘는 연습을 했다.

내 항공일지에는 우리가 1940년 2월 20일부터 1940년 8월 20일까지 정확하게 6개월 동안 하바니야에 있었다고 적혀 있다. 비행이 언제나 즐거웠다는 점을 제외하면 그 6개월은 내 젊은 생에서 꽤 지루한 시간이었다. 유프라테스 강이 범람했을 때 열흘 동안 캠프를 떠나 강한 바람이 부는 고원으로 피난했던 일 같은, 권태로움을 덜어 주는 소소한 사건이 이따금 있긴 했다. 사람들이 전갈에 물려 병원에 실려가 한동안 입원한 일도 있었고, 이라크 부족민들

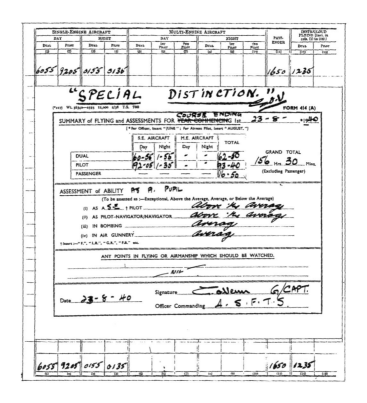

이 가끔 주변 언덕에서 우리를 향해 아무렇게나 총질을 하기도 했다. 종종 일사병에 걸린 남자들이 얼음찜질을 했고 모든 사람이 땀띠가 나 온몸을 긁어 대기도 했다.

하지만 결국 우리는 조종사 시험을 통과했고 이후 계속해서 진짜 적을 대면할 준비가 되었다는 평가를 받았다. 우리 열여섯 명중 약 절반에게 임무가 주어졌고 공군 소위로 진급했다. 나머지 절반은 하사관이 되었다. 이처럼 다소 자의적인 계급 분류는 어떻게 만들어졌는지 아무리 생각해도 알 수 없었다. 우리는 또한 전투기 조종사와 폭격기 조종사로 나뉘어졌고 엔진 하나짜리 전투기 조종사와 두 개짜리 조종사로도 나뉘어졌다. 난 공군 소위 전투기 조종사가 되었다. 우리 열여섯 명은 서로 작별 인사를 나누고 각자의 길로 황급하게 떠났다.

나는 수에즈 운하에 있는 이스마일리아라고 하는 대규모 영국 공군 주둔지로 가게 되었다. 리비아의 서부 사막에서 이탈리아 군대에 맞서 글래디에이터를 운행하는 80비행대대에 배치되었다고 했다. 글로스터 글래디에이터는 별 모양 엔진을 가진 구식 복엽 전투기였다. 당시 영국에서 전투기 조종사들은 허리케인과 스핏파이터를 몰았지만 그 멋진 전투기를 중동에 있는 우리에게 보내줄 리 만무했다.

글래디에이터는 고정 기관총 두 대로 무장했는데, 이 기관총들은 돌아가는 프로펠러 사이로 총알을 발사했다. 나로서는 이것이 지금까지 살아오면서 본 최고의 마술이었다. 1분에 수천 발의 총알을 쏘아 대는 두 대의 기관총이 1분에 수천 번을 회전하는 프로펠러 사이로 시간을 맞춰 총알을 발사하면서도 어떻게 프로펠러 날개를 맞히지 않을 수 있는지 도무지 이해할 수 없었다. 작은 송유관과 관련이 있는데, 프로펠러축이 송유관을 따라 진동을 보내면서 기관총과 신호를 주고받는다는 말을 들었지만 그 이상은 나로서는 설명 불가다.

이스마일리아에서 다소 젠체하는 공군 대위 한 사람이 활주로에

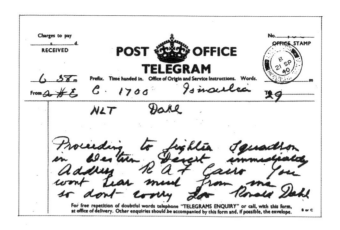

서 있는 글래디에이터를 가리키며 나에게 말했다.

"저게 귀군이 타고 갈 전투기다. 내일 저것을 타고 귀군의 비행 대대로 가게 될 것이다."

"비행법은 누가 가르쳐 줍니까?"

난 떨면서 물었다.

"헛소리 집어쳐. 조종석이 하나뿐인 비행기에서 누가 가르쳐 준단 말인가? 올라타서 이것저것 누르다 보면 금방 터득하게 될 거야. 가능한 모든 연습을 해 두는 게 좋아. 곧 너를 쏘아 떨어뜨리려는 교활한 이탈리아 놈과 공중전을 벌이게 될 테니까."

그때 난 일이 뭔가 이상하게 흘러가고 있다고 생각했다. 8개월이라는 시간과 어마어마한 돈을 들여 내게 비행 훈련을 시켜 놓고는 갑자기 모두 끝이란다. 이스마일리아에는 공대공 전투에 대해 가르쳐 줄 사람이 아무도 없으며 내가 작전 대대에 합류하더라도 시간을 내어 가르쳐 줄 사람이 아무도 없을 것이 분명했다. 공중에서 실전을 할 수 있는 준비가 전혀 되지 않은 우리가 깊은 물에 내팽개쳐질 거라는 건 너무도 뻔한 일이었다. 당시 우리는 젊은 조종사를 어마어마하게 잃었는데 바로 이 때문이 아니었나 하는 생각이 든다. 나는 구사일생으로 살아남았지만 말이다.

생존

약 40년 전, 난 「식은 죽 먹기」라는 이야기에서 서부 사막 모래밭에 추락한 이야기를 쓴 적이 있다. 그 이야기에서 글래디에이터는 불타오르고, 머리뼈는 골절되고, 얼굴은 세게 부딪혀 정신이 없는 상황에서 조종석 안전띠에 단단히 묶여 있는 상황이 어떤 것인지 썼다. 하지만 그 상황에 대해 명확하게 설명하고 넘어가야 할 사실이 있다. 그 이야기를 다시 읽다 보면 내가 적의 공격으로 격추당한 것 같은 암시가 있다. 하지만 기억을 제대로 떠올리면 이 원고를 처음으로 계약하고 출간한 『새터데이 이브닝 포스트』라는 미국 잡지의 편집자들이 끼워 넣은 이야기이다.

당시는 전쟁 중이었고 더 극적인 이야기일수록 좋았다. 그들은 그 글에 '리비아의 격추'라는 제목을 붙였는데, 그걸 보면 그들이 무엇을 얻어 내려 했는지 알 수 있다. 사실은 내 비행기가 추락한 건 적의 공격과는 아무런 상관이 없다. 나는 다른 폭격기의 공격을 받아 격추당한 것도, 땅으로부터 공격을 받아 격추당한 것도 아니다. 이제 진실을 이야기하려 한다.

나는 서부 사막에 있는 80비행대대에 합류하기 위해 수에즈 운하 근처에 있는 아부 수웨이르라는 영국 공군의 이착륙장에서 새 글래디에이터에 올라타 홀로 출발했다. 전투 지역으로의 첫 비행, 1940년 9월 19일의 일이었다. 나는 다음과 같은 지시를 받았다. 나일 삼각주를 지나 알렉산드리아 근처 아미리야라는 작은 이착륙장에 착륙해 연료를 공급받는다. 그리고 계속해서 비행하다가 두 번째 연료 공급을 위해 리비아에 있는 포우카 폭격기 이착륙장에 다시 착륙한다.

포우카에서 도착 보고를 해야 하는데, 그때 부대장이 당시 80비행대대의 위치를 알려 줄 것이다. 그러면 나는 부대장이 지시한 곳으로 가서 비행대대와 합류한다. 당시 서부 사막에 있는 전진 비행장은 텐트와 비행기들이 둘러싸고 있는 좁고 긴 모래땅 정도에 불과했고, 이런 비행장들은 군대의 최전선이 전진 중이냐, 후퇴 중이냐 하는 상황에 따라 빈번하게 이곳에서 저곳으로 이동해야 하는 처지였다.

조종하고 있는 기체에 대한 실제 경험이 없는 사람에게 항법 보조의 도움 없이 이집트와 리비아 상공 먼 거리를 비행하는 일은 상당히 부담스러운 일이다. 난 무전기가 없었다. 내가 가진 거라고는 무릎에 가죽끈으로 묶어 놓은 지도 한 장뿐이었다. 아부 수웨이르

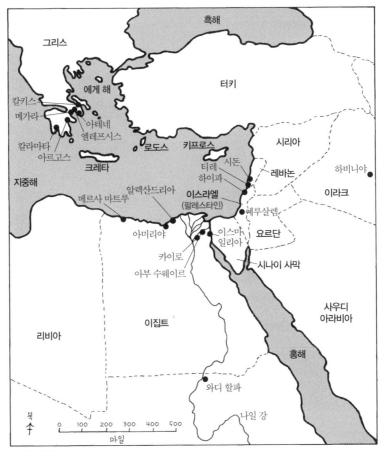

지중해 주변.

에서 아미리야까지는 정확하게 한 시간 걸렸는데 모래폭풍 때문에 착륙하는 데 애를 먹었다. 그래도 비행기에 연료를 공급하고 포우카를 향해 신속하게 출발했다. 55분 후 포우카에 착륙해(이 모든 시간은 내 항공일지에 꼼꼼하게 기록되어 있다.) 부대장 막사로 들어가 도착 보고를 했다. 부대장은 야전 전화를 몇 통화 하더니 나에게 지도를 꺼내라고 말했다.

"80비행대대는 현재 이곳에 있다."

부대장은 해변가의 작은 마을 메르사마트루에서 정남향으로 약 30마일(*약 48킬로미터) 거리의 사막 한가운데 지점을 가리키며 말했다.

"찾기 쉬울까요?"

내가 물었다.

"잘 보일 거다. 막사와 그 주변에 집결한 글래디에이터 열다섯 대가 보일 거야. 멀리서도 찾을 수 있어."

난 부대장에게 고맙다는 인사를 하고 막사를 나와 내가 비행할 경로와 거리를 계산했다.

80비행대대의 가설 활주로를 향해 포우카를 이륙한 시간은 오후 6시 15분이었다. 난 비행시간이 기껏해야 50분이면 될 거라 예상했다. 그러면 어둠이 내리기 전까지 15분 내지 20분의 여유가 있었다. 충분한 시간이었다.

80비행대대의 이착륙장이 있을 것이라 예상한 곳을 향해 곧장 날아갔다. 하지만 그곳에는 아무것도 없었다. 그 주변을 동서남북 사방으로 다 비행해 보았지만 이착륙장의 흔적은 없었다. 아래에는 텅 빈 사막뿐이었는데 큰 바위나 마른 협곡들로 가득해 다소 울퉁불퉁했다.

바로 그때 어둠이 내리기 시작했다. 내가 곤란한 처지에 빠졌다는 사실을 깨달았다. 연료도 다 떨어져 갔기 때문에 남은 연료로는 포우카로 돌아갈 수도 없었다. 어둠 때문에라도 돌아가는 건 불가능했다. 이제 내가 할 수 있는 일이라고는 사막에 불시착하는 것뿐이었다. 너무 어두워서 아무것도 볼 수 없게 되기 전에 서둘러서 말이다.

착륙하려면 좀 좁더라도 적당하게 평평한 모래땅이 필요했고 이를 찾기 위해 바위로 뒤덮인 사막 위를 낮게 날았다. 바람이 어디서 불어오는지 알았기 때문에 착륙을 위해 어디로 진입해야 하는지도 정확하게 알았다. 하지만 바위와 마른 협곡이 없는 모래벌판은 어디에, 도대체 어디에 있단 말인가? 도무지 착륙을 시도할 만한 곳이 보이지 않았다. 날은 거의 어두워졌다. 어떻게 해서든 착륙을 해야 했다. 바위가 없는 것처럼 보이는 곳을 찾아 진입했다. 지지대를 꼭 붙들고 시속 80마일(*약 128킬로미터), 비행기가 겨우 공중에 떠 있을 만한 느린 속도로 용기를 내어 들어갔다. 비행기 바퀴가 땅에 닿았다. 난 속도를 줄이며 행운을 기원했다.

실패였다. 착륙 장치가 바위 하나를 치고 완전히 부서져 버렸다. 글래디에이터는 시속 75마일(*약 120킬로미터)은 될 것 같은 속도로 모래 속에 코를 박고 말았다.

비행기가 바닥에 부딪힐 때 머리가 거칠게 앞으로 쏠리면서(언제나처럼 조종석에 단단히 안전띠로 묶고 있었음에도 불구하고 말이다.) 반사조준경에 부딪혀 부상을 입고 말았다. 두개골 골절 말고도 심하게 부딪히면서 코가 주저앉았고 이 몇 개가 부러졌으며 며칠 동안 완전히 앞이 보이지 않았다.

신기하게도 추락 후 몇 초 동안 일어났던 일 몇 가지는 아주 선명하게 기억난다. 난 분명히 몇 초 동안 의식을 잃었지만 금방 정신을 차렸던가 보다. 왼쪽 날개 속 휘발유통이 터지면서 쉭! 강력한 소리를 들었던 게 기억나기 때문이다. 곧이어 오른쪽 기름통이 불길에 휩싸이면서 또 한 번 쉭! 강력한 소리가 들렸다. 아무것도 보이지 않았고 고통도 느껴지지 않았다. 그냥 가만히 잠들어 불꽃과 함께 지옥으로 가고 싶을 뿐이었다. 하지만 곧 내 다리 주변의 엄청난 열기가 무기력한 뇌를 자극해 움직이도록 만들었다. 나는 젖 먹던 힘까지 다해 먼저 좌석 띠를 풀고 그다음 낙하산 끈을 풀었다. 조종석에서 가까스로 몸을 빼낸 후 굴러 나오다가 머리부터 모래 바닥으로 곤두박질친 것은 지금도 기억할 만큼 힘든 경험이었다.

나는 다시 바닥에 누워서 자고 싶었지만 바로 옆에서 느껴지는 열기가 얼마나 뜨거운지 그대로 있다가는 산 채로 통구이가 될 것 같았다. 아주 천천히 그 끔찍한 열기로부터 내 몸을 끌고 멀어지기 시작했다. 기관총 탄약이 불 속에서 터지고 총알이 사방으로 핑핑 날아가는 소리가 들렸지만 그건 걱정거리가 못 됐다. 내가 원하는 건 그 열기로부터 달아나 편히 쉬는 것이었다. 내 주변 세상은 정확하게 반으로 나뉘어 있었다. 두 세상 다 칠흑처럼 어두웠지만 한쪽은 불타오르듯 뜨거웠고 한쪽은 그렇지 않았다. 난 불타는 듯 뜨거운 쪽에서 시원한 쪽을 향해 계속 몸을 이끌고 가야 했다. 아주 오랜 시간이 걸렸고 어마어마하게 힘이 들었지만 마침내 주위의 온도가 견딜 수 있을 만큼 서늘해졌다. 그리고 쓰러져서 잠이 들고 말았다.

내 추락에 대한 조사는 나중에 이루어졌는데 이를 통해 포우카의 부대장이 나에게 완전히 잘못된 정보를 주었다는 사실이 밝혀졌다. 80비행대대는 부대장이 나를 보낸 곳에 간 적도 없었다. 그들은 50마일(*약 80킬로미터) 남쪽에 있었고 부대장이 나를 보낸 곳은 무인 지대였다. 즉 영국군과 이탈리아 군의 최전선을 둘로 나누는 0.5마일(*약 800미터) 너비의 좁고 긴 모래땅이었다. 내 전투기에서 타오르는 불빛이 사방 수 마일의 모래언덕을 밝혔다. 추락뿐 아니라 뒤이어 타오른 불길은 당연히 양쪽 병사들에 의해 목격되었다. 참호 속 군인들은 한동안 내 우스꽝스러운 행동을 지켜보았고, 양쪽 군은 추락한 것이 이탈리아 전투기가 아니라 영국 공군 전투기라는 사실을 알았다. 그러므로 만약에 잔해가 남는다면 적보다는 아군에게 더 관심거리였을 것이다.

불꽃이 사그라지고 사막이 어두워지자 서퍽 연대 소속의 용감한 정찰병 세 명이 잔해를 살피기 위해 영국 야보(*적의 접근을 막는 견고한 건조물)에서 살금살금 나왔다. 불에 다 타버린 기체와 검게 탄해골 말고는 아무것도 발견할 수 없을 거라 생각했던 그들은 근처에서 숨을 쉬며 누워 있는 나를 보고 엄청나게 놀랐다.

그들이 어둠 속에서 좀 더 자세히 살펴보려고 내 몸을 뒤집었을 때 나는 막 의식이 돌아오고 있었다. 한 사람이 나에게 괜찮으냐고 물어보던 게 선명히 기억난다. 하지만 난 대답할 수 없었다. 그리고 들을것도 없이 어떻게 나를 야보까지 데리고 갈 것인가 서로 조용히 논의하는 소리가 들렸다.

그다음으로 기억나는 건 한참 뒤 한 남자가 나에게 큰 목소리로 이야기하던 장면이다. 그는 나에게 내가 볼 수도 없고 자신의 질문에 대답할 수 없다는 것을 알지만 자기 말을 들을 수 있을 거라 생각한다고 말했다. 자신이 영국인 의사이며 지금 그곳은 메르사 마트루에 있는 지하 응급조치 부서라고 했다. 사람들이 나를 앰뷸런스와 기차에 태워 알렉산드리아로 되돌려 보낼 거라고 했다.

나는 그가 이야기하는 걸 들었고 그의 말을 이해했다. 또한 메르사 마트루와 기차에 대해서도 알았다. 메르사는 알렉산드리아의 서쪽으로 해안을 따라 250마일(*약 400킬로미터) 정도 거리에 있는 작은 마을이다. 그리고 우리 군에게는 사막을 가로질러 두 지역 사이를 달리는, 아주 잘 보존된 작은 철길이 있었다. 이 철길은 서부 사막에 있는 전방 부대에 물자를 수송해 주는 매우 중요한 운송로였다. 이탈리아 군대가 늘 그 철길을 폭파시켰지만 우리는 어떻게 해서든지 그 철길이 계속 이어지도록 했다. 알렉산드리아에서 메르사까지 지중해 남부의 하얗게 반짝이는 해변을 따라 이어진 단선 철길에 대해서는 다들 알고 있었다.

나를 들것에 실어 조심스레 앰뷸런스로 옮기는 사람들의 목소리가 들렸다. 앰뷸런스가 몹시 울퉁불퉁한 길 위를 달리기 시작하자

내 머리맡에 앉은 사람이 비명을 지르기 시작했다. 차가 덜컹거릴 때마다 그 남자는 고통으로 비명을 질렀다.

사람들이 나를 기차에 실을 때였다. 내 어깨 위에 손이 하나 올라오더니 사랑스러운 런던 토박이 말투가 들렸다.

"기운 내요, 친구. 곧 알렉산드리아로 가게 될 거예요."

그다음 내가 기억하는 건 기차에서 내려져 어마어마하게 북적거리는 알렉산드리아 역으로 들여졌다는 사실이다. 그리고 어느 여자의 목소리가 들렸다.

"소위입니다. '앵글로 스위스' 병원으로 갈 거예요."

그다음은 병원 안이었고 내가 누워 있는 들것의 바퀴가 끝없이 이어진 복도를 따라 부드럽게 돌아가는 소리가 들렸다. 다른 여자의 목소리가 들렸다.

"이곳에 잠깐만 멈출게요. 병실로 들어가기 전에 환자 얼굴을 잠깐 보고 싶은데요."

솜씨 좋은 손길이 내 머리를 싸고 있던 붕대를 풀었다.

"내가 하는 말 들려요?"

손가락의 주인공이 말했다. 그녀는 내 손을 잡고 말했다.

"내가 하는 말이 들리면 내 손을 꽉 잡아 봐요."

난 그녀의 손을 꽉 잡았다.

"좋아요. 당신이 회복될 거라는 걸 알겠네요."

그러더니 그녀는 말했다.

"선생님, 여기 있어요. 붕대를 벗겨 냈어요. 의식이 있고 반응도

해요."

의사가 내 몸 위로 숙일 때 그의 얼굴이 가까이 다가오는 게 느껴졌고 그의 말이 들렸다.

"많이 고통스러운가요?"

머리의 붕대가 벗겨졌기 때문에 그의 말에 어눌하게나마 대답할 수 있었다.

"아뇨, 아프지 않아요. 그런데 안 보여요."

"그 점은 염려 말아요. 당신은 가만히 누워 있기만 하면 돼요. 움직이지 말아요. 소변보고 싶어요?"

"네."

"도와줄게요. 하지만 움직이면 안 돼요. 혼자서 뭘 하려고 들지 말아요."

의료진이 도뇨관을 삽입한 것 같았다. 그들이 내 몸 아래쪽에 뭔가를 하는 게 느껴졌고 약간의 통증이 느껴졌다. 이내 방광에서 느껴지던 압박이 사라졌다.

"잠깐 마른 붕대만 해 줘요, 간호사. 아침에 엑스레이를 찍을 겁니다."

의사가 말했다. 그다음은 병실이었다. 많은 남자가 서로 이야기와 농담을 나누었다. 난 아무 통증 없이 그곳에 누워 선잠에 빠졌다. 나중에 공습 사이렌이 울리고 사방에서 고사포가 발사되기 시작했다. 그리 멀지 않은 곳에서 폭탄 터지는 소리가 들렸다. 지금이 밤이라는 것을 알 수 있었다. 이탈리아 폭격기들이 일주일 내내 밤마다 와서 알렉산드리아 항구에 있는 우리 해군을 공습하고 있었기 때문이다. 바깥에서는 폭탄이 터지고 고사총이 발사되는 무시무시한 상황이 벌어졌지만 나는 그 소리를 들으며 꿈꾸듯 아주 평온하게 누워 있었다. 마치 이어폰을 꽂은 채 아주 멀리 떨어진 라디오에서 나오는 소리를 듣는 기분이었다.

나는 아침이 언제 오는지 알 수 있었다. 모든 병실이 부산스러워지고 여기저기 아침 식사가 차려지기 때문이다. 숨 쉴 수 있는 작은 구멍 몇 개만 만들어 놓고 내 머리는 온통 붕대로 감싸여 있었기 때문에 아무것도 먹을 수 없었다. 먹고 싶지도 않았다. 늘 졸렸다. 한쪽 팔에는 관이 들어가 있어서 판에 묶였지만 다른 쪽, 오른팔은 자유로워서 한 번은 손가락으로 머리 붕대를 만져 보았다. 그때 간호사가 나에게 말했다.

"침대를 다른 방으로 옮겨 드릴게요. 혼자 조용히 계실 수 있을 거예요."

의료진이 나를 밀고 병실에서 나와 1인실로 들어갔다. 하루, 이틀, 사흘, 아니 며칠인지도 모르는 시간 동안 난 반쯤 멍한 상태로 의료진이 시키는 대로 엑스레이 촬영 같은 여러 검사를 받았다. 그들은 나를 수술실에도 몇 번 데리고 갔다. 생생하게 기억하는 것 중 하나는 수술실에서 의사와 나누었던 대화이다. 나는 내가 있는 곳이 수술실이라는 것을 알았다. 그들은 언제나 나를 어디로 데리고 가는지 말해 주었기 때문이다. 그리고 이번에는 의사가 이렇게 말했다.

"자, 젊은 친구. 오늘 당신한테는 신제품 마취제를 쓸 거예요. 이제 막 영국에서 도착한 건데 주사로 투입할 겁니다."

이 의사와는 전에도 몇 번 짧게 이야기를 나눈 적이 있었다. 그는 마취 전문 의사였고 수술이 있을 때마다 수술 전에 내 병실로 찾아와서 가슴과 등에 청진기를 갖다 댔다. 그때까지 나는 여러 가지 약에 대해 강렬한 궁금증을 갖고 있었는데 그즈음에는 의사들에게 이것저것 많은 질문을 하기 시작했다. 이 사람은 나를 데리고 지적인 대화를 나누는 것을 늘 힘들어 했는데, 그건 아마도 내가 앞을 볼 수 없는 상황이기 때문이었을 것이다.

"이름이 뭔데요?"

내가 물었다.

"티오펜탈 나트륨."

그가 대답했다.

"전에 한 번도 써 본 적 없는 건가요?"

"나는 써 본 적이 없어요. 하지만 전신마취 약으로 영국에서는 대단한 성공을 거두고 있죠. 아주 빠르고 편안해요."

주변에 다른 사람도 몇몇 있다는 걸 느낄 수 있었다. 남자와 여자들은 고무장화를 신은 채 발소리를 내지 않고 조용히 수술실을 걸어다녔다. 딸그락딸그락 수술 도구를 들었다 났다 하는 소리와 사람들이 나지막이 대화를 나누는 소리도 들렸다. 앞이 보이지 않게 된 이후로 내 후각과 청각은 아주 예민해졌고, 소리와 냄새를 채색된 그림으로 바꾸어 마음속에 그리는 본능적 습관을 키웠다.

난 이제 수술실을 그렸다. 마스크를 끼고 초록색 가운을 입은 무균 상태의 의료진들은 각자의 임무를 성스럽게 해 나갔다. 자르고 꿰매는 일을 할 훌륭한 그 군의관은 어디 있을까 궁금했다.

나는 얼굴에 큰 수술을 받을 예정이었고 수술을 집도할 의사는 전쟁 전에는 유명한 할리가(*런던 중심부의 개인병원 밀집 거리) 성형외과 의사였지만 지금은 해군 군의관이었다. 그날 아침 간호사 한 사람이 그의 할리가 시절 이야기를 해 주었다.

"그분이 수술하시니 아주 잘될 거예요. 기적을 만들어 내는 분이거든요. 게다가 모두 공짜고요. 당신이 받을 수술은 군인이 아닌 일반인이었다면 오백 기니는 들걸요."

"그러니까 이 마취약을 쓰는 게 처음이란 말씀이신가요?"

난 그 마취 전문의에게 물었다. 이번에 그는 바로 대답하지 않았다.

"마음에 들 거예요. 깜빡하는 찰나에 잠들어 버리거든요. 정신을 잃으면서도 잃는다는 사실을 알지 못하죠. 자, 이제 시작할까요? 손등이 따끔할 겁니다."

주삿바늘이 왼쪽 손등 정맥으로 들어가는 게 느껴졌다. 그리고 나는 '깜빡하는 찰나에 잠들어 버리는' 순간을 기다리며 누워 있었다.

난 전혀 두렵지 않았다. 외과의사를 두려워한 적도 없고 마취제를 맞는 것도 두려워한 적이 없었다. 몸 여기저기에 열여섯 군데나 큰 수술을 받고 난 후 이날 이때까지 사람 생명을 다루는 사람 모두를, 그러니까 거의 모두를 온전히 신뢰한다.

누워서 기다리고 또 기다렸지만 아무 일도 일어나지 않았다. 수술을 위해 붕대도 다 제거되었지만 두 눈은 얼굴 붓기 때문에 여전히 감긴 상태였다. 한 의사는 내 눈이 전혀 손상되지 않았을 가능성이 있다고 말했다. 난 과연 그럴까, 하는 생각이 들었다. 그때까지 줄곧 앞이 보이지 않았던 것 같았다. 조용하고 캄캄한 방에 누워 있으면 아무리 작은 소리도 두 배로 커졌다. 앞으로 완전히 앞을 볼 수 없다는 게 어떤 의미일까 생각하며 많은 시간을 보냈다. 그런데 신기하게 그런 생각을 해도 두렵지 않았다. 우울해지지도 않았다. 인생은 말할 것 없고 사방에서 전쟁을 하는 세상, 작고 위험한 비행기를 타고 쌩쌩 하늘로 솟구쳐 날아올랐다가 추락해 불길에 휩싸이고 결국 앞을 볼 수 없게 된 세상이 더 이상 그다지 중요하지 않았다. 생존이라는 것은 더 이상 싸워서 얻어 내야 하는 것이 아니었다. 폭탄이 비 오듯 쏟아지고 총알이 쌩쌩 날아가는 상황에서는 그저 그 위험과 그에 따르는 모든 결과를 차분하게 받아들이는 것이 최선이라는 사실을 깨닫기 시작했다. 모든 것에 안달하고 걱정해 봐야 아무런 도움이 되지 않았다.

의사는 나처럼 타박상과 부종이 클 경우에는 최소한 눈 주위의 붓기가 가라앉고 피딱지가 떨어질 때까지 기다려야 한다는 말을 하면서 나를 안심시키려고 애썼다.

"스스로에게 기회를 줘요. 눈꺼풀이 다시 떠질 수 있을 때까지 기다리라고요."

의사가 말했다.

눈꺼풀을 뜨고 감을 일이 없던 그 순간, 마취 전문의가 아직 정신이 말짱한 나를 두고 잠들었다고 오해하는 일이 없기를 바랐다. 나는 내가 준비되지 않았는데 그들이 시작하는 것을 원하지 않았다.

"나, 아직 잠들지 않았어요."

내가 말했다.

"알고 있어요."

마취 전문의가 말했다.

"무슨 일이죠?"

다른 남자의 목소리였다.

"효과가 없는 건가?"

할리가에서 온 그 훌륭한 외과의였다.

"약효가 전혀 없는 것 같은데요."

마취 전문의가 말했다.

"좀 더 투약해 봐."

"했어요. 했다고요."

마취 전문의가 말했다. 그의 목소리에서 약간 당황한 기색이 감지됐다. 외과의사가 말했다.

"런던에서는 클로로포름 이후 최고의 발견이라고 말했어. 보고서를 내가 직접 봤다고. 매슈스가 쓴 보고서였어. 그 보고서에는 10초면 환자들이 잠든다고 했어. 환자에게 그냥 열까지 세라고 하면 여덟을 세기 전에 잠든다고, 그 보고서에 써 있단 말이야."

"이 환자는 백까지도 셌겠는데요?"

마취 전문의가 말했다. 그들은 내가 마치 그곳에 없는 것처럼 서로 이야기를 나누었다. 그들이 좀 조용히 해 주면 더 행복할 것 같았다.

"자, 그렇다고 하루 종일 기다릴 수는 없어."

외과의사가 말했다. 이제 그가 짜증 낼 차례였다. 하지만 나는 내 얼굴에 정밀한 기술이 필요한 수술을 앞둔 의사가 짜증이 나는 걸 원하지 않았다.

그 전날 외과의사가 내 방에 찾아와서 나를 조심스레 살펴본 후 말했다.

"당신이 앞으로 이런 모습으로 살아가게 둘 수는 없어요."

그 말을 들은 나는 걱정이 되었다. 그 말을 들으면 누구라도 걱정이 될 것이다.

"어떤 상태인가요?"

내가 물었다. 외과의사가 내 어깨를 두드리며 말했다.

"코를 정말 예쁘게 만들어 줄게요. 다시 눈을 떴을 때 뭔가 근사한 걸 보고 싶지 않아요? 영화에서 루돌프 발렌티노 본 적 있어요?"

"네."

내가 대답했다.

"당신 코를 그 사람 코처럼 만들어 줄게요."

그러더니 의사는 간호사에게 물었다.

"루돌프 발렌티노, 어떻게 생각해요?"

"끝내주죠."

간호사가 말했다.

그런데 지금, 수술실에서, 전날의 그 의사가 마취 전문의에게 말하고 있었다.

"내가 당신이라면 그 티오펜탈 같은 건 갖다 버릴 거야. 이제 정말 더 이상 기다릴 수 없어. 오늘 아침에 수술 환자가 네 명이 더있다고."

그러자 마취 전문의가 쏘듯이 말했다.

"좋아요. 아산화질소 좀 갖다 줘요."

내 코와 입에 고무 마스크가 씌워졌고 곧 선홍빛의 바퀴들이 죽이어진 것처럼 핏빛의 동그라미들이 빙글빙글 점점 더 빨리 돌기시작했다. 그리고 폭발이 일어났고 그 이후로 난 아무것도 기억나지 않았다.

다시 정신을 차렸을 때 나는 내 방으로 돌아와 있었다. 난 그곳에 누운 채 셀 수 없이 많은 날을 보냈다. 하지만 그 시간 동안 내가 온전히 혼자였다고 생각해서는 안 된다. 깜깜하고 아무것도 보이지 않은 그 시간 동안 매일 아침 언제나 같은 간호사 한 사람이찾아와 촉촉하고 부드러운 뭔가를 가지고 눈을 닦아 주었다. 그녀는 아주 상냥했고 조심스러워서 절대 나를 아프게 하지 않았다. 그녀는 적어도 한 시간 동안 내 침대에 앉아 퉁퉁 부어 뜰 수 없는 눈을 노련하게 치료해 주었고, 치료해 주는 동안 나와 대화를 나누었다. 그녀는 이곳이 '앵글로 스위스'라는 큰 규모의 일반 병원인데

YEAR 1940		AIRCRAFT		PILOT, OR 1ST PILOT	2ND PILOT, PUPIL OR PASSENGER	DUTY (INCLUDING RESULTS AND REMARKS)
MONTH	DATE	Type	No.			TOTALS BROUGHT FORWARD
		—	—	—	—	ABU SUEIR TO AMRIYA
SEPT.	19	GLADIATOR	—	SELF	—	AMRIYA TO FOUKA
—	19	GLADIATOR	—	—	—	FOUKA TO 80 SQDN
—	19	GLADIATOR	—	—	—	(Crashed South of Zerra Halfaid —
						machine burnt)
						6 mths Hospital — ? Not flying)

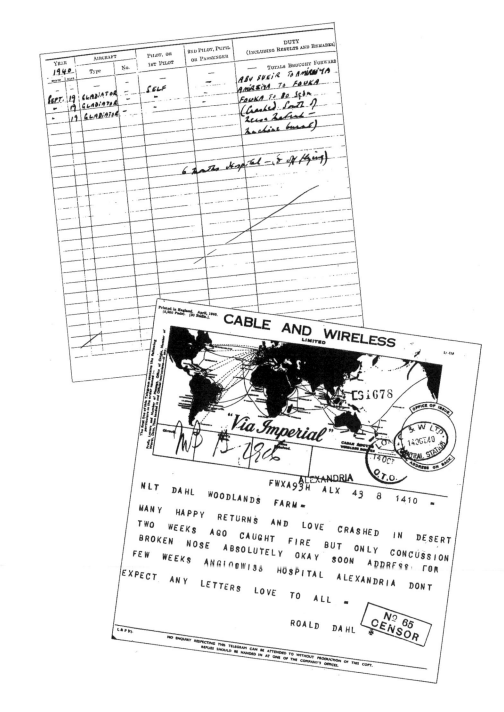

CABLE AND WIRELESS
LIMITED

"Via Imperial"

CS1678

ALEXANDRIA

FWXA93H ALX 43 8 1410 =

NLT DAHL WOODLANDS FARM =

MANY HAPPY RETURNS AND LOVE CRASHED IN DESERT
TWO WEEKS AGO CAUGHT FIRE BUT ONLY CONCUSSION
BROKEN NOSE ABSOLUTELY OKAY SOON ADDRESS FOR
FEW WEEKS ANGLOSWISS HOSPITAL ALEXANDRIA DONT
EXPECT ANY LETTERS LOVE TO ALL =

ROALD DAHL

No 65 CENSOR

NO ENQUIRY RESPECTING THIS TELEGRAM CAN BE ATTENDED TO WITHOUT PRODUCTION OF THIS COPY.
REPLIES SHOULD BE HANDED IN AT ONE OF THE COMPANY'S OFFICES.

전쟁이 일어나자 해군이 병원을 인수했다고 설명했다. 이 병원에 있는 모든 의사와 간호사들은 해군이라고 말했다.

"당신도 해군인가요?"

내가 물었다.

"네, 해군 사관이에요."

그녀가 말했다.

"모두 해군이라면서 저는 왜 이곳에 있는 거죠?"

"해군이 이제 공군과 육군을 총괄하게 됐어요. 대부분의 사상자들은 공군과 육군에서 오고 있죠."

그녀는 자신의 이름이 '메리 웰랜드'이며 고향은 플리머스라고 했다. 아버지는 북대서양 어딘가에서 작전 수행 중인 순양함의 부함장이며 어머니는 플리머스에서 적십자 활동을 하고 있다고 했다. 간호사가 환자 침대에 앉는 건 볼썽사납지만 내 눈 치료는 세심한 주의가 필요한 일이라 가까이 앉아서 해야 한다며 미소가 담긴 목소리로 말했다. 그녀의 목소리는 부드럽고 사랑스러웠다. 난 혼자서 그 목소리와 어울리는 얼굴을 상상하기 시작했다. 고운 이목구비에 초록색이 도는 푸른색 눈 그리고 황갈색 머리에 뽀얀 살결. 가끔 그녀가 내 눈에 아주 바짝 다가와 치료해 줄 때면 마멀레이드 향이 희미하게 나는 따뜻한 숨결을 뺨 위로 느낄 수 있었다. 그러고는 보이지도 않는 메리 웰랜드의 모습에 아주 금세 그리고 아찔하게 사랑에 빠지고 말았다. 매일 아침, 나는 문이 열리고 그녀가 밀고 들어오는 운반용 손수레가 딸그락거리는 소리가 들리기를 손꼽아 기다렸다.

난 그녀가 머나 로이와 아주 닮았을 거라 결론을 내렸다. 마이어나 로이는 영화에서 많이 본 할리우드 여배우였는데, 그때까지만 해도 내가 꿈꾸는 완벽한 아름다움의 이상형이었다. 나는 로이의 얼굴을 훨씬 더 아름답게 만들어 메리 웰랜드에게 갖다 붙였다. 유일하게 참아야 할 것은 목소리였지만 내가 생각하는 한 메리 웰랜드의 감미로운 말투는 마이어나 로이의 거슬리는 미국식 콧소리보다 훨씬 나았다.

매일 거의 한 시간, 마이어나 메리 로이 웰랜드가 내 침대에 앉아 섬세한 손길로 내 얼굴과 눈을 치료하는 동안 난 황홀경을 경험했다. 그리고 며칠이나 지났는지 모르는 어느 날, 절대 잊을 수 없는 순간이 왔다.

메리 웰랜드가 촉촉하고 부드러운 솜으로 내 오른쪽 눈을 치료하고 있는데 갑자기 내 눈이 떠지기 시작한 것이다. 처음에는 아주 미세한 틈이 벌어졌나 했는데 이내 밝은 빛 한 줄기가 머릿속 어둠을 뚫고 들어왔고 아주 가까이에서 뭔가가 보였다……. 그것은 제각각 세 개의 형상이었는데…… 세 개 모두가 선홍빛과 금빛으로 반짝였다!

"보여요! 뭔가가 보여요!"

내가 소리쳤다.

"정말요? 정말 보여요?"

메리가 흥분한 목소리로 소리쳤다.

"네! 아주 가까이에 뭔가 보여요! 내 눈 바로 앞에 세 개가 보여요. 간호사님……. 모두 빨간색과 금빛으로 빛나고 있어요. 이것들은 뭐죠, 간호사님? 내 눈앞에 있는 게 뭔가요?"

"흥분하지 말아요. 침착해요. 흥분하면 해로워요."

"하지만 정말로 뭔가 보인다고요! 내 말 안 믿으세요?"

"이게 보이나요?"

검지 하나가 가느다란 선 같은 내 시야 속으로 들어왔다.

"이거 말이에요? 이거요?"

새하얀 배경 앞에서 희미하게 반짝이는 색색의 아름다운 형체 세 개를, 그녀의 손가락이 가리켰다.

"네, 맞아요. 그거예요! 그거 세 개요! 세 개 모두 보여요! 그리고 당신 손가락도 보여요!"

암흑 속에서 의심으로 수많은 날을 보냈는데 붉은빛과 금빛으로 빛나는 형체 덕분에 갑자기 뻥하고 뚫리자 온 마음에 기쁨이 주체할 수 없을 만큼 흘러넘쳤다. 나는 베개에 기대어 몸을 세우고 한쪽 눈의 미세한 틈으로 놀라운 광경들을 가만히 바라보았다. 혹시 내가 천국을 훔쳐보고 있는 건 아닌가 하는 생각이 들었다.

"내가 지금 보고 있는 게 뭐죠?"

내가 묻자 메리 웰랜드가 대답했다.

"내 하얀 제복의 한 부분을 보고 있는 거예요. 제복 앞부분이요. 가운데 색깔 있는 것은 영국 해군 간호장교의 문장이에요. 내 왼쪽 가슴에 붙어 있고 영국 해군 소속 모든 간호장교가 착용하고 있죠."

엄마.

어제 전보를 보낼 때 두 시간 동안 일어나 앉아 있고 목욕도 했다고 말씀드렸죠? 그러니 이제 제가 아주 좋아지고 있다는 걸 아셨을 거예요. 이곳에 8주하고도 3일 전에 도착해서 7주 동안 아무것도 하지 않고 천장을 보며 누워만 있다가 차차 일어나 앉기 시작해서 이제는 조금씩 여기저기 걸어다니고 있어요. 처음 이곳에 왔을 때는 정말 살 수 있을까 싶었어요. 눈은 뜨지도 못했죠(항상 정신은 말똥말똥했는데 말이에요.). 의료진은 내 두개골이 골절됐다고 생각했지만 엑스레이 사진으로 보기에 그렇지 않았던 거 같아요. 코는 완전히 내려앉았죠. 그런데 이곳에는 소령으로 입대한 할리가의 유능한 성형외과 의사가 있고 이비인후과 의사도 있어서 그들이 뒤통수에 붙은 내 코를 꺼내 제대로 모양을 잡아주었어요. 이제는 약간 비뚤어진 것만 빼면 예전 코랑 거의 똑같아요. 물론 이 모든 수술은 마취 상태에서 이루어졌고요.

글을 많이 읽거나 쓰면 아직도 눈이 아프지만 다시 정상으로 돌아갈 거라고 하는군요. 한 3개월만 지나면 다시 비행을 할 수 있을 거래요. 그동안 전 이곳 알렉산드리아에서 약 6주 이상 병가를 내고 있을 거예요. 밖으로 나가 놀랍도록 화창한 날씨 속에 아무것도 하지 않죠. 이곳의 날씨는 매일같이 해가 비친다는 사실만 빼면 마치 영국의 여름 같아요.

제가 어떻게 추락했는지 알고 싶으실 거라 생각해요. 제가 무슨 일을 하고 있는지, 어떻게 그 일이 일어났는지 상세히 말하면 안 되지만요. 이탈리아 최전선에서 그다지 멀지 않는 곳에서 한밤중에 추락했어요. 전투기에는 불이 붙었지만 땅에 추락한 후 저는 의식이 있어서 띠를 풀고 제시간에 기어 나올 수 있었죠. 비행복에 붙은 불을 끄려고 땅에 뒹굴었어요. 다행히 괜찮았어요. 화상은 심하지 않았지만 머리 출혈은 좀 심했어요. 아무튼 전 그곳에 누워 총 속에 남아 있던 탄환이 터지는 소리를 들었어요. 한 발 한 발, 차례차례 1,000발이 넘는 탄환이 터졌죠. 총알은 슝슝 날아다니며 저만 빼고 모든 것들을 맞힐 것 같았어요.

전 절대 기절하지 않았어요. 정신을 놓지 않았기 때문에 불에 타지 않고 살아남을 수 있었던 것 같아요. 아무튼 다행스럽게도 잠시 후 한 전방 순찰대가 불길을 보고 와서 나를 데리고 갔죠. 난리법석을 떨면서 저는 메르사 마트루에 도착했어요(그곳은 지도에 나와 있어요. 리비아 동쪽 해변에요.). 그곳에 도착했을 때 한 의사가 '아, 이탈리아 병사군요.'라고 말하는 걸 들었어요(입고 있던 하얀색 비행복이 그다지 식별 가능한 상태가 아니었거든요.). 난 그에게 파시스트가 아니라고 말했죠. 그는 나에게 진통제를 주었어요. 약 24시간 후 전 지금의 이곳으로 왔어요. 아주 좋은 영국인 간호사들이 저를 돌봐주고 있답니다……

추신. 이곳의 공습은 겁나지 않아요. 이탈리아 사람들은 조준을 너무 못해요.

"그런데 정말 아름답네요!"

난 가만히 문장을 바라보며 말했다. 문장은 세 부분이었는데 그것들 모두 푼사 자수로 두툼하게 돋을새김되어 있었다. 맨 위에는 황금 왕관이, 가운데는 주홍빛이었고 왕관의 아랫부분에는 초록색 점들이 있었다. 왕관 아래의 가운데 부분에 황금 닻이 있었고 주홍빛 밧줄이 닻을 휘감았다. 닻 아래에는 황금색 동그라미가 있었고 그 동그라미 가운데에는 붉은색 커다란 십자가가 있었다. 이 형상과 그 화려한 빛깔은 지금까지도 내 기억 속에 새겨져 있다.

"가만히 있어요. 눈꺼풀을 좀 더 뜨게 할 수 있을 것 같아요."

메리 웰랜드가 말했다. 나는 가만히 기다렸다. 몇 분쯤 후 메리는 내 눈꺼풀을 크게 여는 데 성공했고 나는 눈으로 방 안 전체를 볼 수 있었다. 그 모든 것의 맨 앞에 간호장교 웰랜드가 바짝 다가앉아 나를 보며 미소 짓고 있었다.

"안녕하세요. 이 세상에 다시 오신 걸 환영해요."

그녀는 정말 사랑스러운 여자였다. 마이어나 로이보다 훨씬 더 아름답고 훨씬 더 현실적이었다.

"당신은 내가 상상했던 것보다 훨씬 아름답군요."

내가 말했다.

"음, 고마워요."

그녀가 말했다. 다음 날 메리는 다른 쪽 눈도 뜨게 해 주었고 난 마치 인생을 다시 시작하는 것 같은 기분이 되었다.

메리 웰랜드는 분명히 사랑스러운 여인이었다. 상냥하고 친절했다. 내가 병원에 있는 동안 내 친구가 되어 주었다. 하지만 목소리만 듣고 사랑에 빠지는 것과 눈으로 볼 수 있는 사람을 계속해서 사랑하는 것 사이에는 전혀 다른 세상이 있었다. 내가 눈을 뜬 순간부터 메리는 꿈 대신 인간이 되었고 내 열정은 모두 날아가 버렸다.

병원에 있는 동안 내내 나는 다시 비행을 나가야 한다는 강박에 사로잡혔다. 의사들은 실질적으로 그럴 가능성은 없다고 말했다. 의사들은 내 시력이 완전해진다고 하더라도 머리의 상처와 씨름을 해야 할 거라고 말했다. 머리에 입은 심각한 상처는 쉽게 회복이 안 되기 때문에 비전투원이 되어 영국으로 되돌아가는 상황을 감수해야 할 거라고 말했다. 이제야 털어놓는 이야기지만 시력을 회복한 후 몇 주 동안 나는 지독한 두통에 시달렸다. 하지만 그조차 서서히 줄어들었다. 물론 당시에는 그런 말을 하지 않았다.

알렉산드리아에서

1940년 12월 6일

엄마.

몇 주 전에 딱 한 번 편지를 쓰고는 전혀 편지를 쓰지 못했군요. 의사들이 편지 쓰는 게 해롭다고 말해서 그랬어요. 사실 전 지금 아주 천천히 회복 중이에요. 전보에서도 말씀드렸듯이 이제 일어서기 시작했지만 의료진은 바로 나를 침대에 눕혔어요.

머리가 심하게 아팠거든요. 일주일 전에 이 1인실로 옮겨져서는 꼬박 이레 동안 어둑어둑한 어둠 속에서 아무것도 하지 않고 반듯하게 누워 보냈어요. 손가락 하나 까딱하지 못하게 해서 세수도 못했죠. 이젠 다 끝났어요. 오늘 일어나 앉아서(사실 지금 저녁 8시예요.) 이렇게 편지를 쓰는 거예요. 게다가 기분도 좋고요. 내일 의료진들이 정맥 주사와 뇌하수체 주사를 놓을 거 같아요. 물도 몇 갤런 마시게 할 거예요. 두통을 없애기 위한 또 하나의 멍청한 행동이죠. 놀라실 필요는 없어요. 크게 잘못된 건 없고 그냥 좀 심하게 뇌진탕을 당했거든요. 의료진이 6개월 동안 절대 비행을 해서는 안 된다고 했어요. 지난주에는 저를 병약자로 의병 제대를 시켜 다음 호위대 편에 집으로 돌려보낼 거라고 했어요. 하지만 어쩐지 전 그러고 싶지 않아요. 일단 제대하여 집으로 돌아가면 다시는 비행할 수 없을 테니까요. 그리고 의병 제대해 집으로 되돌아가는 걸 원하는 사람이 누가 있겠어요? 제가 돌아간다면……

입원한 지 4개월이 지나자 침대에서 나와도 된다는 허락을 받았다. 난 가운을 입고 창밖을 바라보며 몇 시간 동안 서 있곤 했다. 그곳에서 보이는 건 병원 안마당이 전부였는데 볼 건 그다지 없었다. 그런데 마당 바로 건너편 큰 창문을 통해서 길고 넓은 복도가 들여다보였다. 어느 날 아침, 병원 잡역부 한 사람이 흰 천으로 덮은 아주 큰 쟁반을 들고 복도를 걷고 있었다. 반대편에서 잡역부 쪽으로 중년의 여자 한 명이 걸어왔다. 아마도 병원의 사무직원인 것 같았다. 여자가 있는 곳까지 간 잡역부가 갑자기 쟁반에서 흰 천을 휙 걷어 내더니 쟁반을 여자 얼굴 쪽으로 들이밀었다. 쟁반 에는 절단된 군인의 다리 하나가 통째로 놓여 있었다. 여자가 비틀 거리며 뒤로 물러서는 게 보였다. 잡역부는 큰 소리로 웃더니 다시 천을 덮고는 계속 걸어갔다. 여자는 갈지자로 걸어 창가로 향했고 두 손으로 머리를 감싸 쥐고는 몸을 앞으로 숙였다. 그러고는 정신 을 차리고 다시 가던 길을 갔다. 난 남자가 불쾌한 행동을 하던 그 짧은 장면을 잊은 적이 없다.

1941년 2월, 마침내 퇴원했다. 입원한 지 5개월 만이었다. 4주 의 요양 기간이 주어졌는데 그 시간 동안 난 알렉산드리아에서 '필'이라는 부유하고 매력적인 영국인 가족의 대저택에서 호화롭 게 지냈다. 도로시 필은 앵글로 스위스 병원을 정기적으로 방문하 는 사람인데 내가 곧 퇴원한다는 말을 듣고 "와서 우리랑 지내요." 라고 말했다. 그래서 난 그렇게 했다. 그렇게 훌륭한 곳에서 좋은 사람들의 도움을 받아 몸을 추스르며 다음을 준비할 수 있었던 나 는 정말 운이 좋은 놈이었다.

필 가족과 4주를 보낸 후 나는 카이로에 있는 영국 공군 건강 진 단 팀에 보고했다. 비행 복무 적합 판정에 통과했던 그날은 내게 대단한 날이다.

그런데 나의 옛 비행대대는 어디에 있는 걸까?

알렉산드리아에 위치한 필의 대저택에서.

앞에서 이야기했듯이 80비행대대는 서부 사막에 있지 않았다.
그들은 바다 건너 그리스에 있었는데 그곳에서 몇 주 동안 침략자
이탈리아 군대에 맞서 용감하게 싸웠다. 하지만 이제 독일 육군과
공군이 이탈리아 군대에 합류하여 그 작은 나라를 재빠르게 점령
해 나갔다. 규모가 작아 이름뿐인 '영국 해외 파견군'과 얼마 되지

않는 영국 공군 비행기는 독일이라는 거대한 괴물에 맞서 오래 버틸 수 없으리라는 사실이 너무도 명백했다.

"저는 어디로 가야 합니까?"

내가 물었다.

"물론 그리스로."

그들이 대답했다. 80비행대대는 이제 더 이상 글래디에이터를 운행하지 않는다고 나에게 알려 주었다. 80비행대대는 이제 '마크 1 허리케인'을 갖추었다. 얼른 허리케인 비행법을 배워 그리스로 날아가 비행대대에 합류해야 했다.

난 이스마일리아에 있을 때 이 소식을 접했다. 수에즈 운하에 있는 영국 공군의 대형 착륙장이었다. 한 공군 대위가 활주로에 세워진 허리케인 한 대를 가리키며 말했다.

"이틀 동안 비행법을 익히도록. 그리고 곧장 그리스로 출격한다."

"저걸 몰고 그리스로 간단 말씀입니까?"

내가 물었다.

"물론이다."

"연료는 어디서 공급받습니까?"

"그럴 필요 없다. 무착륙으로 간다."

"얼마나 걸립니까?"

"약 네 시간 삼십 분이다."

허리케인에 연료를 가득 채우면 1시간 30분 동안 비행할 수 있다는 사실을 알고 있었던 나는 공군 대위에게 그 점을 지적했다.

"그 부분은 걱정 마라. 날개 아래에 여분의 연료통을 달아 두었다."

"작동합니까?"

"가끔은 작동한다."

그는 능글능글 웃으며 말했다.

"작은 버튼을 눌러라. 네가 운이 있다면 펌프가 날개 연료통에서 주 연료통으로 연료를 퍼 올릴 것이다."

"펌프가 작동하지 않으면 어떻게 되는 겁니까?"

"지중해로 떨어져 수영을 해야겠지."

"농담이 아닙니다. 누가 저를 구해 줍니까?"

"아무도 구해 주지 않는다. 운에 맡겨야 한다."

이건 인력과 기계 낭비야, 나는 혼잣말했다. 나는 적과 맞서 비행해 본 경험이 전혀 없었다. 그런데 지금 나더러 한 번도 몰아 본 적 없는 전투기에 올라타 그리스로 날아가서는 엄청나게 유능한 데다가 수적으로 100배는 우세한 공군에 맞서 싸우라는 것이다.

생전 처음 허리케인에 올라타 조종석 안전띠를 묶는데 온몸이 굳어 버릴 것 같았다. 허리케인은 내가 처음으로 본 단엽 비행기였다. 그리고 당연히 처음으로 몰아 본 신식 전투기였다. 지금까지 본 그 어떤 전투기보다 몇 배는 힘이 강했고 빨랐으며 다루기 어려웠다. 그때까지 난 정형 강착장치(*항공기의 비고정식 이착륙 장치.)가 있는 전투기를 본 적이 없었다. 착륙 속도를 늦추기 위해 날개 플랩을 사용해야 하는 전투기를 본 적도 없었다. 가변 피치 프로펠러

(*프로펠러 날개의 각도를 자유롭게 바꿀 수 있는 장치.)가 달린 전투기나 날개에 기관총이 여덟 정이나 장착된 전투기를 몬 적도 없었다. 그런 전투기는 한 번도 몰아 본 적이 없었다. 어찌어찌 가까스로 그 물건을 부수지 않고 땅에서 띄웠다가 다시 내려놓았지만 나로서는 껑충껑충 뛰어다니는 말을 타는 것과 같았다. 주어진 이틀이 끝나고 그리스로 떠나야 했을 때 난 스위치들이 어디에 있는지, 그 스위치들은 무엇에 쓰는지, 이제 막 배우기 시작한 참이었다.

이스마일리아에서

1941년 4월 12일

엄마.

비행대대에 합류하려고 곧 바다 건너 북쪽으로 간다는 말씀을 드리려고 짧게 써요. 앞으로 저에게 편지를 보낼 때 어디로 보내면 좋을지 오늘 전보로 알려드렸어요. 오랫동안 편지를 못 보낼 수도 있지만 걱정 마시고······.

지중해로 떨어질지 모른다는 두려움도, 금속으로 된 그 작은 조종석 속에 4시간 반이나 찌그러져 있어야 한다는 두려움보다 크지는 않았다. 키가 6피트 6인치인 내가 허리케인에 들어가 앉으니 엄마 뱃속의 아기처럼 무릎이 거의 턱에 닿았다. 단거리 비행이라면 그런 자세도 견딜 수 있지만 이집트에서 그리스까지 바다를 건너는 데 4시간 반이 걸린다면 그건 다른 이야기였다. 견딜 수 있을지 자신이 없었다.

다음 날 아침 아부 수웨이르의 황량한 모래투성이 비행장에서 이륙한 지 두어 시간 후 나는 크레타 섬 위를 날고 있었고 양쪽 다리에서는 심하게 쥐가 나기 시작했다. 주 연료통이 거의 비어 여분의 연료통에 펌프 작동을 시키는 작은 버튼을 눌렀다. 펌프가 작동을 했다. 주 연료통은 계획대로 정확하게 다시 채워졌고 난 계속해서 비행을 했다.

비행을 한 지 4시간 40분 후 난 마침내 아테네 근처 엘레우시스 비행장에 착륙했다. 하지만 다리에 쥐가 나 끔찍하게 고통스럽고 꼼짝도 할 수 없었던 나는 결국 건장한 남자 두 사람에게 들려서 조종석을 나와야 했다. 그리고 드디어 내 비행대대에 합류했다.

적과의 첫 만남

그렇게 나는 그리스에 첫발을 디뎠다. 그곳은 불과 5시간 전에 떠나온 뜨거운 모래의 땅 이집트와는 사뭇 다른 곳이었다. 봄이었고 하늘은 우유를 풀어 놓은 것 같은 파란색이었으며 공기는 딱 기분 좋을 만큼 따뜻했다. 부드러운 바람이 피레에프스 너머 바다에서 불어왔고 고개를 돌려 내륙 쪽을 보니 겨우 몇 마일 떨어진 곳에 나무는 없고 바위만 울퉁불퉁한 거대한 민둥산이 산맥을 이루었다. 내가 착륙한 착륙장은 바로 풀밭과 접해서 사방에 빨갛고 노랗고 푸른 야생화가 수백만 송이 피어 있었다.

허리케인의 조종석에서 쥐가 나 꼼짝할 수 없는 내 몸을 들어 꺼내 주었던 두 항공병은 내 마음을 아주 잘 알아주었다. 내가 다리 경련이 사라지기를 기다리며 전투기 날개에 기대어 서 있는데 한 항공병이 말했다.

"조종석이 좀 비좁았지요?"

"그래, 조금."

내가 말했다.

"소위님처럼 키가 큰 사람은 전투기 조종사가 아니라 두 다리를 쭉 뻗을 수 있도록 널찍한 폭격기 조종사가 됐어야죠."

"그래, 옳은 말이야."

그 항공병은 상병이었다. 그는 조종석에서 아까 꺼내 놨던 낙하산을 가지고 와 내가 서 있는 곳 옆에 두었다. 곁에 계속 있는 것으로 보아 나와 이야기를 더 나누고 싶은 게 분명했다.

"이유를 모르겠습니다. 소위님은 새 전투기를 타고 왔어요. 공장에서 이제 막 만들어 나온, 기가 막히게 훌륭한 새 전투기 말이에요. 그 지긋지긋한 이집트에서 이 황폐한 곳으로 그 전투기를 몰고 왔어요. 앞으로 무슨 일이 일어날 거라 생각하십니까?"

"뭐라고?"

"전투기는 이집트보다 훨씬 더 먼 곳에서 왔어요! 영국에서 왔잖아요! 영국에서 이집트로 그리고 다시 지중해를 건너 이 꺼림칙한 나라로 왔어요. 왜죠? 무슨 일이 일어날 것 같습니까?"

"무슨 일이 일어나는데?"

내가 그에게 되물었다. 그이 갑작스러운 실눈에 난 조금 당황스러웠다. 상병이 흥분하며 말했다.

"무슨 일이 생길지 제가 말씀드릴게요. 쾅! 격추당하는 거죠! 불이 붙어 추락하고요! 공중에서 폭파되죠! 바로 지금 이 순간에도 여기 서 있다가 원오나인(*독일 전투기 '메서슈미트 Bf 109'를 이르는 말)에게 지상 소사(*掃射, 기관총을 비질하듯 휘둘러 쏨)를 당할지도 모른다고요! 이 전투기는 이곳에서 일주일도 버티지 못할 거예요! 그 어떤 전투기도 마찬가지죠!"

"그런 말이라면 그만하지."

내가 말했다.

"난 말해야 해요. 사실이니까요."

그는 계속했다.

"왜 그렇게 비관적으로 말하는 거지? 누가 우리에게 그런 일을 한다는 거야?"

내가 묻자 그 조종사가 소리쳤다.

"당연히 독일 놈들이죠! 독일 놈들이 미친 듯 포탄을 퍼부어 대고 있다고요! 그들은 저 산맥 바로 너머에 전투기 1,000대는 갖고 있어요. 그런데 우리는 어떻죠?"

"그래, 좋아. 우리는 얼마나 갖고 있나?"

나는 대답이 궁금해졌다.

"우리는 정말 불쌍할 지경이에요."

상병이 말했다.

"어서 말해 봐. 우린 얼마나 되는데?"

"이 비행장에 보이는 게 다랍니다. 허리케인 열네 대! 아니, 이젠 아니군요. 당신이 새로 한 대 몰고 왔으니 이제 열다섯 대군요!"

그의 말을 믿을 수가 없었다. 그리스 전역에 우리가 갖고 있는 게 허리케인 열다섯 대가 전부라니 그건 말도 안 되는 소리였다.

"그 말이 사실인가?"

난 질겁하며 물었다. 상병은 다른 항공병을 돌아보며 물었다.

"내가 거짓말을 하고 있나? 내 말이 사실인지 거짓인지 이 소위 님께 말해 봐."

"신께 맹세코 사실입니다."

두 번째 항공병이 말했다.

"폭격기는 어떤가?"

내가 물었다.

"메니디에 낡아 빠진 블레넘이 넉 대 정도 있어요. 그게 다예요. 블레넘 넉 대와 허리케인 열다섯 대가 그리스 전역에 있는 영국 공군 전부랍니다."

"세상에."

내가 말했다.

"일주일만 더 있어 보세요. 우리 모두는 바다로 떠밀려서 수영하고 있을 테니까요!"

"제발 자네 말이 틀렸기를 바라네."

"독일 놈들의 전투기 500대랑 폭격기 500대가 바로 저기에 있어요. 우리는 뭘 가지고 그놈들이랑 싸우는지 아세요? 초라한 히리케인 열다섯 대랍니다. 제가 허리케인 조종사가 아니라서 얼마나 다행인지 몰라요! 이런 실정을 알았다면 이곳에 오지 말고 이집트에 그냥 있을 걸 그랬어요."

그가 불안해하고 있다는 것을 알 수 있었다. 난 그를 비난할 수 없었다. 정비공 같은 비행대대 지상 근무원들은 실질적으로 비전투 요원이었다. 그들은 무장을 하지 않았으며 적과 어떻게 싸우는지, 자신을 어떻게 방어하는지 배운 적이 없기 때문에 최전선에 배치되는 일은 절대 없었다. 이런 상황에서는 지상 근무원이 되는 것보다 조종사가 되는 것이 더 마음 편했다. 조종사는 살아남을 가능성이 적지만 싸울 무기가 있기 때문이다.

그의 손에 묻은 기름을 보고 판단하건데 그 상병은 정비공이었다. 그의 업무는 커다란 롤스로이스 멀린 엔진을 관리하는 것이고 그가 엔진들을 끔찍이도 사랑한다는 사실에는 의심의 여지가 없

엘레우시스.

었다.

상병이 기름 묻은 손을 금속 날개에 얹고 부드럽게 어루만지며 말했다.

"이건 새 전투기예요. 누군가 수천 시간 걸려 만든 거죠. 그런데 카이로에서 책상에만 앉아 있는 어떤 멍청한 놈들이 이곳으로 보내서 이 비행기는 이제 2분도 못 버티게 되겠죠."

"작전실은 어디 있나?"

상병이 착륙장 반대편에 나무로 지은 작은 임시 막사를 가리켰다. 임시 막사 옆에 막사 30여 동이 모여 있었다. 난 낙하산을 어깨에 걸머메고 임시 막사를 향해 걸어가기 시작했다.

나는 내가 뛰어든 곳이 군사적으로 얼마나 궁지에 몰렸는지 어느 정도는 알고 있었다. 몇 달 전, 작은 규모의 영국 해외 파견군이 이탈리아 군대를 저지하기 위해 이집트에서부터 그리스로 파견되었다. 영국 해외 파견군은 똑같이 작은 규모의 공군으로 지원을 받았다. 그런데 영국 해외 파견군이 싸워야 하는 상대가 이탈리아 군대뿐이었다면 대항할 수 있었을 것이다. 하지만 독일군이 가세하면서 상황이 급변하여 희망은 사라져 버리고 말았다.

지금 영국이 직면하고 있는 문제는 어떻게 하면 죽거나 잡히기 전에 그리스에서 모든 군사를 탈출시키느냐 하는 것이었다. 됭케르크(*프랑스 북부의 항구 도시. 제2차 세계대전 당시 영국군과 프랑스 군이 이곳에서 철수한 데서 '필사적인 철수'의 의미로 쓰이기도 함)가 다시 반복되었다. 하지만 지금은 됭케르크가 받았던 대중의 관심을 받지 못했다. 그건 군대의 실수인 데다가 아주 잘 은폐되었기 때문이다. 그 상병이 나에게 말한 것은 거의 다 사실일 거라고 추측하면서도 신기하게 조금도 걱정되지 않았다. 난 아직 어리고 비현실적인 구석이 있어서 이 그리스에서의 탈출이 멋진 모험 정도로밖에 보이지 않았던 거다. 이 나라를 살아서 나가지 못할지도 모른다는 생각은 전혀 들지 않았다. 살아서 나가지 못할 거란 생각을 했어야 했는데, 이제와 돌이켜 보니 그런 생각을 하지 못했다는 사실이 놀랍기만 하다. 잠깐만이라도 살아나올 확률을 계산해 봤다면 50대 1 정도라는 것을 알았을 거고, 그런 확률이라면 누구든 흔들렸을 것이다.

나는 작전실 임시 막사의 문을 밀고 안으로 들어갔다. 그곳에는 세 사람이 있었다. 비행대대장과 공군 대위와 이어폰을 낀 무전병 병장이었다. 한 번도 본 적 없는 사람들이었다. 나는 공식적으로 6개월 넘게 80비행대대 소속이었지만 지금까지 소속 대대 근처에도 접근하지 못했다. 마지막 시도에서는 서부 사막에서 화염에 휩싸이기까지 했다. 검은 콧수염을 기른 비행대대장은 가슴에 공군 수훈십자훈장을 달고 있었다. 그는 근심스러운 듯 얼굴을 찌푸리고 말했다.

"아, 왔나? 오랫동안 기다리고 있었네."

"늦어서 죄송합니다."

내가 말했다.

"6개월 늦었군. 막사 한 군데에 자네 침상이 있을 거야. 다른 병사들처럼 자넨 내일 비행을 시작할 거고."

그가 다른 일로 정신이 없어서 내가 빨리 나가기를 바라는 것이 느껴졌지만 난 머뭇거렸다. 이렇게 아무렇지도 않게 해산 명령을 내리는 게 적잖이 충격이었다. 내 다리로 찾아와 마침내 대대에 합류하는 일이 나로서는 정말 엄청나게 힘든 일이었기에 최소한 간단하게라도 '자네가 이렇게 해내서 정말 기쁘네.'라든가 '어서 회복하길 바라네.' 정도의 인사는 기대했다. 하지만 지금은 완전히 다른 사태라는 것을 불현듯 깨달았다. 이곳은 조종사들이 파리처럼 사라지는 곳이다. 열넷밖에 없는데 겨우 하나 정도 여유가 생긴다고 해서 뭐가 달라지겠는가? 비행대대장이 원하는 건 100대의 전투기와 100명의 조종사일 것이다, 하나가 아니라.

난 어깨에 낙하산을 걸머멘 채로 작전실 임시 막사를 나왔다. 다른 손에는 갈색 종이봉투가 들렸는데 그 속에는 내가 갖고 올 수 있었던 물품이 들어 있었다. 칫솔, 반쯤 쓰다 만 치약, 면도기, 튜브에 든 면도 비누, 여벌의 황갈색 셔츠 한 장, 파란색 카디건, 파자마 한 벌, 항공일지 그리고 내가 아끼는 카메라가 있었다. 나는 열네 살 때부터 사진 찍는 것을 열광적으로 좋아했다. 1930년에 두 배로 확장되는 감광판 카메라를 이용해 혼자서 사진을 현상하고 확대하는 일을 시작했다. 그리고 당시에는 'f 6.3 테사르' 렌즈가 장착된 자이스 슈퍼 이콘타(*독일 자이스 이콘의 사제 카메라에 부속되는 렌즈의 상품명)를 갖고 있었다.

저 멀리 중동 그리고 이집트와 그리스에서는 겨울이 아니라면 황갈색 셔츠와 황갈색 짧은 바지를 입고 스타킹만 신으면 된다. 비행을 할 때조차 스웨터를 입는 귀찮은 짓은 하지 않았다. 항공일지와 카메라뿐 아니라 내가 들고 있던 종이봉투는 비행하는 내내 내다리 밑에 처박혀 있었다. 다른 것을 둘 공간이라고는 전혀 없었기 때문이다.

나는 다른 조종사와 함께 막사를 써야 했다. 고개를 숙이고 안으로 들어가자 나의 동료는 간이침대에 앉아 신발끈이 끊어진 한쪽 신발에 끈을 꿰고 있었다. 그는 좀 길지만 다정한 얼굴로 자신의 이름은 '데이비드 코크'인데 '쿡'으로 발음한다고 소개했다. 데이비드 코크가 귀족 가문 출신이며 나중에 허리케인을 타고 죽지 않았다면 영국에서 가장 웅장하고 아름다운 집 중 하나를 소유한 레스터 백작이 되었을 거라는 사실을 한참 나중에서야 알았다. 내가 한 번도 만나 본 적 없는 그 백작이라는 것이 될 거면서도 그는 전혀 내색하지 않고 스스럼없이 나를 대했다. 그는 마음이 따뜻하고 용감하고 관대했는데 이후 몇 주에 걸쳐 우리는 친한 친구가 되었다. 난 내 간이침대에 앉아 그에게 몇 가지 질문을 하기 시작했다.

"이곳 상황이 아주 위험하다고 들었는데 정말 그래?"

내가 물었다.

"완전히 절망적이지. 하지만 우린 계속해서 맞서 싸우고 있어. 독일군 전투기들은 지금도 우리 사정거리 안에 있을 거야. 50대 1로 우리가 수적으로 열세지. 하늘에서 우리를 공격하지 않는다면 땅에서 우리를 쓸어버릴걸?"

"잠깐만. 사실 난 지금까지 한 번도 전투에 참가해 본 적이 없어. 적을 만나면 어떻게 해야 할지 정말 깜깜해."

데이비드 코크는 마치 유령이라도 보고 있는 것처럼 나를 뚫어져라 바라보았다. 내가 한 번도 비행기를 타고 하늘을 날아 본 적이 없다고 말했더라도 그것보다 더 놀랄 수는 없었을 것이다. 그는 숨이 막히듯 헐떡거리며 말했다.

"설마 아무 경험 없이 이곳으로 왔다는 그런 말은 아니겠지?"

"아니, 사실이야. 하지만 어떻게 하면 되는지 가르쳐 줄 노련한 사람과 함께 비행을 하게 해 주겠지."

그러자 그가 말했다.

"자네는 운이 없군. 여기선 모두 각자 혼자서 비행을 해. 짝을 지어 비행하는 게 더 좋을 거라고 생각하는 사람이 없거든. 시작부터 오롯이 혼자 해야 한다고. 그래서 진지하게 묻는 건데, 정말 여태까지 단 한 번도 비행대대에 소속되지 않았단 말이야?"

"응, 단 한 번도."

"부대장이 이 사실을 알고 있어?"

그가 물었다.

"그 점에 대해 생각했을 거라고는 기대하지 않아. 다른 대원들처럼 내일 비행을 시작하라는 말만 했거든."

내가 말했다.

"그런데 도대체 어디에서 온 거야? 전혀 경험이 없는 조종사를 이런 곳에 절대 보내지는 않을 텐데."

난 지난 여섯 달 동안 내게 무슨 일이 있었는지 간단하게 설명했다.

"아, 저런! 대단한 출발이군! 허리케인 비행은 몇 시간 한 거지?"

"한 일곱 시간."

내가 말했다.

"아, 세상에! 그 말은 허리케인을 비행할 줄 모른다고 보면 되는 거네."

"사실은 그런 거지. 이륙하고 착륙하는 건 할 수 있지만 공중에서 비행기를 급하게 돌리거나 하는 건 해 본 적이 없어."

그는 내가 하는 말을 아직도 믿을 수 없다는 얼굴로 가만히 앉아 있었다.

"여기 온 지 오래됐어?"

내가 물었다.

"아니, 그다지 오래되지는 않았어. 이곳에 오기 전에는 브리튼 전투에 참전했지. 그곳도 충분히 끔찍했지만 이곳에 비하면 아무것도 아니야. 이곳에는 레이더가 전혀 없어. 무선 전신도 거의 없고. 전투기를 타고 착륙장에 있을 때만 지상과 교신할 수 있지. 비행하는 동안에는 다른 조종사들과 서로 이야기할 수 없어. 사실상 통신 두절인 셈이야. 대신 그리스 인들이 우리 레이더 역할을 해 줘. 사방 수 킬로미터에 있는 모든 산꼭대기마다 그리스 인 농부들이 있어. 그들이 독일 전투기를 발견하면 야전 전화로 작전실에 연락하지. 그게 우리의 레이더야."

"효과가 있어?"

"이따금 효과는 있어. 그런데 관측해 주는 농부 대부분이 아기 유모차와 메서슈미트(*독일 공군 전투기)를 분간 못해."

간신히 신발끈을 다 꿴 데이비드 코크는 이제 신발을 신기 시작했다.

"그리스에 있는 독일군은 정말 전투기가 1,000대나 돼?"

내가 물었다.

"그런 거 같아. 응, 그래. 그리스는 그들에게 시작에 불과해. 그리스를 점령한 후에는 남쪽으로 밀고 내려가 크레타 섬까지 점령할 계획이지. 분명해."

우리는 각자의 간이침대에 앉아 미래에 대해 생각해 보았다. 나는 아주 힘든 시간이 되리라 짐작할 수 있었다. 그때 데이비드 코크가 말했다.

"자네는 아무것도 모르는 것 같으니 내가 도와주지. 알고 싶은 게 뭐야?"

"음, 우선 말이지. 메서슈미트 원오나인을 만나면 어떻게 해야 하지?"

"꼬리 쪽으로 가. 그리고 원오나인보다 작게 원을 그리고. 원오나인에게 꼬리를 잡히면 끝난 거야. 메서슈미트 날개에는 기관포가 있어. 우리는 겨우 총탄 정도 갖고 있지. 심지어 소이탄(*탄두에 유지나 황과 소량의 작약을 넣어 만든 포탄. 건조물 따위를 불태우는 데 쓰임)도 아니고 그냥 일반 총탄이야. 독일군에게는 기관 포탄이 있는데 우리 총탄은 기체에 작은 구멍 정도만 낼 뿐이야. 그러니 독일 전투기를 격추시키려면 엔진을 맞혀야 해. 독일군은 우리 전투기의 어디를 맞히더라도 기관 포탄이 터져 격추시킬 수 있지만 말이야."

난 그가 하는 말을 이해하려고 노력했다.

"한 가지 더. 절대, 절대로 백미러에서 단 몇 초라도 눈을 떼면 안 돼. 독일군들이 금방 뒤에 나타나거든. 얼마나 빠른지 몰라."

"기억할게. 폭격기를 만나면 어떻게 하지? 어떻게 하면 폭격기를 가장 효과적으로 공격할 수 있을까?"

"폭격기를 만난다면 그건 대개 JU88일 거야. JU88은 성능이 아주 좋은 폭격기지. 전투기만큼이나 빠르고 후방 기관총 사수와 전방 기관총 사수도 있어. JU88에 탄 기관총 사수들은 고폭소이예광탄을 사용해. 그들은 기관총을 마치 호스 다루듯 해. 그들은 탄알이 어디로 날아가는지 계속해서 지켜볼 수 있고 그래서 탄알은 아주 치명적인 역할을 하게 될 거야. 그래서 만약 JU88 뒤에서 공격하면 후방 사수가 기관총을 쏘지 못하도록 반드시 폭격기 아래로 가야 해. 하지만 그런 식으로는 폭격기를 격추시키지 못할 거야. 폭격기 엔진을 겨냥해. 그런데 엔진을 겨냥할 때에도 많이 빗나갈 수 있다는 사실을 기억해. 폭격기 정면에서 잘 겨눠야 하거든. 엔진 가장 앞부분을 겨누면 돼."

그가 하는 말을 좀처럼 이해할 수 없었지만 고개를 끄덕이며 말했다.

"좋아. 그렇게 해 볼게."

그가 말했다.

"아, 젠장. 이렇게 말로는 독일군을 저격하는 법을 가르쳐 줄 수 없어. 내일 당신을 좀 봐 줄 수 있도록 함께 비행하면 좋을 텐데 말이야."

"그럴 수 없을까? 부대장께 부탁해 볼 수도 있잖아."

내가 간절한 마음으로 말했다.

"그럴 가능성은 없어. 우린 항상 따로따로 비행을 해. 소탕 작전에 들어갈 때만 빼고. 그땐 다 함께 편대를 이뤄서 비행하지."

그는 이야기를 멈추더니 연갈색 머리를 손가락으로 빗어 넘기며 말했다.

"이곳의 문제는 부대장이 조종사들과 이야기를 많이 나누지 않는다는 점이야. 조종사들과 함께 비행도 하지 않지. 공군수훈십자 훈장을 갖고 있으니 한 번쯤은 함께 비행을 해야 한다고 생각하지만 부대장이 허리케인에 타는 걸 한 번도 본 적이 없어. 브리튼 전투에서는 비행대대장이 늘 비행대대와 함께 비행을 했거든. 그리고 새로 전입해 오는 조종사를 많이 도와주고 조언도 많이 해 주었지. 영국에서는 항상 짝을 이루어 비행을 했고 새로 전입해 온 병사는 항상 경험이 많은 병사와 함께 비행했어. 그리고 브리튼 전투에서는 레이더도 있었고 아주 성능이 좋은 무선 전신도 있어서 기상과 통신했지. 비행 중에도 언제든 서로 통신이 가능했어. 하지만 여긴 아니야. 이곳에서 기억해야 할 가장 중요한 점은 혼자라는 사실이야. 그 누구도 당신을 도와주지 않을 테니까. 부대장도 도와주

데이비드 코크와 그의 애완견.

지 않을걸?"

그는 덧붙여 말했다.

"브리튼 전투에서는 새로 전입해 온 신입 병사들을 아주 조심스레 대했지."

"오늘 비행은 끝난 건가?"

내가 물었다.

"응. 곧 어두워질 거야. 사실 이제 저녁 먹을 시간이지. 날 따라와."

장교 식당은 큰 막사였는데 긴 가대식 탁자를 두 개 놓을 수 있을 정도로 넓었다. 탁자 하나에는 음식들이 놓였고 나머지 하나는 우리가 앉아서 먹는 탁자였다. 음식은 통조림 소고기 스튜, 빵, 함께 마실 레시나 와인(*수지〔樹脂, 나뭇진〕 향을 첨가한 와인)이 있었다. 그리스 사람들은 아주 형편없는 와인보다 송진 맛이 더 낫다고 생각했나 보다. 그래서 아주 형편없는 와인에 소나무 송진을 더해 속이는 기술이 있었다. 우리는 레시나 와인을 마셨다. 거기 있는 거라고는 그게 다였으니까. 비행대대의 다른 조종사들은 모두 노련하고 젊은 남자였다. 죽을 고비를 수도 없이 넘긴 경험이 있는 그들은 대대장이 그랬던 것처럼 나를 아무렇지 않게 대했다. 이곳에는 정해진 형식이라는 것이 존재하지 않았다.

조종사들이 오고갔다. 다른 조종사들은 내 존재를 알지도 못했다. 진정한 우정이라는 건 존재하지 않았다. 데이비드 코크가 나를 대한 방식은 예외적이었는데, 그도 그럴 것이 그는 예외적인 인물이었다. 나 같은 햇병아리를 보호하려는 사람은 아무도 없다는 사실을 깨달았다. 다들 각자의 문제로 가득한 고치 속에 꽁꽁 싸여 있었다. 내 주변의 모든 이는 살아남으려는 노력과 동시에 자신의 임무를 수행하려는 노력에 온 마음을 집중했다. 그리고 다들 침묵했다. 장난치는 사람도 없었다. 그날 돌아오지 않은 조종사에 대해 중얼대듯 몇 마디 나누는 소리만 들렸다. 그게 다였다.

식당 막사 기둥 하나에 못으로 박아 놓은 게시판이 있었는데 거기에는 다음 날 아침에 순찰을 나갈 조종사의 이름과 그들의 이륙 시간이 타이핑된 한 장짜리 종이가 핀으로 고정되어 있었다. 데이비드 코크가 알려 주기를, 순찰이란 착륙장 바로 위의 하늘을 정처

없이 날아다니며 지상관제 팀의 명령을 기다리는 것이라고 했다. 바로 산꼭대기에 있는 그리스 인 코미디언이 독일 전투기를 발견한 지점으로 가라는 명령이었다. 내 이름이 적힌 이륙 시간은 오전 10시였다.

다음 날 아침 눈을 떴을 때 내 머릿속에는 온통 오전 10시 이륙과 어떤 식으로든 분명히 독일 공군을 만나게 될 거라는 생각뿐이었다. 그것도 내 생애 처음으로 혼자서 말이다. 그런 생각을 하자 스르르 배가 아파 오기 시작했다. 난 데이비드 코크에게 변소가 어디에 있는지 물었다. 그는 대충 위치를 일러 주었고 난 변소를 찾아 헤맸다.

난 동아프리카에서 상당히 원시적인 형태의 변소를 가 본 적이 있다. 하지만 엘레우시스에 있는 80비행대대의 임시 변소(*제2차 세계대전 당시 군인들은 들판에 구덩이를 파고 그 위에 긴 장대를 걸고 장대 위에 걸터앉아 볼일을 보았다)는 압권이었다. 6피트(*약 1.8미터) 깊이와 16피트(*약 4.8미터) 길이의 넓은 도랑이었는데 4피트(*1.2미터) 높이에 16피트 길이로 둥근 장대 하나가 걸려 있었다. 나보다 앞서 조종사 한 사람이 그곳에 와 있었는데 그는 바지를 내리고 그 장대 위에 쪼그려 앉으려고 했다.

난 가슴을 조이며 그 사람을 지켜보았다. 그런데 참호 폭이 너무 넓어서 남자의 손이 장대에 닿지 못했다. 가까스로 손이 닿자 남자는 엉덩이를 장대 위에 정확하게 착지시킬 요량으로 몸을 홱 돌렸다. 간신히 몸을 돌린 후에는 균형을 유지하기 위해 두 손으로 장대를 잡아야 했지만 그는 균형을 잃고 끔찍한 구덩이 속으로 떨어지고 말았다. 난 그를 꺼내 주었다. 그는 몸을 씻기 위해 내가 모르는 어딘가로 허둥지둥 가 버렸다. 나는 그런 위험을 감수하고 싶지 않았다. 여기저기 찾아 헤매다 올리브나무 뒤 야생화가 나를 숨겨 줄 장소를 찾았다.

10시 정각, 난 이륙을 위해 허리케인을 타고 조종석 안전띠를 맸다. 몇몇 조종사들은 9시 30분부터 각자 혼자서 날아올라 그리스의 푸른 하늘 속으로 사라져 버렸다. 난 이륙을 해 5,000피트(*약 1,500미터) 상공까지 날아올랐다. 작전실에 있는 누군가가 놀랍도록 비능률적인 장치로 나와 연락을 하려고 애쓰는 동안 비행장 허공에 원을 그리며 돌기 시작했다. 내 암호명은 '블루 포(blue four)'였다.

이어폰을 통해 지지직거리는 잡음을 뚫고 저 멀리서 계속 목소리가 들려왔다.

"블루 포, 내 말 들리나? 내 말 들리나?"

난 계속 대답했다.

"들린다, 간신히 들린다."

"명령을 기다려라. 잘 듣고 있어라."

희미한 목소리가 들렸다. 나는 순항 속도로 날며 남쪽으로 펼쳐진 푸른 바다와 북쪽에 솟은 거대한 산맥의 모습에 감탄했다. 이런 식으로 전쟁을 하는 것도 꽤 괜찮은 방식이라는 생각이 막 들기 시작하는데 다시 지지직거리는 잡음과 함께 목소리가 들려왔다.

"블루 포, 내 말 듣고 있나?"

"들린다. 조금 더 크게 말하라."

"칼키스에서 선박 상공에 적기 출현. 벡터 035, 40마일, 천사 여덟."

"알았다. 이제 간다."

이 간단한 메시지는 이렇게 번역될 수 있다. 나침반으로 35도 방향을 정해 40마일(*64킬로미터) 날아가 운이 좋으면 8,000피트(*2.4킬로미터)에서 적을 요격하게 된다는 것이다. 놈은, 그게 어딘지는 모르지만 칼키스라는 곳에서 선박을 침몰시키려 하고 있었다.

나는 부디 내가 제대로 하고 있는 것이길 바라며 방향을 정하고 스로틀(*엔진의 회전 속도를 조절하는 장치)을 열었다. 대지속도(*지면이나 해면에 대한 비행기의 속도. 비행한 두 지점 사이의 거리를 비행시간으로 나눈 평균 속도로 나타낸다)를 확인하고 계산해 보니 칼키스라는 곳까지 40마일 가는 데 10분에서 11분이 걸렸다. 나는 산꼭대기에서 500피트(*약 150미터) 여유를 두고 높이 날았는데 산 위를 지나면서 보니 갈색과 흰색이 섞인 염소 한 마리가 아무것도 없는 바위 위를 외롭게 헤매고 있었다. 나는 산소마스크 속에서 크게 소리쳤다.

"어이, 염소. 네가 나이도 먹기 전에 독일군이 너를 저녁거리로 먹어치울 거라는 거, 넌 모르지?"

그렇게 말한 순간 어쩌면 염소가 이렇게 대답할지도 모른다는 생각이 들었다.

"너도 마찬가지야. 나보다 나을 것도 별로 없는 놈이 말이야."

그다음으로 저 멀리 아래에 물길 내지는 피오르 같은 게 보였고 해변에는 집이 몇 채 보였다. 나는 그곳이 칼키스라고 생각했다. 칼키스가 분명했다. 물길에는 커다란 화물선이 한 대 있었다. 그 화물선 가까이에서 거대한 분수가 하늘 높이 솟구쳐 올랐다. 물속에서 폭탄이 터지는 걸 직접 본 적은 없었지만 그런 모습을 담은 사진은 수도 없이 봤다. 화물선 위 하늘을 올려다보았지만 아무것도 없었다. 계속해서 살펴보았다. 폭탄이 떨어졌다면 누군가 위에서 폭탄을 떨어뜨렸을 것이라 생각했다. 화물선 옆에서 강력한 물기둥이 두 개 더 솟구쳤다. 그때 갑자기 폭격기가 시야에 들어왔다. 화물선 위 하늘 높은 곳에 작고 까만 점 하나가 원을 그리며 회전하는 게 보였다. 그 장면에 나는 충격을 받았다. 전투기를 타고 적을 본 건 처음이었기 때문이다. 잽싸게 발사 버튼의 놋쇠 고리를 '안전'에서 '발사'로 돌렸다. 빨간 동그라미 모양으로 빛나는 반사 조준경이 나타나 내 얼굴 앞에 걸렸다. 난 작은 점들을 향해 곧장 나아갔다.

30초 후, 점들은 검정색 쌍발 폭격기로 변했다. JU88이었다. 세어 보니 모두 여섯 대였다. 폭격기의 위아래를 살펴보았지만 폭격기를 엄호하는 전투기는 보이지 않았다. 그때 난 침착했고 전혀 두려워하지 않았던 것으로 기억한다. 그저 내 임무를 적절히 수행하고 일을 엉망으로 만들지 않기를 바랐다.

JU88 한 대에는 세 명이 타는데 그건 눈이 세 쌍이라는 뜻이다. JU88이 여섯 대이니 자그마치 열여덟 쌍의 눈이 하늘을 살피고 있는 것이다. 내가 좀 더 경험이 있었더라면 이 사실을 빨리 눈치채고 그들에게 접근하기에 앞서 빙 돌아 태양이 내 뒤에 있도록 자리 잡았을 것이다. 또한 공격하기 전에 아주 빠른 속도로 고도를 높여 그들 한참 위에 자리 잡았을 것이다. 하지만 난 그중 아무것도 하지 않았다. 난 그들과 같은 고도에서 곧장 다가갔다. 그때 강렬한 그리스의 햇살이 내 눈을 똑바로 비추었다.

0.5마일(*약 800미터) 떨어져 있는데도 그들은 나를 발견했다. 갑자기 폭격기 여섯 대는 기체를 가파르게 기울이더니 칼키스 뒤 거대한 산맥을 향해 급강하하기 시작했다.

나는 정말 위급한 상황이 아니라면 스로틀을 활짝 열어 '선을 넘지' 말라고 주의를 들었다. '선을 넘는다는' 건 커다란 롤스로이스 엔진이 최대한의 회전을 하게 될 것이며 기체가 그런 스트레스를 견딜 수 있는 시간의 한계는 3분이라는 뜻이다.

'좋아, 지금이 위급 상황이야.'

나는 바로 스로틀을 밀어 '선을 넘어' 갔다. 엔진이 큰 소리를 냈고 허리케인이 더 빨리 날았다. 난 빠른 속도로 폭격기들을 쫓아가기 시작했다. 폭격기들은 이제 횡진 대형을 이루었다. 여섯 명의 후방 기관총 사수들이 동시에 나를 향해 발사할 수 있는 대형임을 금방 알아차렸다.

칼키스 뒤의 산들은 거칠고 어두웠으며 아주 울퉁불퉁했다. 독일군들은 정상 바로 아래를 날며 산을 누볐다. 나는 그들을 따라 비행했다. 가끔 우리는 절벽에 바짝 가까이 날기도 했다. 우리가 큰 소리를 내며 지나가자 깜짝 놀란 독수리가 날아오르는 모습도 보였다. 나는 계속해서 독일군을 추격했다. 내가 그들 뒤 200야드 (*약 180미터) 정도 가까이 다가가자 여섯 명의 후방 기관총 사수가 나를 향해 총격을 하기 시작했다. 데이비드 코크가 일러 준 대로 그들은 예광탄을 사용했다. 각각의 후방 포탑에서 주황빛을 띤 붉은 불꽃 광선이 나왔다. 여섯 개의 포탑에서 여섯 개의 붉은 광선이 나를 향해 호를 그리며 다가왔다. 마치 여섯 개의 호스에서 뿜어져 나오는 아주 가느다란, 색소를 탄 물줄기 같았다. 반할 것 같은 모습이었다. 주황빛을 띤 붉은 물줄기는 다소 천천히 포탑에서 나오는 것 같았는데 나를 향해 오는 동안 공중에서 휘어지는가 싶더니 갑자기 내 조종석 뒤쪽이 마치 불꽃놀이를 하는 것처럼 번쩍했다.

그제야 나는 전투기의 공격 위치로는 최악의 자리를 잡았음을 깨달았다. 그 순간 갑자기 두 개의 산 사이에 만들어져 있던 통로가 좁아졌고 JU88들이 종진으로 날아갔다. 그 말은 맨 마지막 한 대만이 나를 총격할 수 있다는 뜻이었다. 그게 더 좋았다. 이제 나를 향해 쏟아지는 붉은색 총탄 줄기는 하나뿐이었다. 데이비드 코크가 "폭격기의 엔진을 겨냥해."라고 말했었다. 난 좀 더 가까이 다가갔다.

전투기를 위아래, 좌우로 빠르게 움직이면서 가까스로 폭격기의 우측 엔진을 반사조준경으로 조준했다. 엔진보다 조금 더 앞을 겨냥해서 버튼을 눌렀다. 날개에 있는 브라우닝 자동소총 여덟 정이 모두 발사될 때 허리케인이 살짝 진동했다. 그리고 몇 초 후 폭격기 엔진의 쟁반만 한 금속 덮개 조각이 공중으로 날아오르는 게 보였다. 세상에, 내가 적을 맞힌 거다! 정말 내가 적의 폭격기를 명중시킨 것이다! 그리고 적기의 엔진에서 아주 천천히, 고속 촬영을 하는 것처럼 검은 연기가 피어올랐다. 폭격기는 오른쪽으로 급상승하는가 싶더니 이내 고도를 낮추기 시작했다. 난 스로틀을 닫아 감속했다. 이제 적기는 나보다 한참 아래에 있었다. 조종석에서 눈을 가늘게 뜨고 내려다보아야 겨우 보였다. 폭격기는 급강하하는 것도 아니었고 회전하는 것도 아니었다. 마치 나뭇잎처럼 천천히 빙글빙글 돌았고 검은 연기가 오른쪽 엔진에서 피어올랐다. 그리고 한 사람…… 두 사람…… 세 사람이 기체에서 뛰어내리더니 두 팔과 다리를 쭉 뻗은 기괴한 자세로 땅을 향해 곤두박질치기 시작했다. 그리고 잠시 후 하나…… 둘…… 세 개의 낙하산이 소용돌이치며 펼쳐졌고 저 아래 협곡을 향해 낭떠러지 사이로 부드럽게 떠돌며 내려가기 시작했다.

난 주문에라도 걸린 듯 그 모습을 지켜보았다. 내가 독일 폭격기를 격추시켰다는 사실을 믿을 수 없었다. 하지만 낙하산을 보고는 마음이 푹 놓였다.

스로틀을 다시 열고 산 위로 고도를 높이기 시작했다. 남은 JU88 다섯 기는 사라지고 보이지 않았다. 사방을 둘러보았지만 보이는 거라고는 산 정상의 울퉁불퉁한 바위뿐이었다. 정남쪽으로 방향을 정하고 비행한 지 15분 뒤, 나는 엘레우시스에 착륙했다. 허리케인을 세운 후 내려왔다. 비행시간은 정확하게 한 시간이었는데 마치

10분처럼 느껴졌다. 허리케인 주변을 천천히 돌아보며 손상된 곳은 없는지 살폈다. 기적처럼 기체는 손상된 곳이 전혀 없었다. 나같이 만만한 상대에게 여섯 명의 후방 기관총 사수들이 만들어 놓은 흔적이라고는 나무 프로펠러 날개에 난 구멍 하나가 다였다. 낙하산을 어깨에 걸메고 작전실 임시 막사로 걸어갔다. 기분이 날아갈 것 같았다.

전날처럼 비행대대장과 머리에 이어폰을 쓰고 있는 무전병 병장이 있었다. 대대장이 나를 올려다보며 인상을 썼다.

"어떻게 됐나?"

"JU88 한 기를 격추시켰습니다."

난 목소리에서 뿌듯함과 만족스러움이 배어나오지 않도록 애쓰며 말했다.

"확실해? 땅에 떨어지는 걸 봤나?"

대대장이 물었다.

"아닙니다. 하지만 적군들이 뛰어내려 낙하산을 펼치는 걸 봤습니다."

"좋아. 그만하면 충분해."

"프로펠러에 총탄 구멍이 하나 생겼습니다."

내가 말했다.

"수리병에게 최선을 다해 고치라고 이야기해."

그것이 면담의 끝이었다. 난 좀 더 많은 것을 기대했다. 등을 두드려 준다든가, '아주 잘했어.'라고 말하며 웃어 준다든가 하는 것 말이다. 하지만 내가 앞에서 언급한 대로 그는 생각할 것이 많았다. 공군 소위 홀먼은 나보다 30분 앞서 출격했다가 돌아오지 않고 있었다. 그는 돌아오지 않을 것이다.

데이비드 코크 역시 그날 아침 비행을 했다. 난 아무것도 하지 않고 간이침대에 앉아 있는 데이비드에게 비행에서 있었던 일을 이야기해 주었다. 데이비드가 말했다.

"다시는 그러지 마. JU88 여섯 대 꽁무니를 쫓아다니고도 아무 일 없을 거라 기대하지 말라고. 다음번엔 절대 그런 일이 일어나지 않을 거니까."

"당신은 어땠는데?"

내가 물었다.

"원오나인 한 대를 격추시켰어."

그는 마치 길을 건너다 강에서 물고기 한 마리 잡은 이야기를 하듯 담담하게 말했다.

"이제부터는 상황이 아주 위험해질 거야. 원오나인이랑 원원오(*독일 전투기 '메서슈미트 Bf 110'을 이르는 말)가 벌 떼처럼 몰려다니고 있어. 다음번엔 아주 조심해야 한다고."

"그럴게. 최선을 다해 볼게."

탄약 수송함

다음 날 아침, 나는 6시에 순찰에 나서라는 명령을 받았다. 나는 정시에 이륙해 급선회를 해서 착륙장 상공 5,000피트(*약 1,500미터)까지 고도를 높였다. 수평선 위로 막 해가 떠오르면서 아테네의 유명한 언덕에 웅장하게 선 파르테논 신전이 하얗게 반짝이는 게 보였다. 갑자기 무선 전신이 지지직거리더니 작전실에서 목소리가 들렸다. 전날 내려진 것과 정확하게 똑같은 지시가 떨어졌다. 나는 적이 선박에 다시 폭격을 하고 있는 칼키스를 향해 가야 했다. 그날 아침 다섯 대의 허리케인이 나보다 앞서 이륙했고, 나는 그들이 모두 다른 방향으로 한 대씩 날아가는 모습을 지켜보았다. 사방에 깔린 적들 때문에 우리는 해야 할 것이 너무 많았다. 그리고 칼키스는 마치 내게 남겨진 몫 같았다.

전날 밤 작전실 누군가에게서 칼키스에 정박하고 있는 커다란 화물선은 탄약 수송함이라는 이야기를 들었다. 배에는 고성능 폭발물이 잔뜩 실렸는데 독일군이 그 사실을 알아냈다는 것이다. 배에 실린 탄알과 폭탄뿐 아니라 온갖 화약들을 배에서 내리기 위해 최선을 다하는 용감한 그리스 인들은, 폭탄 한 방이면 칼키스 마을과 그곳에 사는 사람과 그 외 모든 것이 산산조각 나 버릴 것을 잘 알았다.

나는 오전 6시 15분에 칼키스 상공에 도착했다. 커다란 화물선은 아직 그곳에 있었고 그 옆에는 거룻배 한 척이 있었다. 기중기 한 대가 배의 앞쪽 화물창에서 커다란 나무 상자 하나를 들어 올려 거룻배에 내려놓았다. 나는 적기를 찾아 상공을 훑어보았지만 한 대도 보이지 않았다. 갑판에 있던 남자 한 사람이 위를 올려다보고는 나를 향해 모자를 흔들었다. 난 조종실 지붕을 뒤로 열어젖히고 그에게 손을 흔들었다.

그때의 일을 45년이 지나서야 쓰고 있지만 청명하고 푸른 4월의 이른 아침, 몇 천 피트 고도에서 본 칼키스의 모습이 어땠는지 아직도 선명하게 기억한다. 수로 가의 마을에는 빨간 지붕이 반짝이는 하얀 집들이 늘어서 있었다. 마을 뒤로는 잿빛이 도는 어두운 산이 뾰족뾰족 솟은 것이 보였다. 전날 JU88들을 추격했던 산이다. 내륙으로는 넓은 계곡이 보였고 계곡에는 초록색 들판이 펼쳐졌다. 들판에는 노란색들이 점점이 흩어져 있었는데 내가 그때까지 본 것 중 가장 눈부신 노란색이었다. 마치 빈센트 반 고흐가 지구 표면에 그려 놓은 그림 같은 풍경이었다.

눈부시도록 아름다운 풍경이 사방에 펼쳐져 있었다. 그 모습에 넋을 놓는 바람에 저 아래에서 JU88이 굉음을 내며 다가와 내 전투기의 아랫부분을 칠 뻔한 것도 몰랐다. JU88은 방풍 유리로 된 뭉툭한 기수에서 노란 불처럼 예광탄을 쏟아 내며 내 전투기를 향해 곧장 고도를 올렸다. 그런데 짧은 찰나의 순간에 난 독일인 전방 기관총 사수가 웅크린 채 두 손으로 총을 꼭 붙들고 방아쇠를 잡아당기는 것을 보았다. 그의 갈색 헬멧과 고글도 쓰지 않은 파리한 얼굴이 보였다. 그는 검정색으로 된 일종의 비행복을 입고 있었다.

난 조종간을 홱 잡아당겼고 그 순간 허리케인은 로켓처럼 수직으로 치솟아 올랐다. 비행 방향이 거칠게 바뀌는 바람에 나는 완전히 정신을 잃었다. 정신을 차리고 보니 허리케인은 수직으로 상승하여 끝까지 올라와 있었는데 꼬리를 아래로 한 채 서서는 더 이상 앞으로 나가지 못했다. 엔진은 탁탁 소리를 내며 진동하기 시작했다. 격추당한 거야, 엔진에 총을 맞은 거라고. 난 조종간을 앞으로 세게 밀고는 제발 허리케인이 반응해 주기를 기도했다. 기적적으로 허리케인은 기수를 아래로 떨어뜨렸고 엔진이 작동하기 시작했다. 몇 초 안에 그 놀라운 전투기는 다시 수평 직진 비행을 했다.

그런데 독일군은 어디 있을까?

아래를 내려다보니 나보다 1,000피트(*300미터) 아래에 독일군이 있었다. 만의 푸른 수면에 폭격기 날개의 그림자가 어른거렸다. 그런데 놈은 나를 완전히 무시하고 탄약 수송함을 폭격하려고 했다. 도무지 믿을 수 없는 상황이었다. 나는 스로틀을 열고 급강하하여 놈을 쫓았다. 8초 후 난 놈을 따라잡았다. 그런데 너무 가파르게 그리고 너무 빠르게 급강하하다 보니 회색과 초록색의 그 거대한 폭격기가 시야에 들어왔을 때는 제어 불능 상태가 되어 버렸다. 난 놈을 지나쳐 버렸고 내가 탄 비행기가 물속으로 빠지지 않도록 조종간을 세게 잡아당겨야 했다.

실패였다. 하지만 이대로 물러설 수 없었다. 단 0.1초도 쉬지 않고 허둥지둥 공격에 돌입했다. 다시 위로 상승한 후 큰 각도로 기울인 상태로 비행하여 놈에게 다가갔다. 놈은 여전히 탄약 수송함을 향해 다가가고 있었다. 그때 놀라운 일이 일어났다. 놈이 기수를 갑자기 아래로 내리더니 칼키스 만의 푸른 물을 향해 수직을 그리며 곧장 내려가는 것이었다. 그러고는 탄약 수송함에서 멀지 않은 바닷속으로 뛰어들었다. 어마어마한 물이 튀어 올랐고 파도가 놈을 덮어 버렸다. 그리고 놈은 사라졌다.

도대체 내가 어떻게 한 거지? 의아했다. 내가 떠올릴 수 있는 딱한 가지 이유는 총탄 하나가 운 좋게 조종사를 맞혔고, 총에 맞은 조종사가 쓰러지면서 조종간을 앞으로 밀어 폭격기가 아래로 내려갔을 거라는 정도였다. 탄약 수송함 갑판에서 그리스 인 선원들이 나에게 모자를 흔드는 게 보였다. 나도 그들에게 손을 흔들어 주었다. 정말 멍청한 짓이었다. 난 독일 전투기가 득시글거릴지도 모르는 적진의 하늘에 있다는 사실을 까맣게 잊은 채 조종석에 앉아서 저 아래 그리스 인 선원들에게 손을 흔들었던 거다. 손 흔들던 걸 멈추고 주위를 둘러보던 나는 깜짝 놀라고 말았다. 사방에 전투기가 깔려 있었다. 사방에서 전투기들이 급상승하고, 급강하하고, 돌고, 기웃하게 비행하고 있었다. 모두 기체에 검은색과 하얀색 십자가가 그려져 있었고 꼬리에는 독일 나치스의 검은 표장이 있었다. 그들은 바로 그 무시무시한 독일의 메서슈미트 109(*원오나인) 전투기들이었다. 난 한 번도 그 전투기를 본 적이 없었지만 어떻게 생겼는지는 확실히 알고 있었다. 사방 몇 백 야드 내에 30~40대는 족히 될 듯했다. 머리에 벌 떼가 몰려든 상황 같아서 솔직히 어떻게 해야 할지 알 수가 없었다. 그대로 있거나 맞서 싸우는 건 자살 행위였다. 어쨌거나 무슨 수를 써서라도 내 전투기를 지키는 것이 내 임무였다. 독일군에게는 전투기가 수백 대 있지만 우리에게는 겨우 몇 대 남아 있으니까.

조종간을 앞으로 밀고 스로틀을 열어 땅을 향해 전속력으로 급강하했다. 나는 고도를 아주 낮추어 나무 꼭대기 위나 산울타리 위로 아슬아슬하게 날 수 있을 것 같았다. 독일 전투기 조종사들은 그런 위험을 감수할 준비가 안 되어 있을 것이라 여겼다.

급강하를 멈추고 수평을 유지한 후 지상 약 20피트(*약 6미터) 위에서 시속 300마일(*약 482킬로미터) 속도로 비행했다. 그것은 지붕 꼭대기보다 낮은 비행이었고 그런 속도는 아주 위험한 일이었다. 하지만 난 이미 아주 위험한 상황에 처해 있었다. 노란색 반 고흐 계곡 위를 비행하면서 슬쩍 백미러를 보니 바로 뒤에 원오나인들이 벌 떼처럼 무리 지어 따라왔다. 난 고도를 더 낮추었다. 고도가 너무 낮아서 여기저기 키 작은 올리브나무가 나타날 때마다 뛰어 넘어가야 했다. 어마어마하게 위험하면서도 철저하게 계산된 행위였다. 더욱 고도를 낮추어 들판의 풀을 스칠 정도로 날았다. 독일 전투기가 나만큼 고도를 낮추지 않으면 나를 쏘지 못하리라는 것을 알았다. 낮출 수 있다 하더라도 거의 지상이나 다름없는 높이에서 그토록 빨리 비행하는 데는 고도의 집중력이 요구되기 때문에 비행과 동시에 총격을 할 수 없을 것이다. 아무도 믿지 못하겠지만 돌담을 피하기 위해 간발의 차로 기수를 들어야 했던 적도 있었다. 한 번은 전방에 갈색의 소 떼가 나타났는데 소 떼 위를 스치듯 날면서 프로펠러로 녀석들의 뿔이라도 하나 부러뜨렸던 건 아닌지 모르겠다.

갑자기 메서슈미트들이 기수를 돌리기 시작했다. 백미러로 보니 메서슈미트들이 한 대씩 떠나고 있었다. 나는 보다 안전한 고도로 상승할 수 있게 된 것에 안도하며 산을 넘어 엘레우시스로 돌아갔다.

그날 나는 독일 전투기들이 우리 구역 안에 들어와 있다는 나쁜 소식을 비행대대에 전달해야 했다. 그들이 원하면 언제든 수백 대가 무리 지어 우리 착륙장을 공격할 수 있는 것이다.

4월 20일, 아테네 전투

이후의 사흘 동안인 1941년 4월 17~19일은 내 기억에서 다소 흐릿하다. 하지만 나흘째인 20일은 기억이 또렷하다. 항공일지는 엘레우시스 착륙장에서의 출격을 다음과 같이 기록하고 있다.

> 4월 17일, 세 번 비행
> 4월 18일, 두 번 비행
> 4월 19일, 세 번 비행
> 4월 20일, 네 번 비행

그 출격이라 함은 모두 허리케인이 서 있는 곳이라면 어디든(종종 그곳은 200야드 밖일 때도 있었다.) 달려가 조종석 안전띠를 매고, 출발시키고, 이륙하고, 특정 지역을 향해 비행하고, 적과 교전하고,

다시 돌아오고, 착륙하고, 작전실에 보고하고, 다음 이륙을 위해 전투기에 연료를 채우고 재무장하는 일을 의미했다.

나흘 동안 적을 향해 열두 번 출격했다는 건 어느 모로 보나 꽤 숨 가쁜 일정이었다. 그리고 출격할 때마다 독일군이든 허리케인에 탄 아군이든 누군가는 죽게 될 거라는 사실을 모두 알고 있었다. 나는 비행을 나가 돌아오는 것이 반반의 확률이라 생각했지만 사실은 전혀 반반의 확률이 아니었다. 거의 모든 비행이 최소한 10대 1 정도 수적으로 불리했기 때문에, 만약 그곳에 도박꾼이 있었다면 무사히 귀환하는 것에 대해 5대 1 정도로 내기를 걸었을 것이다.

다른 조종사들처럼 나는 항상 혼자 비행했다. 가끔 옆에서 다른 비행기의 날개 끝이라도 볼 수 있으면 얼마나 좋을까 생각했다. 좀 더 바란다면 누군가의 눈 한 쌍이 내 뒤와 머리 위의 하늘을 살펴 주었으면 했다. 하지만 그런 호사를 누리기에는 우리에게 조종사가 충분하지 않았다.

가끔 난 선박을 폭격하는 JU88들을 쫓아내려고 피레우스 항구 상공을 비행했다. 또 퇴각하는 우리 군에게 총을 쏘아 대지 못하도록 독일 공군을 막기 위해 라미아 지역을 비행할 때도 있었다. 어떻게 고작 허리케인 한 대가 막강한 독일 공군에 영향을 줄 수 있을 거라고 생각한 건지 나로서는 알 수 없는 일이지만 말이다. 한 번인가, 두 번인가 아테네에서 폭격기를 만났다. 그들은 보통 한 번에 열두 대씩 무리 지어 왔다. 내가 탄 허리케인은 세 번 정도 심각한 총격을 당했지만 80비행대대의 수리병은 마법사처럼 기체의 구멍을 메우고 부러진 날개 뼈대를 고쳤다. 그 나흘 동안 우리는 정말 정신없이 바빠서 각자가 거둔 승리를 누가 알아주는 사람도, 챙겨 주는 사람도 없었다. 영국에 있는 전투기들과 달리 우리는 카메라가 달린 총이 없어서 우리가 뭘 맞혔는지 알 도리가 없었다. 우리는 온종일 전투기를 향해 달려가고, 전투기 위로 기어 올라가고, 어딘가를 향해 돌진하고, 독일군을 추격하고, 발사 버튼을 누르고, 엘레우시스에 돌아왔다가 다시 출격하는 일을 반복했다.

내 항공일지에는 4월 17일에 코팅엄 공군 상사와 리블론 공군 상사 그리고 그들의 전투기를 잃었다고 기록되어 있다. 4월 18일에는 우피 스틸 공군 소위가 출격했다가 돌아오지 않았다. 우피 스틸은 주근깨의 빨간 머리 젊은이고 늘 웃는 얼굴이었다고 난 기억한다.

그렇게 해서 우리에게는 허리케인 열두 대와 조종사 열두 명이 남았고 4월 19일부터는 그들이 그리스 전체를 지켜야 했다.

앞서 말한 대로 4월 17~19일은 내 기억 속에서 통째로 날아가 버린 것 같고, 생생하게 기억에 남은 일은 단 한 가지도 없다. 하지만 4월 20일은 전혀 달랐다. 나는 4월 20일에 네 번 출격했는데 그중 첫 번째 출격을 결코 잊지 못할 것이다. 그 일은 내 기억 속에서 불바다처럼 활활 타오르고 있다.

그날, 아테네나 카이로의 책상에 앉아 있던 누군가가 이번에는 우리 전체가, 그러니까 허리케인 열두 대가 함께 출격해야 한다고 결정했다. 아테네 거주자들이 가슴 졸이고 있는 것 같으니 우리가 다 함께 비행하는 모습을 보면 그들의 사기가 진작될 것이라고 여겼다. 만약 내가 그 당시 아테네에 살던 사람이었다면 포격 거리 안에 1,000여 대의 전투기를 보유한 독일 공군이 있을 뿐 아니라, 10만 명이 넘는 독일 육군이 도시를 진격해 지나가는 상황에 정말 가슴을 졸이며 살았을 것 같다. 그러니 달랑 열두 대의 허리케인이 머리 위로 날아가는 걸 본다고 해서 사기가 진작되거나 하지는 않았지 싶다.

하지만 4월 20일, 따뜻한 봄날 아침 10시, 그 황금 같은 시간에 우리 전투기 열두 대는 차례차례 이륙해서 엘레우시스 공항 상공에 조밀하게 대형을 이루었다. 그리고 아테네로 날아갔다. 비행시간은 4분에 지나지 않았다.

난 허리케인을 타고 편대 비행을 해 본 적이 없었다. 훈련을 받을 때조차 작은 타이거모스를 타고 딱 한 번 편대 비행을 해 봤을 뿐이다. 연습을 많이 해 봤다면 특별히 까다로운 일은 아니겠지만 초보자에게는 옆 비행기의 날개 끝과 불과 몇 미터 간격을 두고 비행하는 건 아주 위험한 일이다. 비행하는 내내 스로틀을 앞뒤로 가볍게 흔들거나 방향타와 조종간에 세심하게 주의를 기울이며 위치를 지켜야 한다. 다들 수평직진비행을 할 때는 나쁘지 않다. 그런데 전체 대형이 계속해서 급선회를 할 때는 나처럼 경험이 없는 사람에게는 아주 어려운 일이 되어 버린다.

우리는 아테네 상공을 계속해서 비행했다. 내 오른쪽 날개 끝이 옆 비행기와 부딪히지 않도록 하는 일에 너무 집중하느라 이번에는 발밑에 있는 파르테논 신전이나 그 밖의 유명한 유적을 감상할 수 없었다. 우리 편대는 팻 패틀 공군 대위가 이끌었다. 팻 패틀 대위는 영국 공군의 전설이었다. 적어도 이집트와 서부 사막과 그리스의 산악 지역에서는 전설적인 존재였다.

천문학적인 승전 횟수를 감안한다면 그는 중동에서 최고의 전투기 격추 왕이었다. 브리튼 전투에서 유명해지고 미화되기까지 한 어느 격추 왕보다 더 많은 적기를 격추했다는 말도 들렸는데 그 말은 아마 사실일 것이다. 나는 그와 이야기해 본 적도 없고, 그 역시 나에 대해서는 조금도 아는 바가 없었다. 난 아무것도 아니었으니까. 난 한 비행대대의 신참일 뿐인 데다가 그 대대의 조종사들은 서로에 대해 아는 것이라고는 거의 없었다. 하지만 나는 그 유명한 패틀 대위를 식당 막사에서 몇 번 지켜본 적이 있었다. 그는 키가 작고 말씨가 아주 상냥한 사람이었는데 깊게 주름 팬 얼굴은 몹시 슬퍼 보였다. 마치 목숨 아홉 개를 다 써 버렸다는 걸 알게 된 고양이 같은 얼굴이라고나 할까?

4월 20일 그날 아침, 열두 대의 허리케인 편대를 이끌고 아테네 하늘을 날던 격추 왕 중의 왕 패틀 공군 대위는 우리가 자기만큼 멋지게 날 수 있을 거라고 착각했던 게 분명하다. 그는 우리를 이끌고 아테네의 하늘 위에서 지옥으로 가는 춤을 추기 시작한 것이다. 9,000피트(*2,700미터) 상공을 날던 우리는 아테네 시민들에게 우리가 얼마나 강력하고 떠들썩하고 용감한지 최선을 다해 보여 주었다. 그때 갑자기 우리가 날던 하늘에 독일 전투기들이 모여들기 시작했다. 그들은 높은 곳에서 우리를 향해 내려왔는데 메서슈미트 원오나인뿐 아니라 쌍발의 원원오도 있었다. 땅 위의 목격자들은 그날 우리를 둘러싼 전투기들이 200대 이상은 되었을 거라고 말한다. 우리는 편대를 해체했다. 이제 모두 혼자인 것이다. 아테네 전투로 알려진 전투가 시작되는 순간이었다.

그 이후 30분 동안 무슨 일이 있었는지 생생하게 그려 내기는 거의 불가능하다는 것을 안다. 그 어떤 전투기 조종사도 하늘 위에서 오랜 시간 치열하게 진행된 전투의 양상을 제대로 전달한 적은 없을 것이다. 조종사는 모든 것이 리벳(*머리가 둥글고 두툼한 버섯 모양의 굵은 못)으로 이루어진 알루미늄 조종석에 앉아 있다. 머리 위로는 플랙시글라스(*아크릴의 한 종류) 덮개가, 전면에는 비스듬한 방탄유리가 있다. 오른손으로 조종간을 잡고, 오른 엄지는 조종간의 놋쇠 발사 버튼 위에 올려놓는다. 왼손은 스로틀에, 두 발은 방향타 위에 둔다. 몸은 깔고 앉은 낙하산과 조종석에 어깨끈과 벨트로 단단히 고정시킨다. 고개를 돌릴 수도 있고 팔과 다리도 움직일 수 있지만 몸의 다른 부분은 좁은 조종석에 단단하게 묶여서 움직일 수 없다. 얼굴과 방탄유리 사이에서 붉은 빛깔의 동그란 반사조준경이 밝게 빛났다.

허리케인은 날개에 기관총이 달려 있다. 하지만 그 기관총이 모두 고정되어 있다는 사실을 잘 모르는 사람들이 있다. 기관총이 고정되어 있다는 것은 총을 조준하는 게 아니라 전투기 자체를 움직여 조준해야 한다는 뜻이다. 총은 사전에 지상에서 세밀한 검사와 시험을 거쳐 발사된 총탄이 전방 약 150야드(*약 137미터) 지점에 모이도록 조절된다. 그리고 반사조준경을 사용하여 전투기를 목표물에 조준하여 버튼을 누르는 것이다. 이런 방식으로 정확하게 조준하려면 비행 실력이 좋아야 한다. 특히 결정적인 순간 급선회를 하거나 아주 빠른 속도로 비행할 때는 더욱 그렇다.

그날 아침 아테네 상공에서 작지만 단단하게 뭉쳐 편대를 이루던 우리가 하나하나 떨어져 나가기 시작하더니 벌 떼처럼 모인 적의 전투기들 사이로 사라지던 모습이 기억난다. 그때부터 적기들은 사방에서 씽씽 나를 향해 끊임없이 날아들었는데 어찌나 빠른지 전투기는 흐릿하게 흔적만 보였다. 적기들은 위에서, 뒤에서 나타났고 바로 앞에서 정면 공격을 해 오기도 했다. 난 최선을 다해 허리케인의 방향을 급하게 돌렸고 독일군이 보일 때마다 버튼을 눌렀다. 정말 숨 가쁜, 어떤 면에서는 내 인생에서 가장 흥분되는 시간이었다.

나는 엔진에서 피어오르는 검은 연기로 전투기를 감지했다. 기체에서 금속 조각들이 떨어져 나가는 전투기도 보였다. 메서슈미트가 발사하는 순간 날개에서 불이 번쩍하는 것도 보았다. 한 번은 허리케인이 화염에 휩싸이자 차분하게 날개로 기어 올라가 뛰어내리는 사람도 보았다. 나는 기관총에 탄약이 하나도 남지 않을 때까지 버텼다. 수없이 발사했지만 사람을 향해 쏘았는지, 혹은 사람을 맞혔는지 모르겠다. 발사한 후 어떻게 됐는지 확인하기 위해 멈출 수가 없었기 때문이다. 하늘은 전투기로 가득했고 그들과 충돌하지 않도록 피하는 데 전투 시간의 절반을 써야 했다. 독일 전투기들은 그 수가 너무 많아 종종 서로에게 방해가 되는 게 분명했다. 반면 우리는 수가 적어서 오히려 많이 살아남을 수 있었던 것인지도 모르겠다.

마침내 적에게서 도망쳐 본부로 돌아가면서 내가 탄 허리케인이 총탄에 맞았다는 사실을 알았다. 조종 장치가 말을 듣지 않았고 방향타는 전혀 반응이 없었다. 하지만 보조 날개만으로 어느 정도는 전투기를 돌릴 수 있어서 간신히 전투기를 몰고 돌아왔다. 하늘이 도왔는지 레버를 작동시키자 착륙장치가 내려와 주었고, 그렇게 해서 나는 그럭저럭 안전하게 엘레우시스에 착륙했다. 엔진을 끄고 조종실 덮개를 연 채 대기 장소로 비행기를 이동시켰다. 나는 숨을 헐떡거리며 그곳에 최소한 1분 정도 앉아 있었다. 말 그대로 불타는 용광로에 있다가 간신히 기어 나온 것 같은 기분에 압도되었다. 주위에는 햇살이 반짝이고 비행장 풀밭에는 야생화가 활짝 피어 있었다. 이 아름다운 땅을 다시 볼 수 있다니 얼마나 운이 좋은가, 난 생각했다. 항공병 두 명, 정비병 한 명, 수리병 한 명이 천천히 걸어왔다. 머리가 벗겨진 중년의 수리병이 나를 올려다보며 말했다.

"이런, 구멍이 너무 많이 났는데요. 철조망이 다 됐네요!"

난 안전띠를 풀고 조종석에서 몸을 일으켜 세웠다.

"최선을 다해서 고쳐 주십시오. 곧 다시 타고 나가야 할 테니까요."

귀환을 보고하기 위해 착륙장 풀밭을 가로질러 천천히 작전실로 향하는 동안 온몸과 옷에서 땀이 뚝뚝 떨어지는 것을 깨달았다. 당시 그리스의 날씨는 따뜻했고 우리는 비행 중에 황갈색 반바지와 황갈색 셔츠에 스타킹을 신었는데 이제 그 반바지와 셔츠와 스타킹은 땀으로 젖어 거의 검은색으로 보였다. 헬멧을 벗으니 머리도 마찬가지였다. 그때까지 살면서 그렇게 땀을 흘렸던 적도 없었다. 스쿼시나 럭비를 하고 나서도 그렇지는 않았다. 온몸에서 땀이 흘러 땅으로 뚝뚝 떨어졌다. 작전실 문에 서너 명의 다른 조종사가 서 있었는데 그들도 하나같이 나만큼 젖어 있었다. 난 입술 사이에 담배를 물고 성냥을 댕겼다. 그런데 손이 너무 심하게 떨려서 담배에 불을 붙일 수가 없었다. 옆에 서 있던 의사가 다가와서는 담배에 불을 붙여 주었다. 난 내 두 손을 다시 보았다. 덜덜 떨리는 손이 웃겼다. 당혹스러웠다. 다른 조종사들을 보았다. 그들 모두 담배를 들고 서 있었는데 그들의 손도 내 손만큼 떨리고 있었다. 그런데 기분이 좋았다. 난 30분 동안 그곳에 있었다. 놈들이 나를 잡아가지 못했으니까.

놈들은 그 전투에서 우리 허리케인 열두 대 중에서 다섯 대를 잡았다. 그중 조종사 한 사람은 구해 냈고 네 사람은 죽었다. 죽은 조종사 중에는 위대한 팻 패틀도 있었다. 운 좋은 그의 삶도 결국에 끝이 난 것이다. 비행대대에서 두 번째로 경험이 많은 조종사 팀버

엘레우시스.

우즈 대위 역시 사망자 명단에 있었다. 지상의 그리스 인들과 활주로에 있던 영국인들은 허리케인 다섯 대가 연기 속에서 추락하는 것을 보았을 뿐 아니라 다른 것도 목격했다. 메서슈미트 스물두 대가 추락하는 것을 본 것이다. 하지만 우리 중 누가 무엇을 쏘았는지는 아무도 알 수 없었다.

이제 우리에게는 전력의 절반 정도인 멀쩡한 허리케인 일곱 대만 남았다. 그리고 이 일곱 대로 해안을 따라 철수할 영국 해외 파견군 전체를 공중 엄호하기로 되었다. 정말 모든 것이 코미디였다.

난 내 막사 쪽으로 어슬렁어슬렁 걸어갔다. 막사 밖에는 범포로 만든 세숫대야가 있었다. 천을 접어서 만든 세숫대야는 세 개의 나무다리 위에 세워져 있었는데 데이비드 코크가 세숫대야에 몸을 숙이고 얼굴에 물을 끼얹으며 씻고 있었다. 그는 작은 수건 하나를 허리에 두른 것 말고는 아무것도 걸치지 않았다. 그의 피부는 아주 하얬다.

"살아 돌아왔군."

그는 올려다보지도 않고 말했다.

"당신도."

내가 말했다.

"피비린내 나는 기적이었어. 온몸이 떨려. 다음에는 뭐지?"

그가 물었다.

"아마 다음은 우리가 죽겠지."

내가 말했다.

"내 생각도 그래. 좀만 기다려. 세숫대야 줄게. 혹시 당신이 돌아올까 해서 물을 좀 남겨 뒀지."

아직 끝나지 않은 날

4월 20일은, 그러나 아직 끝난 게 아니었다.

데이비드는 막사 밖에 놓인 다리 세 개짜리 세숫대야에서 전투
동안 흘린 땀을 씻어 냈고 난 그 옆에서 거의 알몸인 채 서 있었다.

그때 우리 머리 위에서 쿵, 탕, 쾅, 타타타타, 하는 기관총 소리,
엔진 소리와 함께 엄청난 폭발음이 빗발쳤다. 난 놀라 움찔했고 데
이비드도 벌떡 일어났다. 하늘을 올려다보니 메서슈미트 원오나인
들이 길게 줄을 지어 우리를 향해 아주 낮고 빠르게 총을 쏘며 날
아왔다. 우리는 풀밭에 몸을 던지고 최악의 상황을 기다렸다.

난 그때까지 한 번도 전투기 지상 소사를 당해 본 적이 없었다.
그리고 맹세컨대 그건 좋은 경험이 아니다. 특히 야외에서 바지를
벗고 있을 때는 더욱 그렇다. 누워서 총탄들이 풀밭을 달려오는 것
과 주변에서 잔디가 마구 튀어 오르는 것이 보이는데 근처에 깊은

구덩이 하나 없다면 스스로를 보호하기 위해 할 수 있는 일은 아무것도 없다. 원오나인들은 세로로 줄을 지어서 날아와 한 대씩 차례차례 막사들 위를 스치듯 날았다. 한 대씩 위로 날아오를 때마다 아무것도 걸치지 않은 등으로 전투기 때문에 밀리는 바람이 느껴졌다. 고개를 이쪽저쪽으로 돌려 보니 독일 조종사들이 검은 헬멧과 황갈색 산소마스크를 쓴 채 조종석에 꼿꼿하게 앉아 있는 게 보였다. 한 조종사는 목에 둘러 셔츠 속으로 집어넣은 밝은 노란색 스카프를 뽐냈다. 독일군은 고글도 쓰지 않아서 나는 한두 번인가 그들과 눈이 마주쳤다. 그들은 두 눈을 반짝이며 집중한 채 곧장 전방을 주시하고 있었다.

"이제 시작이야! 놈들이 우리 전투기를 모두 부술 거라고!"

데이비드가 소리쳤다.

"결국 전투기와 함께 지옥으로 가는군! 이제 어떡하지?"

나도 소리쳤다.

독일군들은 얼마 남지 않은 우리 전투기가 전투를 마치고 이제 막 돌아와 연료를 공급받고 있다는 사실을 알았다. 지상 소사하기에 가장 좋은 순간인 것이다. 하지만 그들이 모르는 게 있었다. 우리 착륙장 방어 시설에는 단 한 대의 보포르 고사포(*2연발 자동 고사포)만 막사 뒤 바위틈 어딘가에 숨겨져 있다는 사실이었다 당시 대부분의 최전방 전투기 착륙장은 저공 공격에 대비해 중무장하고 있었는데 이 때문에 조종사들은 지상 소사를 나가는 것을 좋아하지 않았다. 나도 나중에 지상 소사를 했지만 정말 좋지 않았다.

아주 빠르게 그리고 아주 낮게 날다가 총탄에 맞기라도 하면 목숨
을 건질 방법이 거의 없었다. 독일인들은 우리가 착륙장 전체를 보
호하는 무기로 형편없는 총을, 그것도 딱 한 대만 보유하고 있다는
사실을 알 리 없었다. 그래서 그들은 신중을 기해 공격하면서 착륙
장을 재빠르게 한 번 훑고는 사라져 버렸다.

　독일군은 도착과 동시에 갑자기 사라져 버렸다. 그들이 사라지
자 우리 착륙장에는 적막이 내려앉았다. 데이비드와 나 빼고 다들
죽은 것은 아닐까, 하는 생각이 들었다. 우리는 일어서서 주위를
살폈다. 그때 누군가 들것을 갖고 오라고 소리치는 게 들렸다. 그

메서슈미트 원오나인.

리고 작전실 쪽에서 피를 흘리는 누군가가 부축을 받으며 나와 의무병 막사로 향하는 게 보였다. 하지만 가장 놀라운 것은 한 대뿐인 우리의 보포르 고사포가 메서슈미트 한 대를 어찌어찌 명중시켰다는 사실이었다. 엔진에서 검은 연기와 불꽃을 내뿜으며 대략 40피트(*약 12미터) 상공을 가로지르는 메서슈미트가 보였다. 메서슈미트는 착륙을 시도하려고 조용히 활공했다. 데이비드와 나는 메서슈미트가 풀밭을 향해 급선회하는 것을 보았다.

"저놈, 서두르지 않으면 산 채로 통닭구이가 되겠는데?"

데이비드가 말했다. 전투기는 쇠가 찢어져 나가는 무시무시한 소리와 함께 아랫부분이 땅에 부딪치고는 30야드(*약 27미터) 정도 미끄러지다가 멈췄다. 아군 몇 명이 적군 조종사를 도와주러 달려 나가는 게 보였다. 누군가는 손에 빨간 소화전을 들고 있었다. 곧 아군들이 전투기에서 독일군을 꺼내기 위해 검은 연기 속으로 사라졌다. 그들이 다시 나타났을 때는 힘겹게 독일군의 팔을 끌고 있었다. 그들은 독일군을 불길로부터 멀리 데리고 나왔다. 곧 트럭이 나타났고 우리 군은 독일군을 트럭 뒤에 태웠다.

그런데 우리 전투기들은 어떻게 되었나? 전투기들은 집중 공격을 피해 착륙장 경계선 주변으로 흩어져 있는 것이 보였다.

"정신없이 서두르느라 통째로 놓쳤군."

데이비드가 말했다.

"그런 것 같아."

내가 말했다. 그때 당직 장교가 막사 사이에서 달려 나오며 소리쳤다.

"모든 조종사들은 전투기로! 모든 조종사들은 당장 전투기에 올라가! 서둘러! 어서!"

그는 데이비드와 내 옆을 달려가며 소리쳤다.

"너희 둘! 옷 입어! 당장 가서 출격해!"

이것은 지상 소사 병력이 다시 밀려와 공격할 것에 대비한 일반적인 대응 절차였고 부대장은 당연히 적군이 도착하기 전에 우리 전투기가 출격하기를 원했다. 데이비드와 나는 셔츠와 반바지를 후다닥 입고 신발을 신고 허리케인이 있는 곳으로 달려갔다. 달려가는 동안 전투를 마친 지 얼마 되지 않은 내 전투기가 다시 이륙할 수 있을지 걱정이 되었다. 착륙한 지 이제 한 시간도 채 되지 않았으니 말이다. 허리케인에 이르렀을 때 세 명의 항공병이 기체에 모여 야단법석을 떨고 있었다. 그중에는 수리병 상사도 있었다.

"방향타는 고쳤습니까?"

내가 상사를 향해 소리쳤다.

"새 와이어를 삽입했습니다. 깨끗하게 통과했어요."

상사가 말했다.

"연료도 새로 공급하고 재무장도 완료했고요?"

"모두 완료했습니다."

상사가 대답했다. 나는 얼른 전투기를 훑어보았다. 짧은 시간에 한 것치고는 대단했다. 총탄 구멍은 메워졌고 찢어진 금속 부분은 평평하게 골라져 있었다. 균열도 메워졌다. 날개의 앞 가장자리에 있는 여덟 개의 총구멍에 붉은 범포 조각이 거의 없는 것으로 봐서 기관총들은 수리되고 재무장된 것 같았다. 나는 조종석에 올라탔다. 상사가 날개 쪽으로 와서 안전띠를 매는 것을 도와주었다.

"이제 정말 조심해야 합니다. 놈들이 하늘에 모기떼처럼 깔렸어요."

"상사님도 조심하세요. 다음번에 놈들이 오면 여기 아래에 있는 것보다 하늘에 있는 편이 나을지도 몰라요."

그는 내 등을 다정하게 두드려 주고는 머리 위 덮개를 밀어 닫았다.

독일의 지상 소사 군이 우리 허리케인을 단 한 대도 총격하지 못했다는 사실이 놀라웠다. 일곱 명의 조종사들은 안전하게 하늘로 올라가 약 한 시간 동안 착륙장을 선회했다. 우리는 놈들이 다시 오기를 바랐다. 위에서 놈들을 급습한다면 모든 것이 식은 죽 먹기일 테니까. 하지만 그들은 나타나지 않았고 우리는 다시 착륙했다.

그런데 4월 20일은 아직 끝나지 않았다.

우리는 오후에 두 번 더 비행을 했고 두 번 모두 피레우스에 있는 선박에 구름처럼 모여 폭격을 가하는 JU88와 뒤엉켜 싸웠다. 그리고 저녁 무렵, 나는 피곤에 절어 녹초가 되고 말았다.

그날 밤, 우리는(우리라 함은 비행대대의 살아남은 조종사 일곱 명을 말한다.) 다음 날 아침 동이 트자마자 이륙해서 해안을 따라 30마일(*약 48킬로미터) 정도 비행하여 아주 작은 비밀 비상착륙장으로 가라는 지시를 받았다. 엘레우시스에 하루만 더 있다가는 전투기든 뭐든

싹 전멸할 것이 분명했기 때문이다. 우리는 식당 막사 안 식탁에 모여 앉았다. 누군가, 비행대대 부관이었던 것 같은데, 파라핀 램프 불빛으로 비상착륙장이 어디에 있는지 보여 주며 설명했다.

"해안가에 메가라라는 작은 마을 옆에 있다. 쉽게 찾을 수 있을 거다. 주변에서 그나마 있는 작은 평지다."

"그곳에서 작전 수행을 할 건가요?"

누군가 물었다.

"그건 아무도 모르지."

부관이 말했다.

"그러면 착륙 후에 뭘 할 건가요? 우리 말고 누가 있습니까?"

우리가 물었다.

"그냥 내일 새벽에 이 지옥을 떠나 그곳으로 가."

기분이 나빠진 남자가 말했다. 그때 누군가 말했다.

"가면 뭐 합니까? 지금 우리에겐 꽤 괜찮은 허리케인이 일곱 대 있어요. 하지만 이 정신 나간 나라에서 그 전투기를 타고 돌아다니다간 며칠 안에 지상에서 파괴되거나 공중에서 격추당할 게 분명하죠. 그러니 허리케인을 타고 내일 아침 크레타 섬으로 가서 후일을 기약하는 건 어떤가요? 한 시간 반이면 도착할 거예요. 그리고 크레타 섬에서 다시 이집트로 비행해 가는 거죠. 분명히 서부 사막에서 남은 허리케인 일곱 대를 활용할 수 있을 거예요."

그러자 부관이 말했다.

"내가 시키는 대로 해. 우리 임무는 육군이 해군의 도움을 받아 해안에서 철수할 때 육군을 공중 엄호할 수 있도록 이 허리케인 일곱 대를 잘 유지하는 거야."

"겨우 일곱 대로 말이죠! 정비병도, 수리병도 없고 급유 트럭도 없이 작은 착륙장을 이륙해 해안선을 따라 비행한다고요! 말도 안 돼요!"

한 젊은 조종사가 말했다. 부관이 젊은 조종사를 바라보더니 말했다.

"내 생각이 아니다. 난 그저 명령을 전달하고 있을 뿐이다."

"내일 새벽에 우리가 메가라에 도착하면 그곳에 누군가 나와 있습니까?"

데이비드 코크가 물었다.

"그건 아닌 것 같다."

부관이 말했다.

"그럼 우린 뭘 하죠? 그냥 풀밭에 둘러앉아 있나요?"

그러자 가엾은 부관이 말했다.

"이것 봐. 내가 알면 말해 줬겠지."

부관은 나이가 마흔 정도 됐는데 비행을 하기에는 나이가 너무 많은 지원병이었다. 전쟁 전에는 농기구 판매상이었다. 좋은 사람이었지만 우리만큼이나 아무것도 몰랐다.

"내일 놈들이 이곳에 와서 산산조각 내 버릴 거야. 지상 근무 요원들을 포함해서 우리는 모두 오늘 밤 철수한다. 내일 아침 기상 무렵에는 이곳을 완전히 비운다. 전투기를 이륙시킬 수 있을 만큼

만 밝아지면 바로 출발하도록. 꾸물거리면 안 돼."

"당신들은 어디로 갑니까? 작은 비상착륙장에서 우리와 합류하는 겁니까?"

누군가 물었다.

"아니다. 우리는 해안을 따라 더 멀리 갈 거다. 그게 어딘지는 나도 모른다."

"또 다른 비밀 착륙장입니까?"

"그런 것 같다."

부관이 말했다. 그때 다른 사람이 물었다.

"그럼 왜 우리는 바로 그곳으로 가지 않습니까? 그 메가라는 인적 없는 곳에 가 봐야 뭐 합니까?"

"나는 모른다!"

부관이 화가 나서 소리쳤다.

"부대장님은 어디에 계십니까?"

누군가 물었다.

"그만! 모두 가서 취침!"

부관이 소리쳤다.

우리 중 알람시계를 갖고 있던 사람이 다음 날 아침 4시 30분에 모두를 깨웠다. 막사 밖으로 나가 보니 엘레우시스 비행장은 으스름한 새벽빛 속에 사람 하나 없이 조용했다. 조종사들이 쓰던 막사 이외의 모든 막사들은 이미 걷어치우고 없었다. 낡은 골함석 격납고, 작전실 임시 막사, 몇 개의 나무로 된 임시 막사만 남아 있었다. 우리 일곱 사람은 쌀쌀한 아침 공기 속에서 두 손을 비비며 옹기종기 모였다.

"따뜻한 마실 거라도 어디 없나?"

누군가 말했다. 하지만 아무것도 없었다.

"가는 게 좋겠군."

데이비드 코크가 말했다.

5시 무렵 우리는 아무도 없고 조용한 착륙장을 걸어 전투기로 향했다. 그 당시 우리는 아주 쓸쓸했다. 조종사는 비행기로 향할 때 항상 누군가를 대동한다. 전투기의 시동을 건 후 바퀴에서 굄목을 빼낼 정비병이나 수리병과 함께 가는 것이다. 시동이 걸리지 않거나 배터리가 충분하지 않을 경우는 누군가 집전기를 가지고 와 꽂아서 배터리를 충전시켜 주기도 했다. 그런데 그날은 아무도 없었다. 단 한 사람도. 아테네의 언덕 위로 이제 막 솟아오른 햇살이 풀밭에 맺힌 이슬에 비쳐 반짝거렸다.

나는 허리케인에 올라타 모든 띠를 묶었다. 스위치를 켜고 혼합가스를 '농후'에 맞춘 후 시동기 버튼을 눌렀다. 프로펠러가 천천히 돌기 시작하더니 커다란 멀린 엔진이 두어 번 기침 소리를 내고 시동이 걸렸다. 나머지 여섯 대를 돌아보았다. 그들 모두 시동을 걸고 이륙하기 위해 이동하고 있었다.

우리 일곱 대는 착륙장 위 1,000피트(*약 304미터) 근처에서 모두 모여 비밀 비상착륙장을 찾기 위해 해안을 따라 날아갔다. 곧 우리는 메가라라는 작은 마을 위를 선회하기 시작했다. 마을을 따라 초록 풀밭이 보였는데 그곳에 낡은 증기 롤러를 탄 남자가 풀밭을 눌러 가며 임시 착륙장 같은 것을 만들고 있었다. 그는 우리가 비행하는 것을 올려다보더니 이내 증기 롤러를 한쪽으로 몰고 갔다. 우리는 울퉁불퉁한 풀밭 위에 전투기를 착륙시킨 후 은폐하기 위해 올리브나무 사이로 이동시켰다. 은폐물이 그다지 좋지 않아 올리브나무 가지를 꺾어 제발 하늘에서 눈에 잘 띄지 않기를 바라며 비행기 날개 위에 덮었다. 그렇게 했음에도 난 독일군 전투기가 오면 우리를 금방 발견할 것이고, 그러면 모든 게 끝장이라는 생각을 하지 않을 수 없었다.

시간은 5시 15분. 풀밭에는 증기 롤러 위에 앉은 남자 말고는 아무도 없었다. 그다음에 뭘 해야 할지 우리는 생각했다. 지상 소사를 당할 경우를 대비해 전투기를 시야에서 놓치지 않는 한도에서 멀리 떨어져 있을수록 좋을 것이다. 우리가 있는 곳과 바다 사이에 약 200피트(*약 60미터) 높이의 바위투성이 등성이가 보였다. 우리는 그곳이 그 어디보다 안전하게 전투기를 지켜볼 수 있는 곳이라고 여겨 그곳으로 올라갔다. 꼭대기에 다다른 우리는 크고 평평하고 하얀 알돌 위에 앉아 담배에 불을 붙였다. 저 아래 한쪽으로 허리케인 일곱 대가 올리브 숲에 반쯤 가려져 있는 게 보였다. 하지만 나무 사이에서 꽤 눈에 띄었다. 반대쪽에는 푸른 아테네 만이 있었다. 돌을 던지면 바닷속으로 떨어질 만큼 가까운 거리였다.

해안에서 500야드(*약 457미터) 정도 떨어진 곳에 커다란 유조선 한 대가 있었다.

메가라에 착륙한 허리케인.

"난 저 유조선에는 타고 싶지 않아."

누군가 말했다. 그러자 또 다른 누군가가 말했다.

"저 멍청한 놈은 왜 저곳에서 달아나지 않지? 독일 놈들에 대해 모르는 건가?"

어떤 면에서, 그리스의 화창하고 푸른 4월의 이른 아침에 바위 꼭대기에 앉아 있는 건 아주 상쾌한 일이었다. 우리는 젊었고 무서울 것이 없었다. 아무것도 없는 벌판에 우리 일곱 사람과 허리케인 일곱 대뿐이며, 북쪽으로 50마일(*약 80킬로미터) 지점에 독일 공군 전체의 대략 절반가량 되는 병력이 우리를 잡으려 하고 있다고 생각해도 전혀 두렵지 않았다. 우리는 앉은 채로 아테네 만과 청록색의 바다 그리고 이상한 유조선이 정박해 있는 멋진 풍경을 감상했다.

아침 식사 시간이 되었지만 아침 식사는 없었다. 그때 전투기 엔진의 요란한 소리가 점점 가까이 들리더니 메서슈미트 원오나인 서른 대 정도가 무리 지어 메가라 마을 위로 아주 낮게 휙 지나가는 게 보였다. 우리가 있는 곳에서 0.5마일(*약 800미터)도 되지 않는 거리였다. 그들은 계속 날아 곧장 엘레우시스로 향했다. 새벽에 우리가 떠나왔던 그곳 말이다. 우리는 딱 맞춰서 빠져나온 것이다.

그리고 몇 분 후 슈투카 폭격기 한 무리가 바로 우리 머리 위 약 3,000피트(*약 900미터) 높이로 날아 곧장 유조선으로 향했다. 슈투카 위로는 전투기들이 메뚜기 떼처럼 무리 지어 날아갔다.

"엎드려!"

누군가 소리쳤다.

"바위 아래에 숨어서 움직이지 마! 들키면 안 돼!"

하지만 그들은 분명히 올리브 숲에 있는 우리 전투기들을 발견할 것 같았다. 전투기들을 제대로 숨겨 놓은 게 아니었으니까.

슈투카들은 종진으로 날아왔다. 맨 앞에 앞장선 슈투카가 유조선 바로 위에 위치하자 기수를 아래로 향하더니 수직으로 급강하하기 시작했다. 우리는 등성이 위 둥글납작한 바위 사이에 누워 첫 번째 슈투카를 지켜보았다. 슈투카는 점점 더 빨리 하강했다. 유조선 위에서 수직으로 내리꽂히는 동안 슈투카의 으르렁거리던 엔진

소리는 비명으로 바뀌었다. 내 눈에는 마치 조종사가 유조선 굴뚝을 겨냥하여 슈투카를 급강하시키는 것처럼 보였다. 그런데 슈투카는 추락 직전 수평 비행으로 돌아갔고 동시에 슈투카 아랫부분에서 폭탄이 나왔다. 크고 검은 금속 덩어리가 유조선의 앞쪽 갑판으로 천천히 떨어졌다. 폭탄이 터질 때 슈투카는 이미 멀찍이 날아가 바다 위를 스치며 날았다. 어마어마한 섬광이 터졌고 배가 통째로 물 위 10피트(*약 3미터) 정도까지 튀어 오르는 것처럼 보였다. 그리고 벌써 두 번째 슈투카가 굉음을 내며 급강하했고 그 뒤로 세 번째, 네 번째, 다섯 번째 슈투카가 따라왔다.

슈투카 다섯 대만 유조선 위로 급강하하고 나머지는 하늘에 그대로 머물렀다. 유조선은 이미 이쪽 끝에서 저쪽 끝까지 불길에 휩싸였기 때문이다. 우리는 그 모든 상황을 겨우 500야드(*약 450미터) 정도 떨어진 곳에서 지켜보았다. 기름 탱크가 터지자 기름이 바다 수면에 퍼지기 시작했고 이내 불바다로 변했다. 선원 여섯 명이 난간 위로 기어 올라가거나 뱃전으로 뛰어오르는 것이 보였다. 그들은 온몸이 불길에 휩싸인 채 비명을 질러 댔다.

급강하하지 않고 하늘 위에 있던 슈투카들은 기수를 돌려 본부로 향했고 호송하던 전투기들도 슈투카들을 따라갔다. 곧 그들은 저 멀리 사라졌고 폭탄을 맞은 유조선의 뱃전을 따라 타오르는 불길을 만난 바다는 쉿, 쉿 소리만 내었다.

전쟁 동안 폭탄 터지는 걸 수없이 봤지만 그렇게 사람들이 산 채로 온몸에 불이 붙어 불타는 바다로 뛰어드는 건 본 적 없었다. 정말 충격적인 모습이었다.

"다들 생각이 있긴 한 거야? 왜 그리스 사람들은 유조선 선장에게 만에서 나가라고 말하지 않은 거지?"

누군가 말했다.

"우리가 이제 뭘 해야 하는지 왜 아무도 말해 주지 않는 거야?"

또 다른 누군가가 말했다.

"그들도 모르니까."

다른 목소리였다.

"진지하게 하는 말인데, 그냥 다 같이 이륙해서 크레타 섬으로 가는 건 어때? 전투기에는 연료도 꽉 찼잖아."

내가 말했다.

"정말 좋은 생각이야. 그곳에서 다시 연료를 채워서 이집트로 가자. 사막에는 허리케인이 전혀 없어. 허리케인 일곱 대면 엄청나게 가치가 있을걸."

데이비드 코크가 말했다. 그때 다우딩이라는 이가 말했다.

"내 생각엔 말이야. 그리스에 있던 용감한 영국 공군은 마지막 한 사람의 조종사와 마지막 한 대의 전투기가 남을 때까지, 끝까지 싸웠노라고 누군가는 말할 수 있어야 하지 않을까?"

어쩌면 다우딩의 말이 옳을지도 모른다는 생각이 들었다. 그런데 우리 상관들은 너무 멍청하고 무능해서 우리처럼 뭘 해야 할지 전혀 모르는 것 같았다. 딱 일주일 전 내가 처음으로 그리스에 착륙했을 때 상병이 나에게 들려주었던 말이 계속해서 떠올랐다.

"이건 새 전투기예요. 누군가 수천 시간이 걸려 만든 거죠. 그런 데 카이로에서 책상에만 앉아 있는 어떤 멍청한 놈들이 이곳으로 보내서 이 비행기는 이제 2분도 못 버티게 되겠죠."

허리케인은 2분 이상 버텼지만 앞으로 얼마나 더 오래 버틸 수 있을지는 알 수 없었다.

우리는 깊고 푸른 바다 옆 바위 등성이에 앉아 불타는 유조선을 흘긋흘긋 보았다. 살아 나온 사람은 아무도 없었고 새까맣게 탄 시신들이 물 위에 둥둥 떠다녔다. 바닷물이 시신들을 천천히 해안으로 밀어다 주었다. 난 대략 30분 정도마다 시신들이 얼마나 가까워지나 확인하기 위해 어깨 너머로 살폈다. 시신은 모두 아홉 구였는데 11시 무렵에는 시신들이 우리 밑에 있는 바위로부터 50야드(*약 45미터) 정도밖에 안 되는 거리까지 와 있었다.

정오 무렵, 검은색의 커다란 승용차 한 대가 전투기를 착륙시켰던 곳으로 천천히 다가왔다. 우리는 바짝 경계 태세를 갖추었다. 승용차는 마치 뭔가를 찾는 듯 천천히 들판 위를 맴돌다가 방향을 바꾸어 우리 밑에 있는 올리브나무 숲으로 향했다. 우리 전투기들이 대기하고 있는 곳으로 말이다. 운전자와 뒷좌석에 앉은 사람이 보였다. 특히 뒷좌석의 사람은 어두워서 형체만 보였는데 그들이 누구인지, 어떤 옷을 입고 있는지 분간할 수 없었다.

그때 누군가 말했다.

"어쩌면 기관단총을 가진 독일군일지도 몰라."

그제야 우리가 전혀 무장하지 않았다는 사실을 깨달았다. 우리

중 그 누구도 권총 한 자루 갖고 있지 않았다.

"저 차는 어느 회사 거지?"

데이비드가 물었다. 우리 중 누구도 어느 회사 차인지 알아보지 못했다. 누군가는 메르세데스 벤츠일지 모른다고 했다. 다들 그 크고 검은 승용차를 유심히 살펴보았다.

차가 올리브나무 숲 옆에 멈췄다. 불안해진 우리는 잔뜩 경계하며 바위 등성이에 모여 앉았다. 뒷문이 열리더니 영국 공군 제복을 입은 덩치 큰 남자가 내렸다. 우리는 그를 꽤 잘 알아볼 수 있을 만큼 가까운 거리에 있었다. 그는 옅은 주황색의 콧수염이 있고 몸이 뚱뚱했다.

"세상에, 공군 준장이다!"

다우딩이 말했다. 그의 말대로였다.

아테네에 사령부를 둔 공군 준장은 그리스에 있는 영국 공군 전체를 지휘했으며 아직도 지휘하고 있었다. 몇 주 전까지만 하더라도 세 개의 전투 비행대대와 몇 개의 폭격 비행대대의 작전을 지휘했지만 이제 그에게 남은 건 우리가 다였다. 나는 우리가 있는 곳을 찾아냈다는 사실에 놀랐다.

"다들 어디 있나?"

공군 준장이 소리쳤다.

"여기 위에 있습니다."

우리는 다 같이 소리쳤다. 준장이 고개를 들어 우리를 보았다.

"당장 내려와!"

산등성이를 기어 내려간 우리는 그를 향해 앞다퉈 달려가 모였다. 준장은 승용차 옆에 서 있었는데 옅은 푸른색의 이글이글 타오르는 눈으로 우리를 천천히 훑어보았다. 그러고는 차로 가더니 하얀색 종이로 싸 붉은 봉랍으로 봉한 두꺼운 꾸러미 하나를 갖고 왔다. 꾸러미는 보통의 성경책 크기였는데 준장의 손에 들린 그것은 흐느적거리고 약간 구부러져 있었다. 준장이 말했다.

"이 꾸러미를 지금 당장 엘레우시스로 전달해야 한다. 극히 중대한 것이다. 분실되어서도 안 되고 적의 손에 들어가서도 안 된다. 이것을 가지고 당장 그곳으로 날아갈 지원자는 앞으로."

아무도 앞으로 나서지 않았다. 엘레우시스로 돌아가는 것이 두려워서 그런 건 아니었다. 우리는 아무것도 두려워하지 않았다. 우리는 이리저리 밀려다니는 게 진절머리 났던 거다.

결국 내가 말했다.

"제가 하겠습니다."

나는 지원하는 데 강박관념이 있다. 난 어떤 것이든 '네.'라고 대답할 것이다.

"좋아. 착륙하면 누군가 자넬 기다리고 있을 거다. 이름은 카터. 꾸러미를 전달하기 전에 그에게 이름을 물어. 알겠나?"

그때 누군가 말했다.

"놈들이 좀 전에 엘레우시스에 지상 소사를 실시했습니다. 놈들의 폭격기가 지나가는 것을 봤습니다. 원오나인 말입니다. 엄청나게 지나갔습니다."

준장이 참지 못하겠다는 듯 화난 목소리로 말했다.

"알고 있다. 달라질 건 없다. 자네."

옅은 푸른색의 눈을 이글거리며 내게 말했다.

"지금 바로 이 꾸러미를 카터에게 전달한다. 꼭 성공하도록."

"네, 알겠습니다."

내가 대답했다.

"그곳에는 카터 혼자 있을 거다. 독일군이 그곳을 아직 접수하지 않았을 경우 그렇다는 거다. 착륙장에 독일군 전투기가 보이면 절대 착륙해서는 안 된다. 당장 달아나."

"네, 알겠습니다. 그리고 어디로 갑니까?"

"이곳으로 돌아오도록. 이곳으로 곧장 비행해. 자네 이름은?"

"달 공군 소위입니다."

내가 중요한 사람이 된 것 같은 느낌이었다.

"계속 저공비행으로 가도록. 그래야 적에게 발견되지 않을 거다. 재빨리 착륙해서 카터를 찾아 이걸 주고 얼른 나와야 한다."

준장이 나에게 꾸러미를 건넸다. 그 안에 뭐가 들었는지 몹시 알고 싶었지만 감히 물어볼 수가 없었다. 준장이 말했다.

"만약 적에게 격추당하면 이건 반드시 태우도록. 성냥은 갖고 있겠지?"

난 그를 가만히 바라보았다. 이 정도의 머리로 지금까지 우리의 작전을 지휘해 온 거라면 우리가 곤경에 빠지는 건 당연한 일이다.

"완전히 태워 버리겠습니다."

내가 말했다. 그때 다정한 친구 데이비드 코크가 말했다.

"이 친구가 격추당하면 그건 이 친구랑 함께 타 버릴 겁니다."

준장이 말했다.

"그렇지. 자, 그리고 다시 이곳으로 돌아오면 착륙하지 말고 공중에서 선회하고 있어."

그리고 준장은 나머지 조종사들에게 말했다.

"나머지는 조종석에서 대기하다가 이 친구가 오는 게 보이면 각자 전투기를 이동시켜 이륙하도록. 자네."

준장은 나를 가리켰다.

"이 친구들과 합류한 후 다 함께 아르고스로 간다."

"그게 어디입니까?"

"해안을 따라 50마일(*약 80킬로미터) 더 가면 나오는 곳이다. 지도에서 찾을 수 있다."

"아르고스에는 왜 가는 겁니까?"

"아르고스에는 자네들을 맞이하기 위해 모든 것이 적절하게 체계화되어 있다. 지상 근무 요원들도 이미 그곳에 가 있어. 비행대대장도 물론 가 있다."

"아르고스에는 착륙장이 있습니까?"

누군가 물었다.

"가설 활주로가 있지. 해안에서 1마일(*약 1.6킬로미터) 거리에 있고 우리 해군이 연안에서 출발하기 위해 대기 중이다. 자네들의 임무는 해군을 공중 엄호하는 거야."

"겨우 일곱 대로 말입니까?"

누군가 말했다.

"자네들은 극히 중대한 임무를 수행 중이네."

준장이 공식적인 발표처럼 말했다. 그의 콧수염이 바짝 서는 것 같았다.

"자네들은 지중해 함대의 절반을 보호할 책임이 있어."

신이여, 이들을 도와주소서. 난 생각했다. 준장은 손가락으로 나를 가리키며 말했다.

"자네, 어서 서둘러! 그 꾸러미를 전달하고 가능한 빨리 복귀하도록!"

"네, 알겠습니다."

나는 내 허리케인으로 가서 올라탄 후 조종석 안전띠를 맸다. 그 수수께끼 같은 꾸러미는 내 무릎에 올려 두었다. 다리 아래 조종석 바닥에는 항공일지를 포함한 소지품을 담은 종이 가방을 두었다. 그리고 똑똑히 기억하는데 목에는 카메라를 걸고 있었다.

전투기를 이동시켜 이륙했다. 그리고 아주 낮고 빠르게 비행했다. 8분 후 난 엘레우시스 착륙장에 도착했다. 독일인, 혹은 그들의 전투기가 있는지 살피며 비행장을 한 번 선회했다. 아무도 없는 것 같았다. 풍향계를 흘끗 본 후 곧장 땅을 향해 전투기를 기울여 내려갔다.

착륙 활주가 거의 끝나갈 즈음 저 멀리 어디에선가 공습경보 사이렌 소리가 들렸다. 난 그 귀한 꾸러미를 갖고 전투기에서 뛰어내려 들판을 에워싼 도랑으로 뛰어 들어갔다. 슈투카 폭격기가 엄청나게 무리를 지어 날아왔고 그 위로는 호위 전투기들이 함께 오고 있었다. 난 그들이 피레우스 항구로 날아가는 모습을 지켜보았다. 그들은 피레우스에서 선박들을 향해 급강하 폭격을 시작했다.

나는 허리케인에 올라타 작전실 임시 막사로 몰고 갔다. 작은 건물들에는 총탄 자국이 흩어져 있었고 창문 유리는 산산조각 났다. 몇몇 임시 막사는 검게 그을려 있었다.

나는 전투기에서 내려 임시 막사 잔해로 걸어갔다. 아무도 보이지 않았다. 착륙장 전체가 텅 비었다. 저 멀리서는 슈투카들이 피레우스 항구에 있는 선박들에 급강하 폭격을 하는 소리와 폭탄 터지는 소리가 들렸다.

"아무도 없습니까?"

내가 외쳤다. 아주 외로운 기분이 들었다. 달에 혼자 남겨진 사람 같았다. 나는 작전실 임시 막사와 나무로 된 작은 임시 막사 사이에 섰다. 작은 임시 막사의 깨진 유리에서 회청색 연기가 피어올랐다. 오른손에 쥔 꾸러미를 꼭 잡고 다시 외쳤다.

"계십니까? 아무도 없어요?"

여전히 조용했다. 그때 한 임시 막사 옆에서 어른거리는 형체 하나가 눈에 들어왔다. 키가 작은 중년의 남자였는데 옅은 회색 정장을 입고 머리에는 중절모를 쓰고 있었다. 온통 폐허가 된 곳에서 그렇게 말끔하게 차려입은 모습이 어쩐지 우스꽝스러웠다.

"나에게 줄 꾸러미가 있는 것으로 알고 있는데?"

남자가 말했다.

"성함이 어떻게 됩니까?"

내가 물었다.

"카터."

"받으십시오."

내가 말했다.

"그런데 그 안에 든 게 뭡니까?"

"와 줘서 고맙네."

그는 살짝 미소를 지으며 말했다. 순간 나는 카터 씨가 마음에 들었다. 독일군이 밀고 들어와도 이 사람은 그냥 남아 있을 거라는 걸 잘 알았다. 그는 지하에 숨을 것이다. 그리고 아마 잡혀서 고문을 당하다가 머리에 총을 맞겠지.

"괜찮겠습니까?"

내가 물었다. 피레우스 항구에 떨어지는 폭탄 소리 때문에 목청을 한껏 높여야 했다. 그는 손을 내밀어 나와 악수했다.

"당장 떠나 주시게. 자네가 타고 온 전투기가 금방 눈에 띌 것 같거든."

난 허리케인으로 돌아가 출발했다. 조종석에서 카터 씨가 서 있던 자리를 흘깃 돌아보았다. 작별 인사로 손을 흔들고 싶었지만 그는 어느새 사라지고 없었다. 스로틀을 열고 대기하던 자리에서 바로 이륙했다. 빠른 속도로 메가라로 돌아가 고도를 낮추었다. 지상에서 전투기 엔진을 켠 채 나를 기다리던 여섯 조종사가 나를 발견하고는 한 사람씩 차례대로 이륙했다. 느슨한 편대로 함께 모인 우리는 아르고스라는 곳을 찾아 날아가기 시작했다.

공군 준장은 가설 활주로라고 했지만 사실 그곳은 가장 좁고, 가장 울퉁불퉁하고, 가장 짧은 활주로였다. 우리 중 누구도 그런 곳에 착륙해 본 적이 없었지만 그래도 착륙해야 했기에 내려갈 수밖에 없었다.

대략 정오쯤이었다. 아르고스의 가설 활주로는 언제 어디서나 볼 수 있는 올리브나무들로 둘러싸여 있었고 나무 사이로는 막사를 쳐 놓은 게 많이 보였다. 하늘에서는 막사 말고 딱히 눈에 띄는 게 없었다. 올리브나무 사이에 숨긴다고 숨겨 놓았지만 말이다. 아, 이런. 우리가 적의 눈에 띄기까지 얼마나 걸릴까? 난 생각해 보았다. 기껏해야 몇 시간일 것이다. 막사를 쳐서는 안 되는 거였다. 지상 근무 요원은 나무 아래서 자야 했다. 우리도 마찬가지고 말이다. 대대장 혼자 쓰는 막사가 있었는데, 그 안 가대식 탁자 뒤에 대대장이 앉아 있는 것이 보였다.

"무사히 복귀했습니다."

우리가 말했다.

"수고했어. 저녁에는 함대를 순찰할 거야."

우리는 선 채로, 종이 한 장 없는 가대식 탁자 뒤에 앉아 있는 대대장을 가만히 바라보았다.

이건 뭔가 잘못된 거야. 난 속으로 생각했다. 독일군은 이곳에서 우리 전투기 일곱 대가 작전을 수행하도록 내버려 둘 리가 없다. 우리 상관들은 최악의 결과를 예상하는 것이 분명했다. 올리브 나무 사이에 참호를 깊이 파 둔 걸 보면 알 수 있다. 하지만 참호에는 전투기를 숨길 수도, 막사를 숨길 수도 없다. 특히나 하얀색으로 반짝이는 막사라면 말이다.

"놈들이 우리가 여기 있는 것을 찾아내는 데 얼마나 걸릴까요?"

내가 이렇게 물었던 게 기억난다. 대대장이 한 손을 눈으로 가지고 가더니 눈두덩이를 문지르며 말했다.

"그걸 누가 알겠나?"

나는 감히 용기를 내어 말했다.

"내일쯤이면 우리를 모두 쓸어버릴 겁니다."

그러자 대대장이 말했다.

"우리는 육군을 공중 엄호하지 않고 달아날 수는 없다."

우리는 줄줄이 막사를 나왔다. 개운치 않은 기분이었다.

아르고스 대실패

대대장의 막사를 나온 후 나는 데이비드와 함께 캠프를 둘러보러 여기저기 다녔다. 사실 우리가 찾는 건 음식이었다. 우리는 그날 아침 4시 30분에 일어났고 그때는 오후 2시였다. 전날 밤부터 조종사 모두는 아무것도 먹지도, 마시지도 못했다. 우리는 허기지고 목이 말랐다.

올리브 숲에는 막사가 스물다섯 개 흩어져 있었는데 데이비드와 나는 금방 식당 막사를 찾아냈다. 하지만 간밤에 엘레프시스를 급하게 빠져나오느라 아무도 음식을 챙겨 나오지 못한 것 같았다. 그 지방의 그리스 인들은 이런 상황을 재빠르게 눈치채고 검은 올리브와 레시나 와인을 잔뜩 갖고 캠프로 몰려들었다. 데이비드와 나는 올리브 한 양동이와 와인 두 병을 산 후 앉아서 먹고 마실 수 있는 나무 그늘을 찾았다. 우리는 두 대의 허리케인 사이 공간을 선

택했다. 그곳이라면 전투기를 계속해서 지켜볼 수 있었다. 어마 어마한 수의 그리스 사람들이 여기저기 돌아다녔다. 우리는 작전 중인 군용 비행장을 민간에 공개한 역사상 최초의 부대임이 분명했다.

따뜻해서 기분이 좋은 4월의 오후, 우리 두 사람은 올리브나무 그늘에 앉아 즙이 많은 검은 올리브를 먹고 와인을 병째 마셨다. 우리가 앉은 곳에서 아르고스 만 전체가 한눈에 들어왔는데 해군 함대가 철수하는 기미는 없었다. 만에는 꽤 큰 화물선 한 척이 정박해 있었고 화물선 앞부분에서 잿빛 연기가 기둥처럼 피어올랐다. 들기로 그 화물선은 탄약을 가득 실은 수송함이며 그날 아침에도 독일군이 찾아와서 폭격을 했다고 한다. 그래서 갑판 아래에 불이 났고 다들 거대한 폭발이 일어날 거라 생각했다. 데이비드가 말했다.

"우리는 햇살 속에 앉아 와인을 마시고 있는데 세상은 온통 난리군."

"독일군은 그리스에 허리케인이 일곱 대 남았다는 걸 잘 알고 있어. 그들은 우리를 찾아서 다 파괴해 버릴 생각이야. 그러면 여기 하늘은 통째로 놈들 손아귀에 들어가겠지."

내가 말했다.

"그래. 우리를 곧 찾아낼 거야."

데이비드가 말했다.

"그러면 이곳 캠프는 지옥이 되겠지."

내가 말했다.

"난 가장 가까운 참호에 들어가 있을 거야."

데이비드가 말했다. 살짝 쌉싸름하면서도 맛 좋은 검은 올리브를 씹다가 씨를 뱉어 내고, 중간중간 레시나 와인을 벌컥벌컥 들이켜며 앉아 있는데 참 신기하게도 평화로웠다. 만에 정박한 탄약 수송함을 계속 바라보며 폭발하기를 기다렸다.

"육군이 배에 타는 건 보이지 않는데. 오늘 저녁에 누구를 순찰하라는 거지?"

데이비드가 말했다.

"진지하게 대답해 줘. 우리가 이곳을 무사히 살아서 나갈 거라 생각해?"

내가 물었다.

"아니, 우린 24시간 안에 죽어. 하늘에서 죽거나 여기 지상에서 죽을 거야. 놈들 전투기는 우리를 완전히 전멸시키고도 남으니까."

4시 30분, 우리는 계속 그곳에 앉아 있었다. 그런데 갑자기 머리 위에서 요란한 굉음이 들리더니 메서슈미트 110 한 대가 우리 캠프 위로 낮게 날아왔다. 우리가 '윈윈오'라고 부르는 그것은 조종사 두 사람이 타는 쌍발 엔진 전투기로 단발 엔진인 원오나인보다 항속거리가 길었다. 우리는 일어서서 윈윈오가 낮은 고도로 만 위를 비스듬히 날아 우리를 향해 곧장 다가오는 것을 지켜보았다. 윈윈오는 우리의 방어망을 완전히 무시했는데, 그도 그럴 것이 우리에게는 방어망이랄 것이 없다는 것을 놈도 알고 있었기 때문이다. 놈이 두 번째로 휙 지나갈 때 우리는 조종사와 후방 기관총 사수가 조종실 덮개를 활짝 열고 우리를 주시하는 것을 보았다. 전투기 조종사는 절대 적기와 얼굴을 마주해서는 안 된다. 조종사에게 전투기는 적이기 때문이다. 하지만 그때 내가 본 것은 사람이었다. 갑자기 그 두 독일인을 너무 가까이서 본 탓에 내 피부가 따끔거릴 정도였다. 그들이 창백한 얼굴로 나를 바라보았다. 그들의 얼굴은 검은 헬멧 안에 갇혀 있었고 고글은 이마 높이 올려 썼다. 아주아주 잠깐 나는 그들과 눈이 마주친 것 같기도 했다.

그 조종사는 우리 캠프 위로 솜씨 좋게 세 번 지나가더니 북쪽으로 날아가 버렸다.

"끝났다! 다 끝났어!"

데이비드 코크가 말했다. 사람들이 캠프 여기저기에 서 있었다. 그들은 원원오가 다녀간 후 어떻게 될 것인지에 대해 이야기를 나누었다. 독일군이 우리를 찾아내는 데는 예상대로 오랜 시간이 걸리지 않았다.

데이비드와 나는 이후에 어떤 일이 벌어질 것인지 정확하게 알고 있었다. 내가 말했다.

"우린 답을 알지. 놈이 기지로 돌아가서 우리가 어디 있는지 정확한 지점을 보고하는 데는 대충 30분 걸릴 거야. 그의 비행대대가 이륙 준비를 하는 데 또 30분이 걸리겠지. 그리고 그들이 이곳에 다시 와서 우리의 간담을 서늘하게 하는 데 30분 걸릴 거고. 1시간 30분 후면 원원오 대대로부터 지상 소사를 받게 될 거야. 그러니까 저녁 6시에."

그러자 데이비드가 말했다.

"그들을 기습하면 되지. 우리 일곱이 모두 이륙해서 6시에 공중에서 그들을 기다리고 있다가 멋지게 공격하는 거야."

그때 부관이 우리 쪽으로 다가왔다.

"부대장님의 명령이다. 너희 일곱은 오늘 저녁 가능한 오랫동안 함대를 순찰한다. 이륙 시간은 6시 정각이다."

"6시라고요! 놈들이 그때 올 겁니다."

그러자 데이비드가 소리쳤다.

"누가 온다는 거지?"

부관이 물었다.

"윈윈오 비행대대요. 우리가 생각해 봤는데 말입니다, 놈들이 6시에 와서 지상 소사를 할 겁니다."

"부대장님보다 더 좋은 소식통이 있는 것 같군."

부관이 말했다. 우리는 어떻게 그런 생각을 하게 됐는지 정확히 설명했지만 아무 소용이 없었다.

"명령대로 해. 우리 임무는 육군을 철수시키는 선박들을 엄호하는 것이다."

부관이 말했다.

"무슨 선박 말씀입니까? 그리고 무슨 육군이요?"

데이비드가 물었다. 난 겨우 하급 공군 소위에 불과했지만 그런 식으로 무조건 명령을 따라야 하는 건 참을 수가 없었다.

"저, 저희가 6시 말고 5시 30분이나, 하다못해 45분에라도 이륙할 수 있도록 허락을 받아 주실 수 없습니까? 아주 중요한 일이 될지도 모릅니다."

내가 말했다.

"그렇게 해 보지."

부관이 말하고는 돌아갔다. 나쁜 사람은 아니었다. 5분 후 부관이 돌아와서 고개를 저으며 말했다.

"처음 말한 대로 6시 이륙이다."

"그럼 우리가 엄호할 그 선박들의 정확한 위치는 어디입니까?"
내가 물었다.

"우리끼리 말인데, 상부에서도 정확히 모르는 것 같아. 그냥 이륙해서 찾아봐."

부관이 말했다. 부관이 가고 나서 내가 말했다.

"내가 뭘 하게 될지 말해 줘? 5시 55분에 가설 활주로 끝에서 엔진을 켜고 조종석에 앉아 신호를 기다리고 있겠지. 그러고는 멍청이처럼 날아오를 거야."

"바로 뒤에는 내가 따라가고 있을 거야. 놈들이 도착하기 전에 우리가 빠져나가면 정말 운이 좋은 거야."

데이비드가 말했다.

6시 5분 전, 나는 활주로 끝에서 이륙을 위해 엔진을 켜고 대기하고 있었다. 데이비드는 나를 따를 준비를 마치고 한쪽에 있었다. 작전 장교가 근처에 서서 손목시계를 보았다. 나머지 조종사 다섯 명은 올리브나무 사이에서 각자의 전투기를 이동시키기 시작했다.

6시 정각, 작전 장교가 팔을 올리자 나는 스로틀을 열었다. 10초후 나는 이륙해서 바다를 향했다. 돌아보니 뒤쪽으로 멀지 않은 곳에 데이비드가 보였다. 그는 속도를 내더니 내 오른쪽 날개 바로뒤에 자리를 잡았다. 약 1분 후 나머지 허리케인 다섯 대도 와서우리와 합류할 거라 예상하고 돌아보았다. 하지만 그들은 없었다. 데이비드가 어깨 너머로 돌아보는 게 보였다. 데이비드가 나를 보더니 고개를 저었다. 무선 전신기가 작동을 하지 않았기 때문에 우리는 서로 이야기할 수 없었다. 어쨌든 우리는 명령을 따라야 했기에 계속 비행해서 바다로 갔다. 우리는 연기가 나는 탄약 수송함을 피했다. 우리 밑에서 폭발할 수도 있기 때문이었다. 우리는 영국 해군을 찾아 계속해서 비행했다.

한 시간 넘게 비행을 했지만 선박은 한 대도 보이지 않았다. 나중에 안 일이지만 철수는 서쪽으로 수 마일 더 떨어진 칼라마타 해변에서 이루어졌고, 그곳에서 우리 해군은 JU88과 슈투카들로부터 끔찍한 폭격을 당했다. 하지만 누구도 우리에게 그 사실을 말해 주지 않았다. 우리는 기수를 돌려 아르고스 만으로 돌아가기로 했다. 막 도착하려는 순간 뭔가 눈에 띄었다. 좀 작은 쌍발 엔진 비행기였다. 아르고스를 향해 날아가는 그 비행기는 해안가의 산으로 접근 중이었다.

아! 독일 정찰기였다. 독일군이 분명했다. 그리스에는 우리 허리케인 말고 다른 아군 전투기가 없었고, 그 비행기는 우리 허리케인이 분명 아니었기 때문이다. 저놈을 잡아야지, 속으로 생각했다. 발사 버튼을 눌러 '안전'에서 '발사'로 바꾸고 반사조준경도 켰다. 스로틀을 열고 작은 쌍발 엔진 비행기를 향해 전속력으로 급강하했다. 다음으로 내 시야에 들어온 것은 급하게 날아온 데이비드의 허리케인이었다. 데이비드의 허리케인은 위험하게 바짝 붙어서 날개를 미친 듯이 흔들어 댔다. 조종석에 앉은 데이비드는 손을 흔들고 헬멧 쓴 머리를 좌우로 흔들어 댔다. 그리고 내가 공격하려는 비행기를 계속해서 손으로 가리켰다. 난 그 비행기를 다시 보았다. 오, 맙소사! 기체에 영국 공군 표시가 있었다. 하마터면 5초 후 그 비행기를 격추했을지도 모른다! 그런데 무장도 하지 않은 비전투 비행기가 이 전투 지대에 도대체 왜 온 거지? 그 비행기는 약 10여 명의 사람을 태울 수 있는 여객기 '드 하빌랜드 라피드'였다. 우리는 그 비행기를 보내고 가설 활주로로 기수를 돌렸다.

착륙하려면 몇 마일 더 남았는데 저 아래로 연기가 보였다. 드문드문 검은빛과 잿빛이 섞인 연기는 두꺼운 담요처럼 가설 활주로와 올리브 숲을 덮고 있었다. 착륙하고서 어떤 장면을 목격하게 될까 생각하니 몸이 떨렸다. 저 연기를 뚫고 착륙할 수 있다면 말이다.

담요처럼 깔린 연기가 걷히기를 바라며 빙글빙글 선회했다. 바람이 전혀 없었다. 가설 활주로의 시작을 표시하는 커다란 바위만 간신히 보일 뿐 그 외에는 아무것도 보이지 않았다. 연료 계량기는 0을 가리키고 있었기에 당장 착륙해야 했다. 그건 데이비드도 마찬가지였다. 앞장선 데이비드는 연기 속으로 사라져 보이지 않았다. 나는 60초를 기다린 다음 그를 따라갔다. 짙은 연기를 뚫고 작고 좁은 풀밭 활주로에 허리케인을 착륙시키는 일은, 그야말로 장난이 아니었다. 하지만 큰 바위의 안내로 나는 대충 정확한 장소에 간신히 내려앉았다. 그 후 시속 80마일(*약 128킬로미터)의 속도로 지상을 달리다가, 그다음 70마일(*약 112킬로미터), 그다음 60마일(*약 96킬로미터)로 줄였다. 그다음엔 두 눈을 감고 데이비드의 허리케인

격추당한 허리케인.

이든 뭐든 앞에 있는 것과 충돌하지 않기만을 기도했다.

충돌은 없었다. 전투기가 멈추자 난 당장 뛰어내렸다.

"데이비드! 괜찮아? 전방 5야드(*약 4.6미터)도 보이지 않았어."

나는 소리쳤다.

"여기 있어! 나갈게!"

데이비드가 소리쳤다.

우리는 함께 더듬더듬 캠프를 찾아갔다. 캠프는 사방이 대혼란
이었지만 놀랍게도 땅에 피를 흘리는 시체가 뒹굴거나 하지는 않

왔다. 사실 사상자는 거의 없었다. 캠프에서 일어났던 일은 이렇다. 나는 6시 정각에 이륙했다. 데이비드는 나를 따라 6시 1분에 이륙했다. 그리고 세 대가 이륙해서 모두 다섯 대가 되었다. 그런데 여섯 번째 허리케인이 이륙을 하기 위해 속도를 높이는데 메서슈미트 한 무리가 올리브나무 위로 급습해 왔다. 이륙하던 조종사는 격추되어 죽고 말았다. 일곱 번째 조종사는 허리케인에서 뛰어내려 참호로 뛰어 들어갔다. 캠프에 있던 다른 사람들 모두 참호로 뛰어들었다. 메서슈미트가 여기저기 조직적으로 급습하며 전투기, 천막, 연료 탱크, 탄약 저장고, 올리브를 담은 양동이, 레시나 와인병 등 눈에 띄는 것은 모조리 난사하는 동안 사람들은 모두 참호에서 웅크리고 있었다.

이 모든 일은 40년도 더 된 일이다. 그리고 그만큼 많은 시간이 흘렀다. 하지만 우리 일곱 명이 6시 훨씬 전에 이륙했어야 하며 존재하지도 않는 철수 함대가 아니라 착륙장 자체를 순찰하라는 명령을 받았어야 한다는 사실에 의심의 여지가 없다. 그랬다면 대단한 전투가 있었을 것이다. 물론 전투기를 더 많이 잃었을지도 모르지만, 그들을 기다리고 있다가 높은 고도를 선점했다는 장점을 이용해 해를 등지고 그들을 공격할 수 있었을 거라는 건 분명하다. 적들을 많이 잡았을지도 모르는 일 아닌가? 결과만 놓고 사령부를 욕하는 건 쉬운 일이다. 그리고 그러한 결과가 모든 하위직들의 입길에 오르내리는 것도 흔한 일이다. 하지만 그런 일을 즐기기만 하는 건 잘못된 일이 분명하다.

나는 데이비드와 함께 연기가 나는 캠프를 조심해서 걸었다. 그때 누군가 소리쳤다. 부관인 것 같았다.

"모든 조종사들은 이쪽으로! 얼른! 서둘러!"

우리는 소리 나는 쪽으로 갔다. 그곳에는 부관이 있었고, 어디에서 흘러 들어온 건지 알 수 없는 조종사들이 부관을 둘러싸고 있었다. 우리 비행대대의 생존자는 여섯 명이었는데 전에 본 적 없는 얼굴이 최소한 여덟에서 열은 있었다. 그때 무개화차 한 대가 연기를 가르며 들어왔다. 무개화차가 우리 옆에 멈춰 서자 부관이 이름을 부르기 시작했다. 그가 부른 이름들은 알고 보니 그중에서 가장 상급 조종사 다섯 명이었다. 물론 데이비드와 내 이름은 그 속에 없었다.

"방금 부른 다섯은 남은 허리케인 다섯 대를 타고 크레타 섬으로 곧장 출동한다. 그리고 다른 조종사들, 조종사들만이다, 너희들은 이 트럭에 탄다. 근처 들판에 너희들을 태우고 바로 이 나라를 빠져나가기 위해 작은 항공기 한 대가 기다리고 있다. 항공일지 말고는 아무것도 소지할 수 없다."

우리는 항공일지를 가지러 막사로 달려갔다. 나는 아끼는 내 카메라를 찾았지만 없었다. 우리가 출동한 사이 캠프 여기저기를 누비고 다니던 그리스 사람 중 한 명이 가지고 간 게 분명했다. 그가 누구든 그를 비난할 수 없었다. 독일군이 오면 이제 그는 그 훌륭한 자이스 물건을 독일군에게 팔 수 있을 것이다. 빛에 노출된 필름 두 통이 보여서 그것을 바지 주머니 속에 쑤셔 넣었다. 항공일

YEAR 1941	AIRCRAFT Type	No.	PILOT, OR 1ST PILOT	2ND PILOT, PUPIL or PASSENGER	DUTY (INCLUDING RESULTS AND REMARKS)
					TOTALS BROUGHT FORWARD
Rh 20	HURRICANE		SELF	—	TAKE OFF AFTER GROUND STRAFING. MENARA
21	HURRICANE		SELF	—	ELEVSIS TO MENARA SATELLITE.
22	HURRICANE		SELF	—	MENARA SATELLITE TO ELEVSIS
22	HURRICANE		SELF	—	ELEVSIS TO ARGOS
23	HURRICANE		SELF	—	ARGOS TO SATELLITE
23	HURRICANE		SELF	—	DEFENSIVE PATROL - ARGOS HARBOUR
24	LOCKHEED HUDSON		F/O GOODMAN	SELF	ARGOS TO MARTIN BAGUSH (EGYPT)

SUMMARY FOR APRIL
IN GREECE.
80 SQUADRON.
Certified that the above is correct.

GRAND TOTAL (Cols. (1) to (10))
208 Hrs. 45 Mins.

TOTALS CARRIED FORWARD
HURRICANE 33.50

지를 꽉 쥐고 다른 조종사들과 함께 밖으로 달려 나가 트럭에 기어 올라탔다. 우리를 실은 트럭은 바퀴 자국이 많은 흙길을 달려 캠프 밖으로 나가 작은 들판으로 향했다. 그 들판에는 작은 '드 하빌랜 드 라피드'가 서 있었다. 30분 전에 하마터면 내가 격추시킬 뻔했 던 그 여객기 말이다. 우리는 그 비행기에 우르르 올라탔다. 부관 이 우리에게 항공일지 말고는 아무것도 가지고 탈 수 없다던 이유 를 그제야 알았다. 들판은 겨우 200야드(*약 182미터) 길이였다. 조 종사가 스로틀을 열고 이륙을 시작했지만 그 비행기가 이륙할 수 있을 거라 생각하는 사람은 우리 중 아무도 없었다. 비행기에 탄 우리의 무게를 봐서는 전혀 성공할 수 없었다. 비행기가 들판 끝에

있는 돌담을 뛰어올라 심하게 흔들리며 공중으로 날아오르는 동
안 우리는 숨을 죽였다. 이륙에 성공한 것을 확인하고 다들 환호
했다.

난 창가 자리에 앉았고 데이비드는 내 옆에 앉았다. 20분 전만
하더라도 우리는 연기가 피어오르는 올리브나무와 다 타 버린 막
사 사이에 있었지만 이제 우리는 지중해 1,000피트(*약 300미터) 상
공에 올라 북아프리카 해안을 향해 날아가고 있었다. 해가 지면서
저 아래 바다는 옅은 초록색에서 짙은 푸른색으로 변해 갔다.

"야간 착륙을 해야 할 거야."

내가 말했다.

"이 조종사에게는 아무것도 아닐 거야. 우리를 태우고 그렇게
좁은 풀밭에서 이륙할 수 있었는데 뭐든 못할라고?"

두 시간 후 우리는 리비아 서부 사막에 있는 마틴 바구쉬라고 알
려진 곳에 착륙했다. 그곳 모래밭에는 달빛이 쏟아지고 있었다. 어
둠 속에서 우리는 밤새 우리를 태우고 알렉산드리아로 갈 트럭 한
대를 찾았다. 그리고 다음 날 이른 아침 우리는 항공일지 말고는
아무것도 가진 것 없이 면도도 하지 않은 더러운 몸으로 알렉산드
리아에 도착했다. 우리에게는 이집트 돈이 없었다. 난 젊은 조종
사 아홉 명을 이끌고 알렉산드리아 거리를 걸어 바비 필 소령과 그
의 아내가 소유한 훌륭한 저택으로 갔다. 그들은 몇 주 전 내가 회
복하는 동안 집에 머물게 해 주었던 부유한 영국인 부부였다. 나는
초인종을 눌렀다. 수단 인 집사가 문을 열었다. 문 앞에 선 한 무리

의 더러운 젊은 남자들을 본 집사는 깜짝 놀라 가만히 보고만 있었다.

"안녕하세요, 살레. 소령님 부부 안에 계세요?"

그는 계속해서 보고 있다가 소리쳤다.

"아, 당신이군요! 그럼요. 소령님 부부는 아침 식사 중이십니다."

난 집 안으로 들어가 식당에 있는 친구들을 큰 소리로 불렀다. 필 부부는 대단한 사람이었다. 온 집 안을 마음대로 쓸 수 있게 해 주었던 것이다. 우리는 4층까지 각 층 욕실마다 몰려 들어갔다. 면도기, 비누, 수건이 쏟아졌다. 우리는 뜨거운 물에 몸을 담그고 목욕한 뒤 호화로운 아침 식사가 차려진 커다란 식탁에 둘러앉아 필 부부에게 그리스에 대한 이야기를 해 주었다.

"아무도 그곳에서 나올 거라 생각하지 못했는데."

바비 필이 말했다. 중년인 그는 군 복무를 하기에는 나이가 많았지만 군 본부 어딘가에서 강력한 지위를 차지하고 있었다.

"해군은 우리 군대를 가능한 많이 구출하려 하지만 시기가 좋지 않아. 공중 엄호도 전혀 없고."

"옳으신 말씀입니다."

데이비드 코크가 말했다.

"모든 것이 혼란 상태였습니다."

누군가 말했다.

"내 생각도 그래. 절대 그리스에 가지 말아야 했어."

바비 필이 대답했다.

엄마.

음, 어떤 소식을 전해 드릴 수 있을지 모르겠네요. 그리스에서의 시간은 정말 지옥이었어요. 말 그대로 한 줌밖에 안 되는 전투기를 가지고 독일 공군 절반과 싸우는 건 정말 힘겨운 일이었죠. 제가 탄 전투기는 꽤 많은 총격을 받았지만 항상 어떻게 해서든 복귀했어요. 독일 전투기들이 우리 착륙장에 지상 소사를 하지 않을 때를 골라 착륙하는 것은 힘들었어요. 계속해서 우리는 이곳저곳 옮겨 다니며 철수군을 엄호했어요. 올리브나무 숲에 전투기를 숨기고 올리브 나뭇가지로 전투기를 덮었지만 하늘 위에 떼를 지어 날아다니는 적기 눈에 띄는 것을 막기에는 역부족이었어요. 아무튼 이렇게 끔찍한 일은 다시 없을 거라 생각해요……

그리스에서 있었던 일은, 온 세계에 빠른 속도로 퍼져 나가던 전쟁의 아주 작은 부분에 불과했지만 중동 지역에 한해서는 아주 중요했다. 그 실패한 작전에서 잃은 군사와 전투기들은 모두 서부 사막에서 과도하게 확장된 우리 병력에서 차출된 것이었는데, 그 결과 병력이 축소되어 다음 2년 동안 사막 군단은 패배에 패배를 경험하게 되었고 롬멜(*제2차 세계대전 당시 독일 육군 원수. 북아프리카 전투에서 승리를 거두어 '사막의 여우'라는 별칭을 얻음)은 이집트와 중동 전체를 점령할 단계에까지 이른다. 하지만 이후 2년 동안 재건에 성공한 사막 군단은 알라메인 전투를 승리로 이끌고 이후 전쟁이 끝날 때까지 중동을 안전하게 지켜 주었다.

그리스 작전에서 살아남은 한 줌의 조종사들은 아주 운이 좋았다. 우리가 살아나올 수 있는 확률은 아주 적었는데도 말이다. 남은 허리케인을 타고 크레타로 출격했던 다섯 명의 조종사는 대규모 공중 공격을 감행한 독일군에 맞서 용감하게 싸웠다. 내가 알기로는 크레타 섬이 점령됐을 때 그들 중 최소 한 사람, 80비행대대의 빌 베일은 살아서 탈출하여 다시 전투에 나갔지만 나머지 사람들은 어떻게 되었는지 모른다.

팔레스타인과 시리아

1941년 그리스를 점령한 후 독일군은 크레타 섬에 대규모 공중 공격을 개시했다. 독일군은 크레타 섬을 점령한 데 이어 로도스 섬까지 점령한 후 승리감에 취해 중동 전체에서 가장 쉬운 곳으로 눈을 돌렸다. 바로 시리아와 레바논이었다. 이 두 곳은 규모가 크고 매우 유능하며, 독일에 대해 우호적인 비시 프랑스 군의 관리하에 있었기 때문이다.

대부분의 사람은 프랑스가 무너진 후 1941년 비시 프랑스 함대가 영국을 얼마나 힘들게 만들었는지 알고 있다. 우리 해군은 프랑스 군함들이 독일의 손에 들어가지 못하도록 오랑(*알제리 서북부의 항구 도시)에 있는 프랑스 군함들에 폭격을 가해서 작전을 수행하지 못하도록 만들어야 했다. 대부분의 사람은 그 사실을 알고 있다.

하지만 비시 프랑스가 같은 시기 레바논과 시리아에서 초래했던 혼란에 대해서 아는 사람은 많지 않다. 비시 프랑스는 광적으로 영국에 반대하고 독일에는 우호적이었는데 만약 독일인들이 비시 프랑스의 도움으로 그 특정한 시기 동안 시리아에 발판을 마련했다면 독일군은 부정한 방법으로 이집트까지 진격해 들어갈 수 있었을 것이다. 그러므로 가능한 빨리 시리아에서 비시 프랑스를 몰아내야 했다.

소위 시리아 작전은 그리스 작전이 끝나자마자 곧바로 시작되었다. 넌더리나게 나치에 찬성하는 프랑스 군대와 싸우기 위해 영국군과 호주군으로 구성된 아주 상당한 규모의 군대가 팔레스타인 지역에 파견되었다. 이 작은 전쟁은 수천 명이 목숨을 잃는 유혈 낭자한 사건이 되었다. 나로서는 불필요하게 대량 학살을 일으켰다는 점에서 비시 프랑스를 절대 용서할 수 없다.

이 작전에서 우리 육군과 해군에 대한 공중 엄호는 예전의 80비행대대에서 남은 인원들이 실시하게 되었다. 그리스에서 잃은 전투기들을 대체하기 위해 영국에서 신속하게 열두 대의 새 허리케인이 도착했다. 그리스의 난장판 속에서 우리 조종사들을 구출하는 것이 왜 중요한 일이었는지 그제야 깨달았다. 전투기는 없을지언정 조종사는 구해야 했던 것은 전투기를 한 대 만드는 것보다 조종사 한 사람을 훈련시키는 데 더 많은 시간이 걸리기 때문이다. 물론 조종사뿐 아니라 허리케인들까지 구했다면 훨씬 좋았겠지만 그런 일은 일어나지 않았다.

80비행대대는 1941년 5월 마지막 주에 북부 팔레스타인의 하이파(*이스라엘 북부 도시)에서 모이기로 했다. 조종사들은 수에즈 운하에 있는 아부 수웨이르에서 각자 자신의 새 허리케인을 타고 하이파 비행장으로 가라는 명령을 받았다. 나는 중동의 전투 사령관에게 나를 대신해서 하이파로 전투기를 몰고 갈 사람이 없을지 물었다. 나는 내 자동차를 몰고 그곳에 가고 싶었기 때문이다. 당시 나는 9년 된 1932년형 모리스 옥스퍼드 살룬의 주인이 되어 더없는 자부심을 느끼고 있었다. 차체는 유해한 갈색 페인트로 칠해져 있었는데 최고 속도는 수평 직진로로 시속 35마일(*약 56킬로미터)이었다. 전투 사령관은 약간 주저하는 것 같더니 결국 내 요청을

하이파까지 함께한 내 자동차.

받아 주었다.

이스마일리아에는 수에즈 운하를 건너는 연락선 한 척이 있었다. 그냥 단순하게 나무로 만든 뗏목이었는데 이쪽 둑에서 저쪽 둑까지 연결된 철사에 이끌려 가는 배였다. 나는 그 연락선에 차를 몰고 올라타 시나이 둑까지 실려 갔다. 관리들에게 내가 여분의 석유 5갤런(* 약 23리터)과 마실 물 5갤런이 있다는 것을 보여 준 후에야 혼자서 시나이 사막을 건너는 긴 여행을 시작해도 좋다는 허가를 받을 수 있었다.

나는 그 여행이 정말 좋았다. 하루 종일 사람이라고는 그림자도 마주치지 못했는데 지금껏 살면서 그런 적이 한 번도 없었기 때문이리라. 그런 경험이 있는 사람은 아마 거의 없을 것이다. 부드러운 사막의 모래밭 위로 견고하고 좁은 도로 하나가 길게 이어졌다. 운하에서부터 팔레스타인과의 국경에 있는 베르셰바까지 이어지는 도로였다. 사막을 가로지르는 총 거리는 약 200마일(* 약 321킬로미터)이었는데 그 긴 거리 전체를 통틀어 마을은 고사하고 오두막이나 판잣집 한 채, 사람의 흔적 같은 건 없었다. 나무 한 그루 없는 메마르고 황량한 땅을 엔진 소리를 내며 천천히 달려가는 동안 이 낡은 자동차가 고장이 난다면 몇 시간, 아니 며칠을 기다려야 다른 여행자를 만날 수 있을까 궁금해지기 시작했다.

그 답은 곧 알 수 있었다. 한 5시간 정도 달렸을 때 오후의 맹렬한 열기 속에서 자동차 냉각 장치가 끓어오르기 시작했다. 나는 차를 멈추고 자동차 보닛을 열어 모든 것이 식기를 기다렸다. 한 시간 정도 지난 후 냉각기 뚜껑을 열고 물을 조금 더 부었다. 하지만 물을 더 부어 봐야 아무 소용이 없다는 것을 깨달았다. 이렇게 뜨거운 열기 속에서 다시 달리면 엔진이 금방 달아오를 테니 말이다. 해가 질 때까지 기다려야 해, 난 속으로 생각했다. 하지만 밤에도 운전을 하면 안 된다는 생각이 들었다. 자동차 전조등이 작동하지 않아 어둠 속에서 좁은 도로를 달리다 미끄러져 부드러운 모래 속에 빠져 꼼짝 못할 위험이 있기 때문이었다. 진퇴양난의 궁지였다. 그 궁지를 벗어날 방법은 새벽까지 기다렸다가 태양이 자동차 엔진을 다시 달구기 시작하기 전까지 베르셰바를 향해 단숨에 달려가는 것뿐이었다.

비상식량으로 가지고 온 커다란 수박을 한 덩어리 잘랐다. 그리고 태양빛 아래 자동차 옆에 서서 칼끝으로 검은 씨를 모두 골라 튕겨 낸 다음 시원해 보이는 붉은 과육을 먹었다. 자동차 안 말고는 그늘이 없었지만 자동차 안은 오븐 같았다. 작은 그늘을 만들어 줄 수 있는 거라면 양산이든 뭐든 있었으면 좋겠다고 간절히 바랐지만 내게는 아무것도 없었다. 황갈색 반바지와 셔츠를 입었고 머리에는 파란색 공군 모자를 쓰고 있었다. 헝겊 하나를 찾아 미지근한 식수에 적셔 머리 위에 올리고 그 위에 모자를 썼다. 훨씬 괜찮았다. 이글이글 타오르는 뜨거운 도로를 천천히 왔다 갔다 하며 나를 둘러싼 놀라운 풍경을 경이로운 눈으로 주시했다. 이글거리는 태양과 광활하고 뜨거운 하늘 그리고 그 아래에는 사방으로 노란 모래의 바다가 어슴푸레 끝도 없이 펼쳐져 있었다. 전혀 이 세상이 아닌 것 같은 풍경이었다.

이제 보니 도로의 오른편 멀리로 산이 있었다. 사막에서 불쑥 솟은 옅은 점토색 산은 하늘을 배경으로 파랗게 빛나다가 열기의 아지랑이 속에서 사라졌다. 고요함은 가히 압도적이었다. 아무 소리도 없었다. 새가 지저귀는 소리도, 벌레 우는 소리도 없었다. 그토록 훌륭하고 뜨거우면서 비현실적인 풍경 속에 혼자 서 있으려니 신이라도 된 듯 이상한 기분마저 들었다. 마치 다른 별, 그러니까 목성이나 화성에, 혹은 풀이 파랗게 자란 적도 없고 장미가 붉게 피어 본 적도 없는 황량하고 고요한 곳에라도 온 것 같은 기분이었다.

비행기의 잔해.

해가 지고 선선한 밤이 오기를 기다리며 계속해서 천천히 도로를 왔다 갔다 했다. 그때 갑자기 도로에서 1피트(*약 30센티미터) 정도 떨어진 모래 속에 커다란 전갈 한 마리가 보였다. 칠흑처럼 까만 전갈은 족히 6인치(*약 15센티미터)는 되었고 등에는, 마치 오픈 버스에 탄 승객처럼 새끼들이 찰싹 붙어 있었다. 나는 좀 더 몸을 숙여서 새끼들을 세어 보았다. 하나, 둘, 셋, 넷, 다섯…… 모두 합해서 열네 마리나 되었다! 바로 그때 전갈이 나를 보았다. 분명 나는 그 전갈이 태어나서 처음으로 본 인간이었을 것이다. 전갈은 집게를 쫙 벌리고 꼬리를 둥글게 말아 높이 세워 들었다. 새끼들을 보호하려고 공격 준비를 한 것이다. 완전히 마음을 빼앗긴 나는 전갈에게서 눈을 떼지 않은 채 천천히 한 발짝 뒤로 물러섰다. 전갈은 허둥지둥 모래 위로 달아나더니 구멍 속으로 사라져 버렸다. 전갈의 은신처였다.

해가 짐과 거의 동시에 어둠이 내렸고, 밤이 오자 축복처럼 기온이 뚝 떨어졌다. 난 수박 한 조각을 더 먹고 물을 좀 마시고 나서 자동차 뒷자리에서 가능한 몸을 둥글게 말고 잠을 잤다.

다음 날 아침, 빛이 들자마자 다시 출발했다. 두어 시간 더 사막을 달려 베르셰바에 도착했다. 계속해서 예루살렘과 나사렛을 지나 팔레스타인을 가로질러 북쪽으로 달렸고, 늦은 오후에는 가르멜 산 언저리를 지나 마침내 하이파 마을에 도착했다. 비행장은 마을 밖 바닷가에 있었다. 나는 의기양양하게 정문 경호원을 지나 나무와 골함석으로 지어진 작은 임시 막사 장교 식당 옆에 차를 세웠다.

　하이파에는 아홉 대의 허리케인과 아홉 명의 조종사가 있었는데 그날 이후 우리는 매일같이 몹시 바빴다. 우리의 주 임무는 해군을 보호하는 일이었다. 영국 해군은 큰 순양함 두 척과 구축함 몇 척을 하이파 항구에 주둔시켜 놓았다. 순양함과 구축함은 매일 해안을 따라 티레(*레바논 남부의 항구 도시)와 시돈(*현재의 사이다. 티레와 함께 지중해 연안에서 가장 큰 항구 도시)을 지나가서 다무르 강 주변 산속에 있는 비시 프랑스 군을 포격했다. 우리 해군이 나타날 때마다 독일 공군이 나타나 폭격을 가했다. 그들은 로도스 섬에서 왔는데 그곳에 그들은 정커스 JU88로 강력한 군대를 형성해 놓았다. 우리는 거의 매일 그 JU88들을 함대 위 하늘에서 만났다. 우리는 돌진해 그들의 엔진을 향해 총을 쏘았고 그들의 전방 기관총 사수와 후방 기관총 사수가 쏜 총에 맞았다. 하늘은 배에서 떨어져 나온 파편으로 가득했고 가까이 있는 배가 폭발이라도 하면 전투기는 바늘에 찔린 말처럼 펄쩍 뛰어올랐다.

　가끔 비시 프랑스의 공군이 독일군과 동맹을 맺기도 했다. 그들은 미국 전투기 '글렌 마틴스'와 프랑스 전투기 '드와틴'과 '포테즈 63'을 갖고 있었는데 우리는 그 전투기 몇 대를 맞혔고, 우리 조종사 아홉 명 중 네 사람이 그들 손에 죽고 말았다. 그리고 독일군은 구축함 '아이시스'를 명중시켰다. 예인선 한 대가 아이시스를 하이파로 끌고 가는 동안 우리는 연이어 그 위를 선회하며 JU88들을 격퇴했다.

라야크 근처 비행장에 있는 비시 프랑스 전투기들을 지상 소사하러 나갔을 때의 일이다. 정오 무렵 적을 소탕하기 위해 기습적으로 들판 위로 낮게 비행해 가는데 놀라운 장면을 목격했다. 산뜻한 색깔의 면으로 된 원피스를 입은 한 무리의 젊은 여자들이 손에 유리잔을 들고 프랑스 인 조종사들과 함께 전투기 옆에 서서 음료를 마시는 것이었다. 그 위를 휙 날아가는 동안 전투기 한 대의 날개 위에 와인 병들이 세워져 있던 게 기억난다. 일요일 아침이어서 프랑스 군인들이 여자 친구들을 초대해 전투기를 자랑하고 있었던 것이다. 전쟁이 한창인 때 최전선의 착륙장에서 그런 행동을 하다니 아주 프랑스적인 모습이었다. 처음으로 착륙장을 지나갈 때 우

내 허리케인 전투기.

리는 모두 발포를 멈추었다. 여자들이 와인 잔을 떨어뜨리고는 높은 구두를 신고 가장 가까운 건물을 향해 전속력으로 달려가는 모습은 정말이지 코미디였다. 우리는 한 번 더 돌았다. 하지만 이번에는 더 이상 기습이 아니었고 그들은 지상 방위 태세를 갖추었다. 괜히 기사도 정신을 발휘했다가 내 것을 포함해 우리 허리케인이 해를 입는 것은 아닌지 걱정되었다. 우리는 지상에 있는 적기 다섯 대를 파괴했다.

하이파에서 어느 날 아침 대대장이 나를 따로 부르더니 하이파의 착륙장이 폭격으로 파괴될 경우 우리 대대가 작전을 수행할 수 있도록 가르멜 산 뒤 내륙 30마일(*약 48킬로미터) 지점에 작은 규모로 부속 착륙장이 마련되어 있다고 말했다.

"자네가 가서 한번 보고 와. 안전하지 않은 것 같으면 착륙하지 말고. 착륙하면 어떤지 알려 줘. JU88이 우리를 찾지 못하는 곳에 비밀 은신처 용도로 만든 거야."

나는 혼자 이륙했다. 10분 후 큰 사탕옥수수 밭의 한가운데를 밀어서 길게 만든 땅을 발견했다. 한쪽에는 무화과나무 농장이 있었고 나무 사이에는 오두막이 몇 채 눈에 띄었다. 나는 착륙해서 비행기를 세우고 엔진을 껐다.

그때 갑자기 무화과나무와 오두막에서 한 무리의 아이들이 쏟아져 나왔다. 아이들은 내 허리케인을 둘러싸더니 흥분해서 팔짝팔짝 뛰고 소리를 지르고 웃고 손가락질했다. 모두 40~50명은 되는 것 같았다. 그때 키가 큰 턱수염 남자가 성큼성큼 걸어 나오더니 아이들에게 비행기에서 물러나 있으라고 말했다. 나는 조종석에서 내려갔다. 남자가 앞으로 나오더니 내 손을 잡고 악수했다.

"우리 마을에 오신 걸 환영합니다."

남자는 강한 독일식 억양으로 말했다. 나는 다르에스살람에서 영어를 할 줄 아는 독일인을 많이 봤기 때문에 그 억양을 잘 알았다. 그리고 그때 그 사람이 독일과는 전혀 상관없는 사람일지도 모른다는 생각이 자연스럽게 머리를 스쳤다. 그도 그럴 것이 대대장의 말에 의하면 이곳은 아무도 모르는 비밀 장소였는데 나는 지금, 괴성을 질러 대는 50명의 아이와 검은 턱수염의 예언자 이사야 같은 모습으로 히틀러를 흉내 내는 듯한 말투를 가진 덩치 큰 남자의 환영을 받고 있는 것이다. 나는 내가 제대로 찾아온 것인지 궁금해지기 시작했다.

"이곳을 아는 사람이 있을 거라 생각 못했는데요."

내가 턱수염 남자에게 말했다. 남자가 미소를 지으며 말했다.

"우리가 직접 옥수수를 베고 이 길을 만드는 걸 도왔죠. 이곳은 우리 옥수수 밭이에요."

"그런데 당신은 누구십니까? 이 아이들은 또 누구고요?"

내가 물었다.

"우리는 유대 인 난민입니다. 이 아이들은 모두 고아고요. 이곳은 우리 집입니다."

남자의 두 눈이 놀랍도록 반짝였다. 검은 눈동자는 내가 지금껏 본 그 어떤 눈동자보다 크고 검고 선명했으며 눈동자를 둘러싼 홍

채는 선명한 푸른색이었다.

진짜 전투기를 처음 본 아이들은 흥분해서 전투기를 향해 앞다투어 다가왔다. 손을 뻗어 수평꼬리 날개에 있는 승강타를 올렸다 내렸다 했다.

"안 돼! 그러지 마! 저리 가! 고장 나면 어쩌려고!"

내가 소리 질렀다. 남자가 독일어로 아이들에게 엄하게 말하자 아이들이 뒤로 물러섰다.

"어디서 온 난민입니까? 여기엔 어떻게 온 거죠?"

내가 물었다.

"커피 한잔하시겠습니까? 집으로 들어가시죠."

남자가 말했다. 남자는 나이가 많은 남자 아이 셋을 골라 허리케

라맛 다비드.

인을 지키도록 했다.

"이제 당신 전투기는 안전할 겁니다."

남자가 말했다. 나는 그를 따라 무화과나무 사이에 서 있는 작은 나무 오두막으로 들어갔다. 그곳에는 검은 머리의 젊은 여인이 있었다. 남자는 그녀에게 독일어로 말했다. 하지만 나를 소개시켜 주지는 않았다. 여자는 양동이에 담긴 물을 소스 냄비에 붓고 파라핀 버너에 불을 붙여 커피 물을 끓였다. 남자와 나는 특별한 장식 없이 평범한 식탁 앞 스툴에 앉았다. 식탁에는 집에서 구운 것 같은 빵 한 덩이와 나이프가 하나 있었다.

"이곳에서 우리를 만나 놀라신 것 같군요."

남자가 말했다.

"그렇습니다. 사람을 만나게 되리라고는 예상하지 못했거든요."

"우리는 어디든 있죠. 온 나라 곳곳에 있습니다."

남자가 말했다.

"죄송합니다. 이해를 잘 못하겠군요. 우리라는 게 누구를 말씀하시는 겁니까?"

"유대 인 난민이요."

그가 무슨 말을 하는지 도무지 알 수 없었다. 나는 지난 2년 동안 동아프리카에 살았고 그 기간 내내 영국의 식민지들은 편협하고 고립되어 있었다. 우리가 읽을 거라고는 식민지의 지역 신문뿐이었는데 그 신문에서는 1938년과 1939년에 히틀러가 유대 인들을 박해했다는 사실을 전혀 언급하지 않았다. 또한 나는 그 순간에

세계 역사상 최악의 대량 학살이 독일에서 자행되고 있을 거라고
는 꿈에도 생각하지 않았다.

"이곳은 당신 땅인가요?"

내가 물었다.

"아직은 아닙니다."

"그 말씀은 이 땅을 사고 싶다는 뜻인가요?"

그는 잠깐 아무 말 없이 나를 바라보더니 이내 말했다.

"현재 이 땅은 팔레스타인 농부가 소유하고 있는데 우리가 이곳
에 살 수 있도록 허락해 주었습니다. 그리고 우리가 먹을 작물을
기를 수 있도록 밭도 조금 내주었죠."

"그럼 당신과 고아 아이들은 이곳에서 어디로 갑니까?"

내가 물었다. 그러자 남자는 검은 턱수염 속에서 미소 지으며 말
했다.

"우리는 아무 데도 가지 않아요. 이곳에 있을 겁니다."

"그럼 모두 팔레스타인 사람이 되겠군요. 아니면 이미 팔레스타
인 사람인지도 모르겠네요."

내가 말했다. 그는 다시 미소 지었다. 아마도 내 질문이 너무 순
진한 것 같았다.

"아뇨. 우리는 팔레스타인 사람이 되지 않을 겁니다."

"그럼 뭘 하실 건가요?"

"당신은 전투기를 조종하는 젊은 사람이지요. 당신이 우리 문제
를 이해할 거라 기대하지 않습니다."

"무슨 문제요?"

내가 물었다. 젊은 여인이 식탁에 커피가 담긴 컵 두 개와 연유가 담긴 깡통을 내려놓았다. 깡통 위에는 구멍이 두 개 뚫려 있었다. 남자는 내 커피 컵에 연유를 몇 방울 떨어뜨리고 하나뿐인 스푼으로 저어 주었다. 그는 자기 커피에도 똑같이 하고 한 모금 마셨다.

"당신에게는 살 곳이 있고, 그곳을 영국이라고 하죠. 그러니 당신에게는 문제가 없지요."

"문제가 없다고요!"

내가 소리쳤다.

"영국은 사실상 전 유럽을 상대로 혼자 싸우고 있습니다! 우리는 심지어 비시 프랑스와도 싸우고 있어요. 우리가 지금 이곳 팔레스타인에 있는 이유죠! 우리의 문제를 아시겠어요?"

나는 좀 흥분했다. 무화과나무 숲에 앉은 이 남자는 내가 매일같이 총알을 맞고 다니는데도 내게 전혀 문제가 없다고 말했고, 나는 그 사실에 분개했다.

"살아남으려고 발버둥치는 내 문제는 또 어떻고요!"

"그건 아주 작은 문제입니다. 우리 문제는 훨씬 더 크죠."

남자가 말했다. 나는 남자의 말에 깜짝 놀라고 말았다. 그는 우리가 치르는 전쟁 따위는 전혀 개의치 않는 것 같았다. 그는 '자신의 문제'라는 뭔가에 완전히 몰두한 상태였고 난 아무리 노력해도 그걸 이해할 수 없었다.

"우리가 히틀러를 이기든 말든 관심 없나요?"

내가 물었다.

"물론 관심 있습니다. 히틀러를 이겨야 하는 건 중요한 일입니다. 하지만 그건 몇 달, 몇 년의 문제입니다. 역사적으로 볼 때 아주 짧은 전쟁이지요. 그건 또한 영국의 전투가 될 수도 있겠죠. 하지만 내 전투는 아닙니다. 내 전쟁은 예수 그리스도 시대부터 계속 진행 중입니다."

"무슨 말씀인지 전혀 이해가 안 되는군요."

그가 미치광이가 아닐까, 하는 생각이 들기 시작했다. 우리와는 완전히 다른 자신만의 전쟁을 하고 있는 것 같았기 때문이다. 오두막 내부는 훤히 잘 보였다. 불타는 듯 이글거리는 눈으로 내게 수수께끼 같은 이야기를 들려주는 턱수염 남자도 또렷했다.

"우리에겐 조국이 필요합니다. 우리만의 나라가 필요해요. 줄루족도 줄루랜드가 있어요. 그런데 우리에겐 아무것도 없어요."

"그러니까 유대 인들은 국가가 없다는 말인가요?"

"바로 그 말입니다. 이제 국가를 세울 때입니다."

"하지만 도대체 어떻게 나라를 세운다는 말씀이신 거죠? 모든 나라에는 주인이 있는걸요. 노르웨이는 노르웨이 사람들이, 니카라과는 니카라과 사람들이 차지하고 있어요. 다른 곳도 모두 마찬가지라고요."

내가 말했다.

"차차 찾아봐야죠."

라맛 다비드의 80비행대대.

남자가 커피를 한 모금 마시며 말했다. 검은 머리의 여인은 우리를 등진 채 또 다른 탁자에 놓인 대야에서 접시를 씻었다. 내가 밝은 목소리로 말했다.

"독일을 가져요. 우리가 히틀러를 쳐부수면 영국이 당신들에게 독일을 줄 거예요."

"우리는 독일을 원하지 않아요."

남자가 말했다.

"그럼 마음에 둔 나라라도 있나요?"

나는 전에 없이 무지함을 드러냈다.

"뭔가를 간절히 원하면 그리고 뭔가가 간절히 필요하면 얻게 되는 법이죠."

남자는 그렇게 말하고 일어서더니 내 등을 철썩 때렸다.

"아직 배워야 할 것이 많군요. 하지만 당신은 좋은 사람이에요. 당신은 자유를 위해 싸우고 있으니까요. 나도 마찬가지예요."

그는 나를 오두막 밖, 작고 덜 익은 무화과로 덮인 무화과나무 숲으로 데리고 나왔다. 아이들은 아직도 허리케인 주변에 모여 경이로운 눈으로 바라보고 있었다. 그리스에서 잃어버린 카메라를 대신해 카이로에서 자이스 카메라를 하나 더 샀는데, 나는 걸음을 멈추고 전투기를 둘러싼 아이들을 찍었다. 턱수염 남자는 아이들 사이로 가만히 길을 만들어 주었다. 남자는 아이들 사이를 걸으면서 애정 어린 손길로 몇몇 아이의 머리를 헝클어뜨리기도 하고 미소를 지어 주기도 했다. 그는 다시 한 번 내 손을 잡고 악수를 하며 말했다.

"우리가 고마워하지 않는다고 생각하지 마세요. 당신은 아주 훌륭한 일을 하고 있습니다. 행운을 빌어요."

"저도 행운을 빕니다."

나는 그렇게 말하고 조종석으로 올라가 엔진을 켰다. 하이파로 돌아가 가설 활주로는 꽤 쓸모가 있으며 조종사들이 함께 놀 아이들도 많으니 그곳으로 가야 한다고 보고했다. 사흘 후 JU88들이 하이파에 본격적으로 폭격을 시작하자 우리는 허리케인을 타고 옥수수 밭으로 갔다. 무화과나무 숲에는 우리가 살 커다란 막사가 처져 있었다. 우리는 그곳에서 며칠 있었는데 그동안 아이들과 잘 지냈다. 하지만 키가 큰 턱수염 남자는 우리 중 많은 사람들과 마주쳤지만 완전히 마음의 문을 닫고 냉담하게 굴었다. 그는 처음 만났을 때처럼 나에게 친근하게 말을 걸지 않았고 다른 사람과도 이야기를 많이 나누지 않았다.

유대 인 고아들이 살던 그 작은 집의 이름은 '라맛 다비드'였다. 내 항공일지에 그렇게 쓰여 있다. 그 집터에 아직도 뭔가가 존재하는지 난 잘 모른다. 지도에서 그곳과 비슷한 이름을 찾아봤더니 '라맛 다위드'가 있다. 하지만 같은 곳은 아니다. 그곳은 한참 남쪽이었다.

집으로

나는 정확히 4주 동안 하이파에 있으면서 매일같이 집중적으로 비행했는데(항공일지에는 6월 15일에만 다섯 번 비행을 나갔고 총 8시간 10분 동안 공중에 있었던 것으로 기록되어 있다.) 그러다 갑자기 눈을 뜰 수 없을 정도로 심한 두통에 시달리기 시작했다. 비행할 때 그리고 적과 치열하게 싸울 때만 두통이 생겼다. 아주 가파르게 회전을 한다거나 갑자기 방향을 바꿀 때, 내 몸이 큰 중력을 받을 때 통증이 덮쳤고 그 고통은 이마를 칼로 찌르는 것 같았다. 나는 이 사실을 비행대대 군의관에게 보고했다. 군의관은 내 진료 기록을 살펴보더니 심각한 얼굴로 고개를 저었다. 그는 내 질환이 서부 사막에서 글래디에이터가 추락할 때 머리에 입은 부상 때문이 분명하며 무슨 일이 있어도 다시는 전투기를 타서는 안 된다고 말했다. 만약 다시 비행을 하다가는 공중에서 완전히 의식을 잃는 일이 생길 거라고

했다. 그렇게 되면 나나 내가 탄 전투기는 그것으로 끝이었다.

"그럼 이제 어떻게 하죠?"

나는 군의관에게 물었다.

"병약자 판정을 받고 영국으로 송환될 겁니다. 당신은 이제 더 이상 이곳에서 필요가 없으니까요."

난 배낭을 꾸려 내 용맹한 친구 데이비드 코크에게 작별 인사를 했다. 그는 시리아 전투가 끝난 후에도 비행대대에 남았다. 그리고 수개월 동안 서부 사막에서 독일군에 맞서 허리케인 비행을 계속했다. 그 용맹함으로 훈장도 받았다. 하지만 결국 그는 비극적으로, 거의 불가피하게 적에게 격추되어 죽고 말았다.

팔레스타인 하이파에서

1941년 6월 24일

엄마.

최근까지 우리는 꽤 집중적으로 비행을 했어요. 무선 전신으로 조금 말씀드렸으니까 알고 계실 거예요. 때로는 하루에 7시간이나 비행을 했어요. 전투기로서는 아주 많은 시간이죠. 그런데 머리가 아파서 도무지 견딜 수가 없었어요. 지난 사흘 동안은 비행을 쉬었죠. 한 번 더 진료를 받고 비행을 나갈 수 있는지 알아봐야 할 거 같아요. 저는 어쩌면 영국으로 송환될지도 몰라요. 그렇게 나쁜 일만은 아닌 것 같아요. 그래도 조금 안타깝긴 해요.

이제 막 시작이었으니까요. 확인된 것만 다섯 대를 격추시켰어요. 독일 전투기 넉 대와 프랑스 전투기 한 대요. 확인되지 않은 것도 꽤 많은데 착륙장 지상 소사로 땅에 있는 전투기들을 많이 파괴했거든요. 우리 비행대대에서는 지난 2주 동안 조종사 네 명을 잃었어요. 프랑스 전투기의 공격이었죠. 전쟁이 아니라면 이 나라는 꿀과 우유가 넘쳐흐르고 대단히 즐거웠을 거…….

난 낡은 내 모리스 옥스퍼드를 몰고 이집트로 돌아갔다. 이번에는 시나이 사막에 갔을 때보다 시원했다. 7시간을 달리는 동안 기름을 넣기 위해 딱 한 번 멈추고 계속해서 달렸다. 그리고 얼마 후 나는 수에즈 운하에서 '일드프랑스'에 탔다. '일드프랑스'는 군대 수송선으로 개조된 프랑스의 대서양 횡단 대형 호화 쾌속선이었다. 우리는 더반을 향해 남쪽으로 항해했고 그곳에서 지금은 이름이 생각나지 않는 다른 군대 수송선으로 갈아탔다. 그 배를 타고 케이프타운에 들렀고 다시 북쪽으로 가 시에라리온의 프리타운에 갔다. 나는 프리타운에서 뭍에 올라 레몬과 라임을 말 그대로 한 자루 샀다. 전쟁 배급 중인 영국의 가족에게 갖고 가기 위해서였다. 또 한 자루는 마멀레이드, 통조림, 설탕, 초콜릿 같은 것으로 가득 채웠다. 내가 알기로 그것들은 사실상 영국에서는 구할 수 없는 물건이었다. 프리타운의 작은 상점에서 최고급 프랑스 실크를 발견하고 누이들이 옷을 만들 수 있을 만큼 넉넉하게 샀다.

프리타운에서 리버풀까지 여정은 매우 위험했다. 우리 호송대는 유보트 무리와 프랑스 서쪽에서부터 먼 거리를 날아온 독일 포케불프 폭격기의 공격을 끊임없이 받았다. 승선한 모든 군인은 상갑판 곳곳에 흩어져 있는 기관총과 보포르 고사포에 배치되었다. 포케불프가 대규모로 우리 머리 위를 낮게 지나갈 때마다 그들을 향해 총을 쏘았다. 그리고 가끔씩 파도 속에서 잠망경이 보인다 싶으면 그것을 향해 총을 쏘았다. 나는 2주 동안 매일같이 우리 배가 포탄을 맞거나 어뢰를 맞아 끝날 거라고 생각했다. 한 번은 우리 호송대에 있던 다른 배 세 척이 침몰하는 것을 보고 생존자를 구하기 위해 배를 멈췄다. 그런데 바로 옆에 포탄이 떨어져 우리 배 전체에 물이 쏟아지는 바람에 모두 흠뻑 젖고 말았다.

우리의 행운은 계속되었고 2주 더 항해한 후 이른 가을비가 내리는 캄캄한 밤에 일드프랑스는 리버풀 부두에 천천히 들어가 정박했다. 나는 곧장 연결 통로로 달려 나가 폭격 속에서도 부서지지 않은 공중전화를 찾아다녔다. 마침내 하나를 찾았을 때 3년 만에 어머니와 이야기를 나눌 수 있다는 생각으로 흥분되어 말 그대로 온몸을 부들부들 떨었다. 어머니는 내가 집으로 돌아가는 길이라는 사실을 알지 못했다. 검열관은 그런 사실을 편지에 쓰지 못하게 했고 나 자신도 몇 개월 동안 가족 누구로부터 소식을 듣지 못했기 때문이다. 영국에서 하이파까지 편지를 보낼 방법이 없었다. 나는 장거리 전화 교환원을 불러 켄트 주의 옛날 전화번호를 말했다. 교환원은 잠시 아무 말이 없더니 몇 달 전부터 전화선이 끊겼다고 말했다. 나는 이름 조회를 요청했다.

"켄트의 벡슬리나 그 외의 지역에 '달'이라는 이름은 없습니다."

교환원이 대답했다. 교환원은 사랑스러운 중년 여인인 것 같았다. 나는 3년 동안 해외에 있었으며 어머니를 찾는 중이라고 말했다.

"어머니는 이사하셨을 거예요. 다른 사람들처럼 폭격을 맞아서 어디 다른 곳으로 이사를 하셔야 했을 겁니다."

교환원이 설명했다. 그리고 친절하게 온 가족이 폭격에 사망했을지도 모른다는 말까지 덧붙였다. 난 그녀가 무슨 생각을 하는지 알았고 그녀 역시 내가 그런 생각을 한다고 추측했을 것이다.

나는 리버풀 부두 한쪽의 칠흑처럼 어두운 공중전화에서 귀에 수화기를 꼭 갖다 댄 채 어머니와 운 좋게 연결되면 무슨 말을 할까 생각하며 기다렸다. 잠시 후 다시 연결이 된 교환원이 말했다.

"달 부인을 한 사람 찾았어요. S. 달 부인이고요, 그렌든 언더우드라는 곳에 계세요. 그분 아닐까요?"

"아, 아니에요. 우리 어머니가 아닌 것 같아요. 아무튼 찾아봐 주셔서 감사합니다."

나는 말했다.

난 "연결해 보세요. 우리가 운이 좋을지도 모르니까요."라고 말했어야 했다. 왜냐하면 나중에 알고 보니 그곳은 어머니가 새로 이사한 집으로 밝혀졌기 때문이다.

다행히도 어머니와 두 누이 그리고 강아지 네 마리가 지하실에 숨어 있는 동안 집에 포탄이 떨어졌다. 다음 날 아침 밖으로 나와 보니 집은 폐허가 되었고 그걸 본 세 사람과 개 네 마리로 이루어진 작은 가족은 고민할 것도 없이 힐맨 밍스 자동차를 타고 런던 북부를 지나 버킹엄셔 주로 향했다. 그리고 작은 마을들을 천천히 돌아다니며 문 앞에 '매매' 표지가 붙은 집을 찾았다. 에일즈버리에서 북쪽으로 10마일(*약 16킬로미터) 떨어진 그렌든 언더우드라는 작은 시골 마을에서 그들은 그토록 찾던 표지를 울타리에 붙여 놓은 초가지붕의 작고 하얀 오두막을 발견했다. 어머니는 그 집을 살 돈이 없었지만 한 누이가 저축해 놓은 돈이 있어서 그 자리에서 그 집을 사서 이사 들어갔다. 비 내리는 밤의 그 리버풀 부두에서 난 아무것도 몰랐다.

나는 배로 돌아가 배낭, 레몬, 라임, 통조림 마멀레이드가 든 자루 두 개를 챙겼다. 그 짐을 등에 지고 비틀거리며 역으로 가 런던으로 가는 기차를 알아보았다. 다음 날 아침 내내 나는 기차 창가 자리에 앉아 비에 흠뻑 젖은 영국의 푸른 들판을 경이로운 눈으로 바라보았다. 그것들이 어떤 모습이었는지 그동안 잊고 지냈다. 동아프리카의 흙먼지 이는 들판과 이집트의 모래사막을 보고 지낸 후라 그 모든 것이 이상하고 부자연스러울 정도로 푸르러 보였다.

내가 탄 기차는 해 질 녘이 되어서야 런던에 도착했다. 나는 유스턴 역에서 내려 물건들을 어깨에 멘 채 불이 들어오지 않아 캄캄하고 포탄 자국이 여기저기 흩어진 길을 터덜터덜 걸어 웨스트엔드로 향했다. 레스터 광장에 도착한 나는 어둠 속에서 간신히 작은 싸구려 호텔을 찾았다. 호텔로 들어가 여자 지배인에게 공중전화를 쓸 수 있는지 물었다. 1941년 영국에서는 재킷에 날개가 그려진 영국 공군 제복이 대단한 통행증이었다. 브리튼 전투는 전투기들이 승리로 이끈 전투였고 이제는 폭격기들이 독일군을 공격하고 있었기 때문이다. 여자 지배인은 내 날개를 보더니 당연히 전화기를 써도 된다고 말했다.

런던 전화번호부를 손에 쥐자 좋은 생각이 떠올랐다. A. A. 마일즈 교수(*『로알드 달의 발칙하고 유쾌한 학교』에서 염소 똥 담배를 피운 남자)라는 생화학자와 결혼한 나이 많은 이복누이의 이름을 찾아보았다. 그들은 런던에 살고 있었다. 그들의 번호를 찾아 전화를 걸었다. 늙은 이복누이가 전화를 받자 나는 인사를 했다. 누이는 깜짝 놀라 비명을 질렀다. 비명이 잦아들자 나는 어머니와 누이들이 어디 있는지 물었다. 다들 버킹엄셔에 있어, 누이가 대답했다. 누이는 당장 어머니에게 전화를 해서 놀라운 소식을 전하겠다고 했다.

"그러지 마세요. 그냥 전화번호만 주세요. 제가 전화할게요."

내가 말했다. 이복누이가 불러 주는 전화번호를 받아 적었다. 이복누이는 그날 밤 자고 가라고 했다. 나는 햄스테드의 누이 집 주소를 받아 적었다.

"택시를 타. 돈이 없으면 네가 도착했을 때 우리가 내줄게."

누이가 말했고 나는 그러겠다고 했다. 누이와 전화를 끊고 어머니에게 전화를 걸었다.

"여보세요, 엄마?"

어머니는 내 목소리를 당장 알아차렸다. 어머니가 감정을 누르려고 애쓰는 동안 수화기에서 잠깐 침묵이 흘렀다. 나는 3년 동안 집을 떠나 있었고 그 시간만큼 우리는 이야기를 나누지 못했다. 당시에는 지금처럼 먼 나라에 있는 사람과 통화를 할 수 없었다. 그리고 3년이란 시간은 서부 사막과 그리스 같은 곳에서 전투기를 조종하는 외아들이 무사히 돌아오기를 바라며 기다리기에는 긴 시간이었다.

8개월 전 어머니는 누런색 전보 봉투를 손에 들고 오두막 문간에 서 있는 우편배달부를 보았다. 당시 영국의 모든 아내와 어머니는 전보를 갖고 온 우편배달부에게 문을 열어 주는 걸 두려워했다.

많은 아내와 어머니는 봉투를 찢어 보는 것도 거부했다. 육군성에서 보내온 '당신의 남편(혹은 아들)이 전투 중 사망했음을 통보하게 되어 유감입니다.' 같은 전갈을 읽는 건 견딜 수 없는 일이었으니까. 그들은 다른 사람이 와서 대신 읽어 줄 때까지 봉투를 화장대 위에 그냥 두었다. 어머니는 전보를 옆에 치워 두고 화물차 운전일을 나간 누이 중 하나가 돌아오기를 기다렸다. 누이가 돌아오자 어머니는 누이와 함께 소파에 앉았다. 누이가 봉투를 열고 안에 있는 종이를 펼쳤다.

'귀하의 아들이 부상을 입어 알렉산드리아에 있는 병원에 입원했음을 알려 드려 유감입니다.'

안도의 한숨을 내쉬지 않을 수 없는 순간이었다.

"한잔하고 싶구나."

어머니가 말했다. 누이가 찬장에서 돈 주고도 살 수 없는 귀한 병을 꺼냈고, 두 사람은 독한 진 한 잔을 마셨다.

"로알드, 정말 너니?"

어머니가 말했다. 더없이 부드러운 목소리가 전화기를 통해 들렸다.

"저 돌아왔어요."

"몸은 괜찮니?"

"좋아요."

그리고 또 잠깐 서로 아무 말이 없었다. 옆에 서 있는 게 분명한 누이에게 어머니가 다급하게 뭔가 속삭이는 게 들렸다.

"언제 볼 수 있는 거지?"

어머니가 물었다.

"내일이요. 기차를 타면 금방 도착할 거예요. 엄마 드리려고 레몬이랑 라임을 좀 샀어요. 통조림 마멀레이드도요."

난 어떤 말을 해야 할지 알 수 없었다.

"일찍 기차를 탈 거지?"

"네. 가능한 일찍 탈게요."

나는 호텔 로비 작은 책상에 앉아 통화 내용을 다 듣고 있던 여자 지배인에게 고맙다는 인사를 하고 택시를 잡으러 밖으로 나왔다. 칠흑 같은 어둠 속에서 레스터 광장의 호텔 현관에 서 있는데 네다섯 명의 군인이 현관을 들여다보았다. 한 사람이 말했다.

"장교 새끼다! 잡아!"

심술궂은 눈초리에 약간 취한 얼굴들이 다가오는가 싶더니 이내 주먹이 날아들기 시작했다. 그때 갑자기 한 놈이 소리쳤다.

"야, 잠깐만! 공군이다! 조종사라고! 옷에 그놈의 날개가 있어!"

그들은 물러서더니 곧 어둠 속으로 사라졌다. 두들겨 패 줄 장교를 찾아 어두운 런던의 거리를 헤매는 술 취한 군인 패거리란 사실을 알고 나는 조금 충격을 받았다.

택시는 오지 않았다. 나는 어마어마하게 무거운 배낭과 자루를 어깨에 메고 햄스테드로 걸어가기 시작했다. 세 개나 되는 배낭과 자루가 없다고 하더라도 레스터 광장부터 가기에는 먼 거리였지만, 나는 젊고 힘이 셌으며 집으로 가는 길이었으므로 필요하다면

100마일(*약 160킬로미터)이라도 걸을 수 있을 것 같은 기분이었다.

늙은 이복누이의 집에 도착하기까지는 1시간 45분이 걸렸다. 그들은 나를 반갑게 맞아 주었고 나는 레몬과 라임과 마멀레이드를 선물로 주었다. 그리고 고마운 마음으로 잠자리에 들었다.

다음 날 아침 일찍 나는 누이가 태워 주는 차를 타고 매릴본 역으로 가 에일즈버리로 가는 기차를 탔다. 에일즈버리까지는 1시간 15분이 걸렸다. 에일즈버리에서 버스를 탔는데 버스 운전사는 그 버스가 확실하게 그렌든 언더우드 마을로 곧장 간다고 말했다. 버스는 기차보다 시간이 더 걸렸다. 나는 가는 동안 내내 앞에 앉은 노인에게 언제 그렌든 언더우드에 도착하는지 계속해서 물었다.

"이제 도착하네. 좋은 동네는 아니지. 오두막 몇 채가 있고 술집

어머니의 새 집.

은 하나밖에 없어."

버스는 아직도 100야드(*약 90미터) 밖에 있는데 어머니가 보였다. 어머니는 대문 밖에서 버스가 오기를 조바심 내며 기다리고 있었다. 내가 아는 한 어머니는 아마도 한두 시간 전부터 버스가 지나는 것을 보며 그곳에 서 계셨을 것이다. 3년이나 기다렸는데 한 시간 아니, 세 시간이라 한들 뭐가 문제겠는가?

나는 버스 운전기사에게 신호를 보냈고 운전기사는 내가 오두막 바로 앞에서 내릴 수 있도록 버스를 세워 주었다. 나는 버스 계단을 내려가 기다리고 서 있던 어머니의 품으로 뛰어들었다.

로알드 달이 있어 행복했던 지난 100년

'20세기 최고의 이야기꾼'이라고 일컬어 지는 로알드 달. 그의 작품을 한 권이라도 읽지 않고 어린 시절을 보낸 사람이 있을까? 설령 그의 책을 읽어 보지 못한 사람이라도 그의 작품을 바탕으로 만든 영화 〈찰리와 초콜릿 공장〉은 한 번쯤 보았을 것이다. 우리가 익히 알고 있는 그의 작품으로는 『찰리와 초콜릿 공장』 『멋진 여우 씨』 『마틸다』 『마녀를 잡아라』 『제임스와 슈퍼 복숭아』 등 이루 헤아릴 수 없이 많다.

그런데 이 대단한 이야기꾼에 대해 우리가 오해하는 것이 한 가 지 있다. 그를 동화 작가라고만 알고 있는 것이다. 그러나 그의 작 품 목록을 살펴보면 어린이책뿐 아니라 어른을 위한 소설과 논픽 션도 상당수 있다는 사실을 알게 된다. 어른을 위한 소설 중 국내 에 소개된 작품으로 『맛』 『개 주신』 『배만장자의 눈』 『로알드 달의 발칙하고 유쾌한 학교』 등이 있다. 특히 『로알드 달의 발칙하고 유 쾌한 학교』는 로알드 달의 학창 시절을 소재로 한 자전적 이야기로 기발하고도 대담한 상상력의 원천이 되었던 그의 어린 시절을 들여다볼 수 있다.

이 책『로알드 달의 위대한 단독 비행』은『로알드 달의 발칙하고 유쾌한 학교』의 후속작에 해당한다. 랩턴 스쿨을 마친 달이 셸 정유 회사의 직원이 되어 동아프리카 탕가니카(지금의 탄자니아)로 가게 된 후부터 시작해서 제2차 세계대전에 전투기 조종사로 참전하기까지의 이야기를 특유의 재치 있고 유머러스한 문장으로 풀어낸 작품이다. 작품은 크게 아프리카에서의 이국적 생활을 다룬 전반부와 전쟁에 참전하여 겪은 일을 다룬 후반부로 나뉜다. 어린 시절의 '발칙하고 유쾌한' 추억들도 물론 그러하겠지만, 1938년부터 1941년까지 가족을 떠나 먼 이국에서 겪은 일들은 달이 작가로 성장하는 데 기여한 값진 경험이었음이 분명하다.

달은 아프리카에 무척이나 가고 싶어 했다. 그의 전기『천재 이야기꾼 로알드 달』에 따르면 그는 카렌 블릭센(『아웃 오브 아프리카』의 저자)의 이야기에 영향을 받아 아프리카를 동경하게 되었다고 한다. 그가 파견 근무지로 이집트를 거부하고 아프리카를 선택했던 이유이다. 제2차 세계대전이 일어났을 때 공군으로 자원한 것도 하늘을 날며 아프리카를 보고 싶은 마음에서였다.

어쩌면 치기 어린 마음으로 시작된 그의 공군 생활은, 그러나 뜻밖의 결과를 낳게 된다. 그가 몰던 전투기가 리비아 사막에 불시착하는 사고를 겪고 그때 머리에 맞은 '불후의 강타'로 달은 평생 뇌진탕의 후유증을 겪는다. 수적으로 엄청난 열세임에도 불구하고 강력한 독일 공군과 맞서 싸우는, 역사에 길이 남을 전투를 치르기도 한다. 달이 조종사로 활약한 시기는 한 달 남짓이었지만 그 시간 동안 겪었던 일은 그가 작가로 성장하고 자리매김하는 훌륭한 원천이 되었다. 실제로 그의 첫 번째 작품은 그가 리비아 사막에 불시착한 경험을 다룬 「식은 죽 먹기」였다. 그리고 공군 조종사로 보낸 시간 동안 그가 느꼈던 흥분과 두려움, 공포, 경이로움, 가슴 벅찬 감정들은 작가로서 이야기를 풀어내도록 하는 방아쇠가 되었다.

2016년은 로알드 달이 탄생한 지 100주년 되는 해이다. 로알드 달의 재치 있고 기발한 작품 덕분에 우리의 지난 100년이 행복했다고 해도 과언이 아닐 것이다. 사실 로알드 달만큼 전 세대를 아우르며 사랑받는 작가도 드물 테다. 조금은 엉뚱하고 기발한 그러나 통쾌하고 유쾌한 그의 작품에는 아이든 어른이든 한 번쯤 빠져 볼 만한 매력이 있기 때문이다. 그가 없는 시간이 조금은 서운할 수도 있겠다. 하지만 감히 예상해 보건데 그의 작품들은 영화든 연극이든 다른 모습으로 얼마든지 부활할 수 있을 것이다. 그렇게 그의 작품들을 다시 만나게 되면 한 번쯤 그가 탄 전투기가 리비아 사막에 불시착하는 순간을 상상해 보길 바란다(물론 그 순간은 이 책속에 아주 잘 묘사되어 있으므로 책을 읽으면 훨씬 도움이 될 것이다.). 달이 머리에 '불후의 강타'를 당하던 그때가 바로 '20세기 최고의 이야기꾼'이 탄생하던 순간이니까 말이다.

—옮긴이 최지현

로알드 달은 스파이, 전투기 조종사, 초콜릿 전문가, 의료기기 발명가였습니다.
또한 그는 『찰리와 초콜릿 공장』『마틸다』『The BFG』 등 많은 작품을 썼습니다.
로알드 달은 세계 최고의 이야기꾼입니다.

로알드 달은 말했습니다.
"만약 당신이 훌륭한 생각을 한다면 그것은 얼굴에서 밝게 드러날 것입니다.
그리고 항상 사랑스러워 보일 거예요."

우리는 선행의 힘을 믿습니다.
그래서 로알드 달의 모든 저작물 판매 수익금 중 10%는 자선 활동에 쓰이고 있습니다.
이 기금은 전문 간호사 육성, 도움이 필요한 가족을 위한 보조금 지급,
다양한 교육 프로그램과 봉사 활동 등에 활용됩니다.
우리가 꾸준히 좋은 일을 해 나갈 수 있도록 도와주셔서 감사드립니다!
자세한 내용은 로알드 달 공식 홈페이지(www.roalddahl.com)에서 확인할 수 있습니다.

로알드 달 자선 재단은 영국 등록 단체입니다.(no. 1119330)
*모든 저작물의 수입은 제3부문 지불 방법을 통해 쓰입니다.

로알드 달의 위대한 단독 비행

펴낸날	초판 1쇄 2016년 3월 30일
	초판 3쇄 2020년 4월 9일

지은이	로알드 달
그린이	퀀틴 블레이크
옮긴이	최지현
펴낸이	심만수
펴낸곳	(주)살림출판사
출판등록	1989년 11월 1일 제9-210호

주소	경기도 파주시 광인사길 30
전화	031-955-1350 팩스 031-624-1356
홈페이지	http://www.sallimbooks.com
이메일	book@sallimbooks.com

ISBN 978-89-522-3327-1 43840

살림Friends는 (주)살림출판사의 청소년 브랜드입니다.

※ 값은 뒤표지에 있습니다.
※ 잘못 만들어진 책은 구입하신 서점에서 바꾸어 드립니다.

이 도서의 국립중앙도서관 출판시도서목록(CIP)은 서지정보유통지원시스템 홈페이지
(http://seoji.nl.go.kr)와 국가자료공동목록시스템(http://www.nl.go.kr/kolisnet)에서
이용하실 수 있습니다.(CIP제어번호: CIP2016001783)